加速世界
Accel World
02 紅色暴風公主
川原 礫
插畫 / HIMA

「原來春雪哥哥還挺可愛的嘛。」
齊藤朋子
寄住在
春雪家的『妹妹』

嗚、嗚哇——
春雪
校內地位
最低的少年

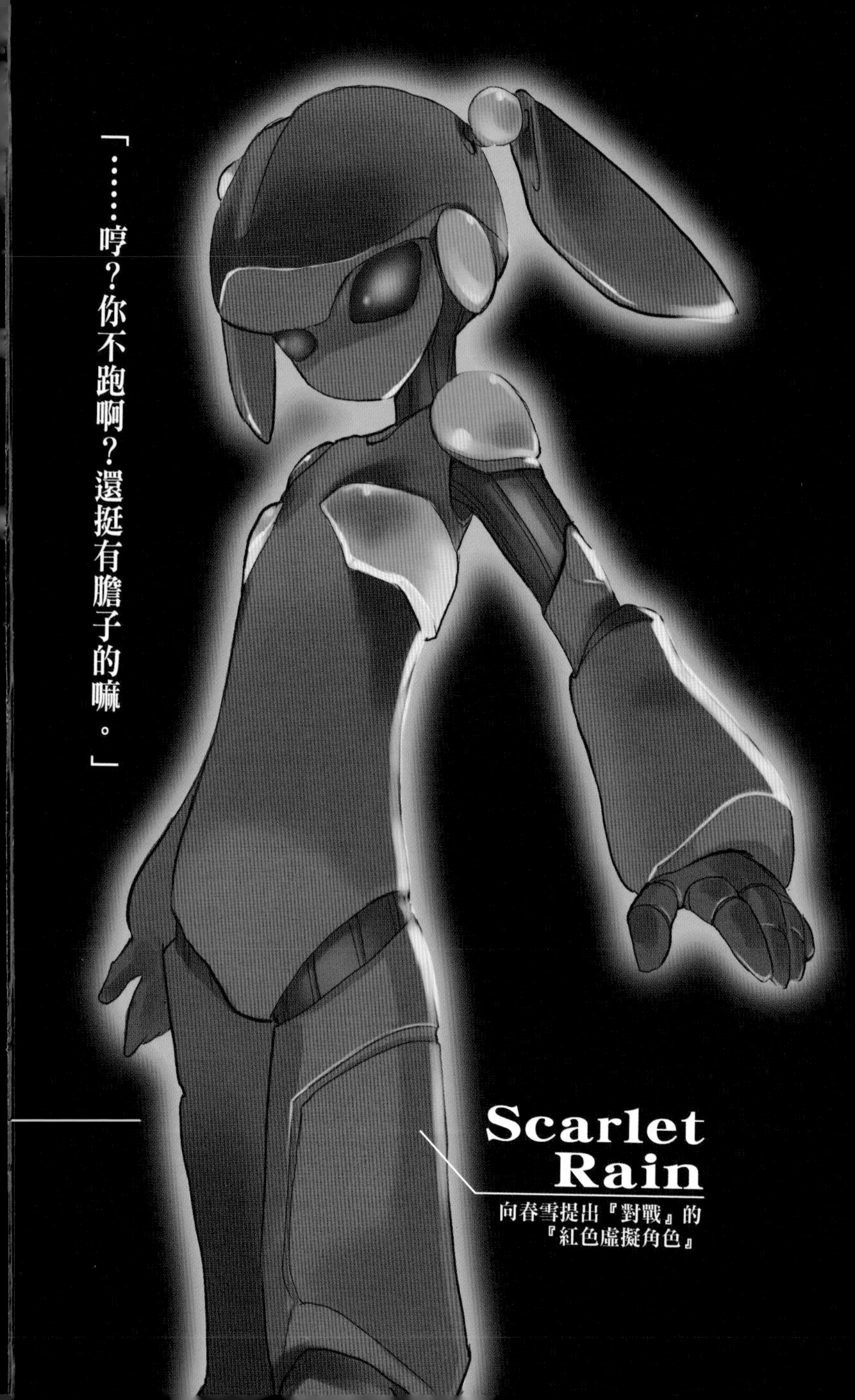
「……哼？你不跑啊？還挺有膽子的嘛。」
Scarlet
Rain
向春雪提出『對戰』的
『紅色虛擬角色』

「這討伐『災禍之鎧』的任務，試試看倒也不壞。」
「春雪，凡事都要勇於嘗試。」
黑雪公主
『黑之王』
駕馭Black Lotus
梅鄉國中學生會副會長
「咦……咦咦!?」

拓武
跟從小就認識的朋友春雪組成搭檔駕馭對戰虛擬角色『Cyan Pile』的少年
「咦……」
「這軟體不是可以複製安裝嗎？我也要裝，我也要當『超頻連線者』。」
千百合
春雪的兒時玩伴
「妳……妳當不上的啦，絕對當不上。」

「黑……黑雪公主學姊!!」
Silver Crow
春雪的對戰虛擬角色

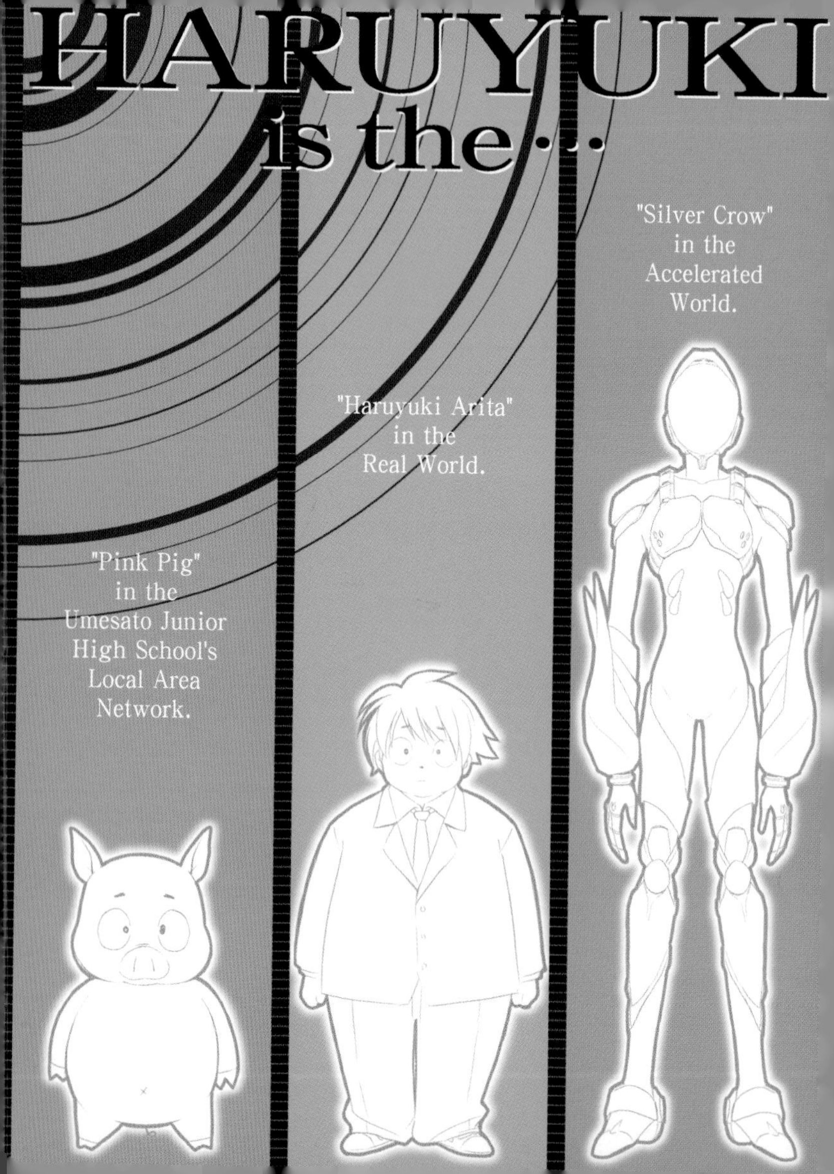
HARUYUKI
is the…
"Pink Pig"
in the
Umesato Junior
High School's
Local Area
Network.
"Haruyuki Arita"
in the
Real World.
"Silver Crow"
in the
Accelerated
World.

加速世界

Accel World

02 紅色暴風公主

川原 礫

插畫 / HIMA

後，完成的就是這個白到會讓眼睛刺痛的純白房間裡，飄著一把粗獷手槍的場景，可說陽春到了極點。

可是實際用過之後，就覺得這樣倒也不壞。

畢竟除了自己之外就只有這把槍存在，精神自然會集中在槍口上。

時間感覺早就已經麻痺，根本不知道自己已經維持這個狀態幾分鐘了。這款應用程式的設計極為單純，潛行之後喊出「開始」，自動瞄準春雪的手槍就會在從倒數五秒起的三十分鐘內，隨機發射一發子彈。

當然如果是在現實世界中這麼做，下場只有死路一條，但這裡是由神經連結裝置建構出來的虛擬空間，而且距離跟子彈的速度都有經過計算，只要春雪看到手槍槍口噴出火苗的瞬間，能以最短時間做出反應，就有辦法躲過子彈。

但問題在於，不知道手槍會在三十分鐘內的哪個時間點噴出火苗。這跟虛擬壁球遊戲不一樣，完全沒有任何跡象可以用來判斷子彈的軌跡跟發射的時間。春雪唯一能做的，就是睜大眼睛，並盡量維持注意力。

但這做起來卻意外的難。他對長時間集中精神這點本來就極度缺乏自信，一個月前剛開始這項訓練的時候，短短兩三分鐘就會開始鬆懈，還忍不住在腦內重播起「學姊相簿」，想得臉上露出微笑，結果就被這無形的殺手一槍命中。

儘管這是春雪自己寫出來的程式，但也正因如此，他才會固執地繼續訓練。

畢竟對手就只有一把不會動的手槍，比起在「戰場」——在會有一群身經百戰的強者，使出多種驚人攻擊，打上整整三十分鐘的「對戰」——訓練內容可說是天真到了極點。按照春雪的計畫，一個月後手槍的數量應該要增加到五把，但直到現在他都還在跟一把手槍發射的區區一發子彈苦戰。

自己沒有才能。這點他從一開始就明白得很。

然而要是連透過訓練來成長的空間都沒有，那不就表示自己永遠也上不去「上層」——到不了她的身旁嗎？

該死，該死！我得更快，更強才行！這是為了她，也是為了讓我能繼續當她的搭檔。

春雪心中產生的一股焦慮化為雜訊，導致虛擬角色的手腳變得僵硬。

接著，程式簡直就像早已看準這一刻——

扳機發出喀啦一聲輕微的聲響，擊鎚擊向了撞針，滑套往後拉開，同時間槍口噴出了橘色的閃光。

「嗚……！」

春雪使盡全力想要往右跳開。

但第一步反應卻稍稍慢了一些，伴隨著轟隆巨響飛來的子彈，在他的左臉到耳朵之間削出一道傷口。

一陣彷彿被人用巨大鐵鎚猛力敲打似的衝擊下，整個人往後飛起，在純白的地板上彈跳了好幾次之後才開始感覺到的劇痛，讓春雪發出了哀嚎：

「啊……嗚啊啊啊啊……！」

他以短短的雙手摀住臉，滾在地上哀嚎個不停。

這個程式有拿網路上流通的違法修正檔更新過，癱瘓了神經連結裝置中預設的痛覺阻隔功能。而且春雪還大大提高了程式中產生的痛覺，使用者中彈時受到的衝擊幾乎已經跟現實世界中沒有兩樣。

「啊……啊……！」

春雪痛得淚如泉湧，全身痙攣著在地板上打滾。這已經是他今天第三次嚐到這種痛楚了。從開始訓練以來的這一個月內，總計到底挨了多少次，他已經連估都估不出來。然而無論挨過多少次，都絲毫不覺得這種痛楚可以習慣。換個角度來看，要是只有半吊子的疼痛，兩三下就會習慣，所以春雪幾乎已經把產生的痛覺調到最高。

然而這麼做的弊病，就在於有時神經連結裝置會偵測到春雪的腦波產生異狀，於是啟動保險裝置，解決完全潛行的狀態。保險裝置是硬體層面的功能，沒有這麼容易破解，而這次痛覺也突破了門檻，眼前的白色房間景象忽然整個中斷。

感覺重力的軸心急速轉動，一片漆黑之中，一個小小的光點呈放射狀拉開，恢復了現實世界的光景。

回到現實世界，肉眼也一樣流著眼淚。一片模糊而扭曲的視野內，出現的是已經十分眼熟的男生廁所隔間裡那扇藍灰色的門。

截至目前為止，都沒有再出現會趁春雪完全潛行的時候，跑來對他的身體惡作劇的人，所以他本來也可以直接在教室潛行。但萬一這種危險的程式被教師發現，事情一定會鬧大，而且更重要的是唯有在使用這項訓練程式的時候，他才確實有理由非得待在廁所不可。一陣太過巨大的痛覺餘波，以及從完全潛行瞬間回歸所帶來的衝擊，讓春雪的神經系統產生混亂，只覺眼前的光景搖搖晃晃——才剛意識到這點，就覺得胃裡有東西往上衝。

「……！」

春雪按住嘴，讓坐在馬桶蓋上的身體落到地板上，轉身猛力掀開了馬桶蓋。

總算險險趕上，讓消化系統的逆流全都吐到了該吐的範圍內。春雪又空嘔了幾次，這才無力地伸出右手，按下牆上的按鈕。

春雪感受著水流在臉頰邊捲成漩渦，也沒有力氣起身，就這麼趴在馬桶上。

滲出的淚水一滴一滴地滴下，立刻被水流吞沒。

他流淚並不只是因為純粹的劇痛與嘔吐。春雪對沒出息的自己覺得懊惱，激動得咬緊牙關，肩膀顫動。

這種訓練的企圖就只在於提升極為初步的反應速度。如果換成「對戰」，有時甚至會遇到雙手各持一把槍械以每秒數發的速度連射。然而都已經過了一個月，得以閃過子彈的機率卻頂多只有從兩成提升到三成左右。

她說春雪只要慢慢變強就好。

然而春雪就是會害怕，怕她眼神深處有的其實是深沉的失望。

「BRAIN BURST」是一款能運用神經連結裝置中不為人知的功能來加快思考速度，以半現實戰場作為舞台的對戰格鬥遊戲。從春雪取得這項程式，並成為這款遊戲的玩家，也就是通稱「超頻連線者」的一分子以來，到今天已經過了三個月。

當初春雪所駕馭的對戰虛擬角色「Silver Crow」，發揮獨一無二的「飛行能力」這項巨大的優勢無往不利，只花了短短一個星期左右就升到2級，一個月後更升上3級，甚至讓他相信他在這個世界裡可以當上真正的英雄。

然而這短暫的光榮時刻也只維持到弱點被人看穿為止。飛在空中也就表示全身都隨時暴露在敵人的視野之中，面對遠距離射擊能力，尤其是快得連子彈都很難看到的高彈速精密狙擊，春雪立刻淪為活靶。到頭來春雪好不容易升上4級，之後就原地踏步了許久。在當前的目標，也就是擴大所屬軍團「黑暗星雲」領土方面，也沒有任何進展，到現在都還為了維持學校周邊的支配權而汲汲營營。

領土，也就是軍團對於區域的支配，取決於設定在每週六傍晚進行的「領土戰爭時間」。在這領土戰爭時間內，將會展開不分參加者等級，只要求雙方參加人數相等的團體戰，其間能夠將勝率維持在平均五十％以上的軍團，就可以獲得系統認定的領土支配權。當軍團支配一塊領土，麾下成員待在領土內時就可以獲得特權，就算將神經連結裝置連上全球網路也可以拒絕「對戰」。

然而當Silver Crow的特性經過敵人研究，團體戰時間下跑來進攻的敵方團隊裡，也都一定會包括一名對空能力很強的對戰虛擬角色，逼得春雪不敢貿然起飛。一旦不能起飛，「Silver Crow」就只是個不經打的近戰型人員，勝率也就明顯低落，逼得隊友「Cyan Pile」跟「Black Lotus」必須彌補他空出來的戰力空檔，這樣的情形已經持續了好一陣子。

所以春雪才會跑來做這種特訓。

如果至少可以躲開一半的對空射擊，也就可以找出射手的位置，以威力強大的俯衝攻擊擊破對手。他寫這項應用程式，就是帶著這樣的打算，然而怎麼想都不覺得有實際得到成效。連一開始就知道發射位置的子彈都躲不過，又如何能躲過「對戰空間」上那些從障礙物後方發射出來的對空攻擊呢？

學姊表面上絲毫沒有露出焦慮或不快，不僅如此，每當春雪在領土戰爭中悽慘落敗，她都會和顏悅色地予以鼓勵。

然而想到她的內心正一點一滴累積著失望的情緒，春雪就怕得不得了。

——乾脆退出吧？

這陣子有時甚至會發現自己不知不覺間產生這種念頭，當場震驚不已。自己忍不住會去想，與其讓她再對自己更失望，還不如當作這一切都沒發生過，這種愛逃避的老毛病已經開始浮現。儘管速度緩慢，但逃避的念頭卻已經在春雪內心深處一步步膨脹。

他曾經以為自己能夠改變，曾經相信就在接受BRAIN BURST，成為超頻連線者的那一瞬間，自己就已經不再是以前的自己了。

然而到頭來這一切可能都是白忙一場？也許無論是在學校還是虛擬的戰場，不管到哪兒去，自己都注定只能當個最底層的失敗者？

春雪讓自己圓滾滾的身體縮在廁所隔間裡，用力閉上眼睛，想要揮開負面的想法。從胃液侵蝕所造成的痛覺還沒消散的喉嚨，拚命地擠出聲音說道：

「……就算是這樣……我還是……」

但接下來的話他卻說不出口。現在的春雪甚至沒有足夠的氣力說服自己。

就在經由校內區域網路直接迴盪在聽覺之中的放學鐘聲下，春雪無聲地自言自語。

想要變強。

我想變得更強。

1

「你回來啦，大哥哥！」

一回到自己家裡，脫掉鞋子，踩著沉重的腳步走過半條走廊，正要走向自己房間，就從左手邊的客廳傳來了這樣一句話。

春雪想也不想，就以含糊的發音答道：

「……我回來……」

說著又繼續往前走，一步，兩步，到第三步時才猛然緊急煞車。

——啥？

剛剛那是什麼？

在春雪的認知裡，有田春雪這個人打從出生至今的十三年又十個月裡，應該都一直是個獨生子。對此他不但沒有不滿，這些年來反而心懷感謝地覺得幸運。但看來自己在無意識中卻越來越寂寞，最後終於引發了幻聽現象？

就算真是這樣，喊大哥哥也太離譜了，而且還是那麼可愛的小女孩嗓音。這該不會是那種叫做「妹妹」之類的都市傳說吧？

正當春雪維持不自然的姿勢懷疑自己，耳裡再次聽見了那不應該存在的聲音。哼歌的聲音，拖鞋的啪啪聲。還不只這樣，甚至還有一陣很香的氣味傳了過來。這是幻……嗅？有這個詞嗎？

春雪肩膀上的書包沉重地滑落在地，身體轉動一百八十度，踩著僵硬的腳步踏進了客廳。

接著他終於看到了幻覺。

剛走進客廳，就在左手邊，也就是平常都沒有拿來發揮原本用途的廚房裡，看到了幻覺的存在。

年紀大概在十歲左右吧，嬌小而且苗條得讓人嚇一跳的身上，穿著疑似國小制服的白色上衣跟有吊帶的深藍色裙子，裙子上還圍著一件粉紅色的圍裙。偏紅的頭髮在頭的兩邊各綁起一小束下垂的馬尾，線條圓潤的額頭下，長著一張只能以「天真無邪」來形容的臉孔。不知道是不是有點混血，只見她牛奶色的皮膚上長著幾粒細小的雀斑，一對大眼睛也帶著咖啡紅的顏色。如果要用一句話來形容整體的印象——

……是天使？也讀作Angel？

春雪喪失了思考能力，看得出神，而這個小女生則對他投以一瞥，可愛地微微一笑說了：

「我在烤餅乾，大哥哥你等一下喔。」

「……哇！」

春雪到現在才慢半拍地大叫一聲，將自己圓滾滾的身體藏在客廳門後。他搞不清楚狀況，只悄悄探出半張臉窺探。

小女生一副覺得不可思議的模樣歪了歪頭，但隨即又再度朝他微笑，之後轉身察看微波烤箱內的情形。兩束紅髮輕柔擺動，在窗戶射進的冬日陽光照耀下閃閃發光。

事情演變到這裡，春雪才總算做出判斷，認為這個景象不是幻覺。

儘管狀況接近空想甚至妄想，但這個小女生的存在實在太逼真了。也就是說——這肯定是被人在神經連接裝置裡放了惡意程式造成的。一定是這個程式將超高精度的3D模型投影到春雪的視覺，還同步輸入了聲音與嗅覺的虛擬資訊。雖然搞不清楚到底是誰這麼做，又有著什麼目的——

畢竟「妹妹」這種生物怎麼可能真的存在呢？

既然知道是多邊形構成的冒牌貨，也就沒什麼好怕的了。春雪內心暗自得意，一腳踏進廚房，朝臉上帶著微笑，抬頭望著自己的「妹妹」伸出右手。

接著捏住她那長著雀斑的臉頰一拉。

神經連結裝置是對人的意識進行量子連線，純以視覺與聽覺領域而論，目前已經能夠營造出令人區分不出到底是現實還是虛擬的虛擬實境。儘管由於記憶體容量與ＣＰＵ效能的限制，頂多只能運算出一個人的影像與聲音。

然而除此之外的感覺，尤其是觸覺的重現性，則由於各種資料很難數據化，研究遲遲沒有進展。要完美重現出「人類的臉頰」這種必須兼顧皮膚材質、肌肉抗力及反射性收縮等多種條件的複雜觸感，根本不可能辦到。所以只要這麼一捏，手上應該就只會傳回一種沒有生命，只像捏到橡皮似的感覺——

「你、你握額喔啊～（你、你做什麼啊～）」

「……嗚、嗚哇啊啊啊？」

春雪嚇得大叫一聲，放開手往後跳開，屁股撞上了冰箱。

感覺非常完美。

一陣柔軟、光滑而且水嫩，也就是只能以完美來形容的「捏十歲小女生臉頰的觸感」——儘管過去從來沒有這種體驗——就在春雪的手指上發生了。

春雪瞪大了雙眼，凝視著因唐突的冒犯而氣得鼓起臉頰的小女生，同時以顫抖的右手繞向脖子上的神經連結裝置，解開固定釦之後一口氣扯了下來。

現在時刻、日曆與應用程式圖示等各種附加現實資訊，都從視野中消失無蹤。

但小女生沒有消失。

春雪，不好意思喔。

春雪到現在才發現，家用伺服器裡留下了母親以這句話起頭的留言，於是再度裝上神經連結裝置，呆呆站著聽完。

【——不好意思喔，親戚的小孩要在我們家寄住兩三天。你應該也認識吧，就是住中野的齊藤，是我的表弟。他突然說要去國外出差，可是我也跟你說過，我從今天起要到上海去，大後天才會回來，所以這孩子要麻煩你多照顧了。有什麼事就發郵件給我吧，以上。】

春雪的母親，有田沙耶在一家總公司位於美國的銀行信貸交易部門上班，每天都要過了凌晨零時才回家，飛去國外出差好幾天的情形更是稀鬆平常，只是不知道這裡頭有幾成是為了工作，又有幾成是跟她正在交往的男人度假。春雪甚至覺得，要不是七年前離婚的原因出在父親花心，家庭法院恐怕不太可能將親權判給她。

也因此，春雪從讀國小的時候，就頻繁地被母親寄在同一棟大樓裡下兩樓的倉嶋家——也就是千百合的家裡。

千百合的母親跟父親每次都和顏悅色地迎接他，如果他們曾經有任何一次表現出嫌麻煩的模樣，相信自己一定會覺得非常難堪而且無處容身，也許早就成了一個脾氣比現在彆扭十倍的小孩。

春雪腦中一邊轉著這些念頭，一邊看著忙著在廚房裡跑來跑去的齊藤家小孩。

烤箱的定時器發出輕快的聲響，小女生立刻拉開烤箱的門，端出一個金屬托盤。充滿甜味的香氣立刻變得更為濃厚，看樣子這陣芳香就是來自這些餅乾。

小女生拿著夾子，小心翼翼地將十幾個餅乾夾到一個鋪上調理紙的大盤子上，這才鬆了一口氣。

她兩隻手端著盤子，滴溜溜轉過身來，以視線往上的眼神抬頭看著春雪。

「這個……對不起，我擅自用了你們家廚房。我是想說春雪哥哥回到家裡，肚子應該也餓了……所以才……」

春雪心想，她說話的聲音可比先前小得多了。

對喔，這孩子也很擔心，擔心寄住的親戚家「大哥哥」會擺出一臉嫌麻煩的表情。雖說面對沒見過的女生，但現在的情形可不容年長的我畏畏縮縮啊。

春雪一邊感受著胸口一陣連他自己都覺得太多愁善感的隱隱作痛感，一邊擠出最和善的笑容說：

「謝……謝謝妳，我肚子都快餓扁了。」

這一來，小女生也像冰塊融化似的嘻嘻一笑：

「你、你好，我叫齊藤朋子，讀國小五年級。我們已經好幾年沒有見面了，我想大哥哥可能已經不記得我……我跟大哥哥算是遠房表兄妹。這個……小女子不才，還請多多指教。」

被一個小女生捧著盤子對自己鞠躬，春雪立刻受到脈搏急速上升與汗腺全開的現象侵襲。

但他立刻想起了不久前才下定的決心，勉力回應出一段勉強可以聽懂的招呼。

「妳好，我、我叫……有田春雪。我、我才要請妳，多多多多指教，齊藤小姐。」

被對方立刻微笑著回以一句：「叫我朋子就好了！」春雪只覺眼前一黑，拚命拉回差點遠去的思緒。

對於住中野的齊藤家，老實說他只依稀記得好像有這麼個親戚，想來一般人對表姨丈這種遠房親戚也只會有這樣的印象吧。

「……妳、妳也是獨生女？」

春雪這麼一問，朋子就點了點頭。

「我的家人就只有爸爸。他突然要去出差，我說我可以一個人看家，可是爸爸就是會擔心。前不久他才從學校一路送我來這裡，然後就直接跑去成田機場了。」

朋子一邊將裝餅乾的盤子放到桌上一邊這麼回答，春雪聽了以後忍不住想問個清楚：

「啊，那，妳沒見到家母囉？」

「是。我只收下了大哥哥家裡的臨時通行碼。」

這可是莫大的幸運。憑自己母親的個性，絕對會毫不猶豫地露出純度百分百的嫌麻煩表情給朋子看。

——可是。

咦，這麼說來，該不會說，接下來這三天我都要跟她兩個人獨處了？

不對不對不對，你這個笨蛋，有什麼好慌的，對方還只是個國小五年級的小孩子啊，跟我足足差了兩歲……兩歲……足足？差兩歲可以說是足足嗎？

看樣子朋子也沒發現春雪心中突然產生的焦躁，再次微笑說著：「請等餅乾涼一點再吃喔。」說完就折了回去。她俐落地洗好洗碗槽裡的碗盤，同時煮開一壺水，短短幾分鐘之後就帶著盛著茶的托盤一起回到客廳。她顯然已經比春雪還要更適應這個家的廚房了。

春雪心想，女生這種生物實在是很厲害，但隨即又搖了搖頭。是小孩是小孩，對方還只是個小孩。

然而餅乾卻好吃得幾乎可以直接拿去店裡賣了。

春雪轉眼之間就解決了九片尺寸有點大的餅乾，心想真不知道有幾年沒有吃到別人親手做的糕點，啜了一口朋子泡的紅茶。

而在桌子的對面，則可以看到這個紅髮的表妹正一臉認真地吹著茶。她一舉手一投足的模樣，都是那麼純樸而且惹人憐愛，光看都會覺得心裡溫暖起來。

「……我吃飽了。這個……很、很好吃。」

好不容易擠出正常的聲調這麼說完，朋子就鬆了口氣似的露出滿臉笑容：

「真的嗎？那太好了！大哥哥什麼都不說，害我好擔心耶。」

「對、對不起，我吃得太投入了……」

「真的是這樣呢。」

說完呵呵笑了幾聲，微微起身朝春雪伸出手，拿掉黏在他臉頰上的餅乾屑。

接著丟進嘴裡，又朝他笑了笑。

春雪覺得自己腦海中似乎發生了一種一箭穿心似的奇怪音效，趕忙擦了擦嘴邊。

「這、這個，那個，呃……對、對了，接下來我們要怎麼辦。要玩些遊、遊、遊戲嗎？我家多得是遊戲，從四十年前出的到現在都有，堆得……」

說到這裡，春雪才想起這些遊戲大部分都是血腥暴力的人間煉獄型遊戲。

但所幸朋子微笑著搖了搖頭。

「不好意思，我不太玩遊戲。因為我對完全潛行不太拿手……」

「這、這樣啊。」

聽完轉動目光看去，春雪這才發現她那連襯衫最上面的釦子都有扣好的細嫩頸子上，並不存在已經成為現代生活必需品的神經連結裝置。

Neuro Linker

這年頭確實有不少家庭，不願意讓小孩從小學生的階段就常態性裝上神經連結裝置，因為廣大無際的全球網路可說是犯罪的溫床。就算有提供家長過濾功能，還是很難百分之百阻隔所有有害資訊。

如果一個人平常都只在學校上課時才使用視聽覺模式，也不難理解會對完全截斷現實世界中五感的完全潛行覺得害怕的心情。春雪拚命思索不能玩遊戲的話該怎麼辦才好，這時視線才總算停在客廳牆上的大尺寸超薄電視上，於是輕輕指了指螢幕問道：

「那……那要用那玩意看個電影嗎？以前的２Ｄ影片裡也有一些挺好看的作品。」

但朋子還是輕輕搖搖頭，害羞地說了：

「我是想說……我們要不要聊聊天？跟我說些大哥哥國中的事情嘛。」

說著站了起來，踩著小小的腳步繞過桌子，坐到了春雪身旁。

一陣牛奶似的甜香刺激鼻腔，觸動了春雪長年培養出來的反女生力場，讓他反射性地想要跳開。椅子立刻被帶歪，眼看就要往左邊倒去，春雪立刻雙手亂擺一通，這才勉勉強強保持住平衡。

朋子盯著喀噠兩聲讓椅子回到原位的春雪打量了好一陣子，才輕輕一笑說了：

「沒想到大哥哥還挺可愛的。」

——嗚哇。

春雪聽著泡沫從自己嘴裡冒出的聲響，讓身體在浴缸裡坐得更深了。

由於母親的堅持，有田家的浴室格外寬廣，浴缸也非常大，就連春雪這麼龐大的身軀，也能在裡頭自在地伸展開來。他從鼻子大大吸了一口有著香皂氣味的水氣，在肺裡囤積了一會兒，再細而緩地呼出。

儘管口才已經不是一個差字可以形容，但長年沒有像今天這樣連續使用聲帶這麼久，讓他喉嚨都隱隱作痛。隔著朋子作的咖哩飯晚餐，算來竟然整整聊了四個小時，甚至讓春雪佩服地覺得，真虧自己的日常生活裡會有那麼多東西可以講。

結果春雪從梅鄉國中的各種制度，與兩位從小就認識的朋友之間所發生過的各種插曲，甚至連自己「最重要的人」，也就是那位黑衣學姊的種種，都一五一十地說了出來。唯一沒有提到的，就是一直持續到幾個月前的霸凌事件——以及跟「那個世界」有關的事情。

而這些怎麼想都不覺得有趣的話題，朋子卻聽得十分認真，有時還笑出聲來。

春雪心想有妹妹大概就是這種感覺，並深深地在心裡感受了一番。

同時心中總有一抹覺得不對勁的感覺揮之不去，讓他厭惡這樣的自己。

他總覺得事情實在太——太如意了。有一天放學回家，就突然多了個妹妹，不但會為自己烤餅乾，煮咖哩，還說「想跟大哥哥多聊聊」，甚至還要跟她獨處三天。

春雪的成長歷程沒有那麼順遂，沒辦法把這種情形當成天上掉下來的稀有事件來享受。

然而就算這件事背後有內幕，又到底會是誰，為了什麼目的而安排的呢？自己又該怎麼查證才好？

春雪想了一會兒，上半身探出水面，從一旁的三角置物架上拿起鋁銀色的神經連結裝置。儘管裝置本身有做過生活防水處理，但春雪還是仔細擦乾脖子上的水滴，再從後頸戴上裝置。U字形的兩端部分輕輕往內側一甩，牢牢固定在頸子上。

一打開電源，開機標示就在眼前亮起，經過二十秒左右的大腦連線檢查後，虛擬桌面就在視野中展開。春雪迅速動起右手手指，打開有田家家用伺服器的視窗。

準備從資料儲存區點進全家相簿之際，春雪不禁有些猶豫。這幾年來都沒有全家一起拍過照片，但這裡頭應該有一大堆春雪吃得胖嘟嘟之前——也就是父親跟母親感情還很和睦時的照片。這種東西他死也不想看。

春雪回到上一層，打開了與自家伺服器連線的網路芳鄰。

啪啪幾聲響起，好幾個網路入口以立體方式展開。這是個完全由有田家親戚所構成的家族網路。當然就算是家族網路，也不能擅自翻閱伺服器內的資料，但還是可以在裡頭留下留言，或是察看一些有對親戚公開的行程等資料。

然而裡頭卻找不到「住中野的齊藤家」用的入口。一般家庭都會在首頁放上兼作近況報告用的全家福照片，所以他本來是想去查看齊藤家的照片，但看來家族網路終究只有連到母親娘家跟幾個兄弟姊妹或叔叔伯伯家的網站，母親的表弟這種遠房親戚就沒有涵蓋進來了。

春雪先將目光從虛擬桌面上移開，傾聽浴室門後的聲響。依稀可以聽見客廳裡超薄型電視的聲音，看來朋子還在看適合闔家觀賞的綜藝節目。自己是在朋子的堅持下先洗的，不趕快讓出浴室就太過意不去了，更別說泡得這麼久的理由，竟然還是因為懷疑她其實不是自己的遠房表妹。

春雪再次瞪視著桌面，打開浮在正中央的入口——也就是母親娘家的家族網站。

春雪也不管那張以山形縣農村為背景所拍的田園風全家福照片，點選了通往網站內部的入口。這時當然會有認證視窗出現，擋住春雪的去路。

春雪在視窗上輸入了家族分配給母親的ＩＤ跟密碼。這種連線會在對方網站上留下記錄，要是對方向母親詢問登入的理由，春雪盜用母親ＩＤ的事就會拆穿，肯定會被痛罵一頓，不過他怎麼想都不覺得，經營櫻桃農園的外公跟外婆會去檢查自家網站的登入記錄。

然而冒險的事情當然還是越快做完越好。春雪以最快的速度潛入母親娘家的家族網站，打開了相簿資料夾。

儘管累積了幾十年的龐大照片量讓他看了就煩，但春雪懂得以拍攝時期及人數等條件加以過濾，抽出自己要的資料。如果自己依稀的記憶沒有錯誤，大約五年前外公的壽宴上就來了相當多有田家的親戚。印象中他跟「住中野的齊藤家」也在那個時候打過招呼。既然如此，當時五歲左右的朋子應該也有在場。

搜尋很快就有了結果，好幾張照片的縮圖重疊顯示在視野之中。

春雪用指頭接二連三地彈開不對的照片。

不是這張，也不是這張……啊，應該快到了，大概就是下一張。

「大哥哥♪」

突然從右側傳來一句歌唱般的說話聲音，讓春雪反射性地轉過頭去。

舉在空中的右手手指當場僵住。

不知不覺間，浴室的門已經拉開一條門縫，可以看到朋子露出臉跟右肩站在門後。

視線從她那以毛巾綁住的咖啡紅頭髮往下，一路掃過略帶靦腆的臉孔，纖細的脖子與肩膀細嫩的肌膚——

「妳……妳、妳……」

朋子朝著嘴巴做起高速開閉運動的春雪，露出了淡櫻花色的笑容。

「大哥哥，我可以一起洗嗎？」

「妳……等……怎……」

「誰教大哥哥泡那麼久，人家都等到不耐煩了啦。」

說著嘻嘻笑了幾聲，朋子也不等春雪回答，就踩著小小的腳步跑進了浴室。春雪趕忙猛力讓身體往水裡一沉，用力閉緊雙眼大喊：

「對、對不起我馬馬馬上出去！我我我我馬上就出去妳再等我一下就好！」

「沒關係啦，我們是遠房表兄妹呀。」

怎麼可能會沒關係啦啊啊——！

儘管春雪在腦內這麼嘶吼，但身上所配備的生體光學式觀測裝置——也就是他的眼球——卻背叛了主人的命令，擅自微微睜開眼睛。踩在象牙磁磚上的一雙小小的赤腳衝進視野之中，看得春雪停止呼吸。

雙眼的焦點自動往上移動。她的小腿肚苗條得讓人驚訝，劃出了流暢的曲線。又小又圓的膝蓋底下，連接了修長的小腿。

而她的雙腿就在快到根部的地方，被一條粉紅色的浴巾恰好遮住，讓春雪一瞬間覺得礙事。儘管自責自己真是個色狼，竟然還嫌浴巾礙事，但視線還是繼續往上走。浴巾緊緊裹住了她幾乎沒有曲線的軀幹，就在隨時都有可能鬆開的浴巾綁合處上面不遠的地方，細嫩的肌膚上還可以看出纖細的鎖骨。

「可……可是大哥哥也不要一直盯著人家看啦。」

最後視線來到了她害羞得低下頭去，長著雀斑的臉上。

春雪拿顯示在視野左側的一張五年前有田家族大合照，跟她的臉孔仔細比對。

前排排著包括自己在內的一大群小朋友，到現在已經根本認不出誰是誰，所幸這個時代的照片已經採用了鑲嵌數位資料的技術。

隨著目光焦點不斷移動，小朋友們的名字也隨即在身上浮現又消失。

而春雪要找的名字就在第六個人身上出現了──「齊藤朋子」。

目光凝視之下，符合條件的小朋友臉孔就自動拉近，放大到跟眼前的朋子同樣大小。

當時她才五歲，俗話說女大十八變。有五年的時間，已經夠讓她的長相變成現在這樣……才怪。

春雪深深吸一口氣，隔了一會兒才慢慢吐出。

接著就朝著這名睜大了眼睛，自稱是自己遠房表妹的女生，以悲哀的微笑喊了她的名字……

「朋子……」

「什麼事啊，大哥哥？」

「……妳，是個『新來的超頻連線者』對吧？」

她的反應即時而且貼切。

朋子那惹人憐愛的臉孔一瞬間張大了嘴，露出不加掩飾的驚訝表情。

她的臉頰脹得通紅，雖然多半不是因為感到羞恥，右眼眼角還連連抽動。

然而值得佩服的是，這位年齡應該確實只有十歲左右的少女，卻還以可愛的嗓音歪了歪頭說道：

「咦？大哥哥你在說什麼呀？超……頻什麼來著的？那是什麼？」

「曬痕。」

春雪小聲地這麼回答。

「咦？」

「妳脖子上有很明顯的曬痕，幾乎跟我一樣明顯。如果不是從出生就常態性配戴，實在很難曬得這麼明顯……就是配戴神經連結裝置造成的。」

朋子……想來多半是假名的這位少女，雙手立刻遮住了脖子。春雪則接了句「而且」兩字繼續說下去：

「祖父家的家用伺服器上，還留著五年前的照片，上面就有拍到齊藤朋子……這麼說是很失禮，不過妳比她本人可愛十倍。」

小女生的臉孔再度連連抽動，露出了極為複雜的表情。

沒過多久，百變的表情終於停住，變成了一種與先前純樸的神情離了有一光年之遠的不爽模樣。

「啐。」

她雙手扠在圍著浴巾的腰上，用力啐了一聲。

「虧我還翻過這個家的相簿，確定沒有她的照片，沒想到你竟然連外公家的網路都去挖，疑心病也太重了啦。」

聽到她突然切換成另一種語氣，固然讓春雪驚訝得瞪大眼睛，但仍然好不容易回了嘴：

「是……是妳太亂來了啦。我想妳應該是偽造了齊藤家寄給我媽的郵件，可是如果我媽跑去跟對方查證，妳打算怎麼辦啊？」

「從妳媽的神經連結裝置發往齊藤家的郵件跟通訊，全都會被攔截到我這邊。虧我還準備了整整三天呢。」

「這……還真是辛苦妳了。」

春雪抓著浴缸邊緣，忍不住發出了覺得不敢領教的聲音。

要在別人的神經連結裝置上放進病毒，唯一的手段就是拿傳輸線直接插上裝置。看來這名少女應該是查清楚了春雪母親的動向，到她常去的健身房，趁她將神經連結裝置放在更衣室置物櫃的時候動了手腳。

自己的骨肉至親被人這樣對付，心裡自然不會舒服，但春雪最先產生的感想卻是佩服。這世上有不少自稱是駭客或是巫師的連線裝置使用者，卻沒有幾個人膽敢從安全的家裡走出來，在現實世界中進行「社交工程（Social Engineering）」——也就是偽裝成別人，不靠網路就直接突破安全防護的終極入侵。

大概是聽出了春雪的語調中蘊含了讚賞的意味，少女臉上露出得意的笑容。

春雪抬頭看著她的表情，說出接下來的推測：

「……妳這麼大費周章，應該是想拿我當跳板去駭『她』，不過妳太天真了。她那麼有見識，第一眼看到妳的瞬間就會發現妳是冒牌貨了，才不會像我花了五個小時才發現……當然以超頻連線者的身分光明正大去挑戰又贏不了她，這我也不是不懂啦……畢竟對方可是大名鼎鼎的『Black Lotus』……」

春雪一邊期盼她可以快點出去，一邊斷斷續續地說完。

這一瞬間。

小女生散發出來的氣息再度發生劇變。

她雙眼猛然發出跟頭髮同樣的紅色光輝，有光澤的嘴唇歪成了不搭調的ㄟ字形，雙唇的縫隙間微微露出純白的牙齒。

她以這種只能用傲慢不遜來形容的表情低頭看著春雪，放低嗓子說道：

「——喂，你這小子剛剛說什麼鬼話？」

「……咦？就、就是說……光明正大去挑戰也……」

「贏不了她？我會贏不了她？所以我才要這樣偷偷摸摸在現實世界裡搞這麼麻煩的滲透工

作？」

——不是這樣嗎？

就在春雪以視線這麼發問的同時，小女生的右手從頭上扯下了毛巾，用力甩在地板上，食指用力朝著春雪一指。

一陣水氣之中，春雪產生了一種錯覺，覺得她那頭接近火紅色的紅髮豎了起來。隨著甩頭的動作，她的一頭短髮就像火焰似的搖擺，粗著嗓子撂下狠話：

「夠了，有夠麻煩，不搞了，我就直接用實力逼你就範。敢看不起我『Scarlet Rain』，我會要你付出慘痛的代價，我這就去拿神經連結裝置，給我乖乖等著！」

她收回右手食指的同時還朝下挺出拇指，做出往旁一拉的動作之後，才猛然轉過身去。

接著踏出一步的右腳，就踩在先前自己扔下的毛巾上面，當場滑了一跤。

「呀啊！」

「哇？」

一聲尖叫。春雪抬頭看著這一跤滑得像是後空翻一樣漂亮的她，也跟著大叫一聲：

春雪反射性地張開雙手，在小女生一頭撞上浴缸邊緣之前接住了她。然而春雪踩在水裡的腳卻突然打滑，讓他也跟著往後一翻。

嘩啦。

伴隨巨大的聲響，浴室裡濺起高高的水柱，一條大浴巾在一旁飛舞。

春雪的頭輕輕在身後的牆壁上撞了一下，他用力閉緊眼睛，等疼痛略微消退才微微睜開眼睛察看狀況。

自己跌坐在寬廣的浴缸裡。

胖嘟嘟的肚子成了小女生的肉墊讓她坐在上頭，而自己的雙手摟住了她纖細的身軀。

雙方都是全裸。

「嗚、嗚哇啊啊啊啊！」

春雪大叫一聲。

「嗚嘎啊——————！」

卻被她的尖叫聲蓋了過去。她先胡亂掙扎了一會兒，最後靠著在春雪肚子上猛力一蹬的反作用力，一口氣逃出了浴缸。接著撿起地板上的浴巾，同時以超高速衝到脫衣間，再次探出臉來說了句：

「……我宰了你。」

春雪聽著她重重的腳步聲往客廳遠去，茫然地想著。

——我看到，還摸到了。

——不對，重點是她多半是六王軍團之一所派來的奸細。而從她的言行舉止來判斷，等會兒她應該會來找自己對戰。

那應該拿下神經連結裝置來迴避嗎？然而如果她真的是今後得正式對上的敵人，總是越快得到她的情報越好。自己才剛升上４級，就算輸個一次，也扣不了太多點數，而且──對方還是個小孩子，春雪不覺得自己會那麼容易就打輸。

儘管有八成左右的思考迴路都還處在極度的混亂當中，但春雪仍然用剩下的兩成效能想到這裡，接著從腦中喚醒了先前她說出來的名號。

「Scarlet Rain」。這個名字自己應該沒有聽過。在色相環上應該屬於「象徵遠攻的紅色」屬性，但要就此認定她屬於紅色軍團，則未免言之過早。這個問題只要對戰看看就會知道答案，不過他還是希望可以多獲得一點相關資訊。

離她裝上神經連結裝置，啟動作業系統，完成量子連線檢查，應該還有幾十秒的空檔。春雪就這麼癱坐在浴缸裡，以語音指令說道：

「語音呼叫指令，編號零一。」

這句話才剛說完，眼前立刻出現一個對話框，顯示【是否確定與登錄位址零一號聯絡人進行語音通訊？】，春雪立刻點選ＹＥＳ。

鈴聲響了兩聲，對方接通了通訊。

『是我。怎麼啦？春雪，這種時間打來找我。』

這個嗓音有如絲綢般柔順，又有如音樂般富有抑揚頓挫，而背景還可以聽見潑水的聲音。

啊啊，不知道學姊是不是也在洗澡……春雪瞬間浮現出這個念頭，同時對通話對象——身為最強超頻連線者之一的黑之王「Black Lotus」，也就是黑雪公主說道：

「不好意思，這麼晚了還打擾學姊。我有事情想請教學姊……」

『哦？什麼事？』

「就是，學姊有聽過一個叫做『Scarlet Rain』的超頻連線者嗎？」

他得到的答案是一陣有點長的沉默。

「……請、請問，學姊妳怎麼了？」

『……沒有，不好意思。你應該不是在開玩笑吧？』

「哪有什麼開玩笑……我當然是因為真的不知道才問。都這麼晚了，我才不會打什麼惡作劇電話。」

『是嗎？唔，這應該算是我的疏忽，跟你說起的時候都只用通稱，沒有告訴你名字。不過「Silver Crow」，你也太不用功了點吧？』

「咦……？這話怎麼說……」

歪著頭的春雪，同時聽到一陣猛然從走廊跑過來的腳步聲，與黑雪公主爽朗的聲音。

『——「Scarlet Rain」，外號為「不動要塞（Immobile Fortress）」、「血腥風暴（Bloody Storm）」……那不就是第二代紅之王本

人嗎？』

「……妳說什麼？」

春雪聽得目瞪口呆，思考當場停住。

緊接著紅髮的小女生就猛力拉開浴室門，再次出現在春雪眼前。

大概是氣得顧不了那麼多，全身上下只穿著可愛的內衣褲。然而她似乎已經不想遮掩，昂然挺起白皙的身體，雙手環抱在胸前。

春雪反射性地就要撇開視線，但發現她身上除了內衣褲以外唯一的配件，忍不住細細打量起來。那個物體纏在她細嫩的脖子上，發出光澤動人而且通透的火紅色光輝。

小女生露出看得見一口白牙的兇惡笑容，以惹人憐愛卻又充滿威壓感的嗓音大喊：

「超頻連線！」

啪！

一聲早已聽慣，但每次聽到仍然不免戰慄的聲響，響徹了整個世界。

轉眼間五感都被截斷，一片漆黑之中，只見一排熊熊燃燒的文字寫著【HERE COMES A NEW CHALLENGER!!】，緊接著視野又恢復正常。

然而眼前的光景已經不是設有象牙化妝台的自家浴室，而是一個怎麼看都覺得像是鑿空了大樓中好幾層樓的廣大平面空間。

春雪已經完全潛行到了神經連結裝置內的思考加速對戰格鬥遊戲，「BRAIN BURST」所創造出的虛擬世界之中。周圍的世界是由根據設置在日本全國的治安監視攝影機網（Social Camera Net）所拍到的影像，所重新建構出來的虛擬實境，正式名稱叫做「對戰空間」。

然而包括春雪的住家在內，一般民宅內基本上都不存在公共攝影機，所以會像這樣以推測方式彌補——也就是由軟體自行杜撰出內部構造。看樣子這次整棟大樓都被還原到了建設中的階段，只看到許多鋼筋穿出了只打上水泥的樓層。

就在這個單調的空間裡，春雪跟小女生大約有半秒左右，都以原來的模樣面對彼此。

但兩者的身體顏色以及形狀都隨即開始有了改變，轉變成為各自用來對戰的分身「對戰虛擬角色」。

春雪圓滾滾的四肢從末端開始裹上一層銀色的光輝，同時也收得越來越細，最後出現的是一對裹在白銀裝甲之中的機械手臂。變化轉眼間就延伸到了軀幹，腰圍一口氣縮到一半以下。就在這極細金屬身軀完成的同時，連頭部也被白色的光芒吞沒，套在一個有著光滑圓形鏡面的頭盔裡。

春雪一邊意識著自己變身成對戰虛擬角色「Silver Crow」的過程，一邊凝視著她那站在幾公尺外的身影。

如人偶般嬌小的手腳突然裹在一層朱紅色的光輝中。隨著光環往上攀升，全身都逐一裹上一層通透的紅寶石色裝甲，平坦的腹部跟胸部，也裹在由暗灰與紅寶石這兩種顏色為基調的半透明裝甲之中，最後再發出一瞬間的閃光，出現了看起來像是人造人的頭部。

面罩上只存在著形狀渾圓的雙眼，仿瀏海造型的裝甲兩側還往外伸出呈馬尾造型的天線。雙馬尾輕快地跳動，雙眼亮起了鮮紅色的光芒。

——這就是「紅之王」？

春雪呆呆站在原地，低頭打量著站在幾公尺外的對戰虛擬角色。

她的個子很小，身高只有一百三十公分左右。身上看起來像是武裝的，就只有一把掛在右腰上，看似玩具的手槍。

「……我、我說啊。」

春雪無意識中開了口，加上金屬質感特效的嗓音從鏡面頭盔下傳出。

「妳，真的是……」

妳真的是加速世界中僅有七個人的9級超頻連線者，也是率領巨大軍團的最強支配者「純色六王」之中的其中一個？

就在春雪想問出這個問題的當下。

嬌小的少女型虛擬角色身後的空間突然開始扭曲變形。

四個發出火紅色光輝，稜角分明的方塊從虛空中湧現而出，裹住了少女的雙手雙腳，接著更有厚重的裝甲板從左右纏繞過來，完全遮住了嬌小的身軀。

「這……」

春雪張大了嘴，呆呆地抬頭望著質量一口氣擴張到自己數倍之多的火紅虛擬角色。

然而追加裝甲的增加卻還沒有結束。

隨著一聲聲沉重的低音，無數巨大的六角柱、圓筒或鋼板狀物體接二連三從後出現，逐一連接到本體上。高度在轉眼之間就直逼天花板，全長也像是要追上急忙後退的Silver Crow似的，迅速超過兩公尺、三公尺……

幾秒鐘後。

當四周恢復了寂靜，屹立在春雪眼前的，已經是一個有如戰車一般，甚至可以說是要塞的存在。

存在於原來手臂延長線上的兩挺又長又粗的砲身慢慢舉起，各個散熱孔嗤嗤作響的噴出陣陣白煙。

就在整個武裝貨櫃集合體的正中央，可以看到微微露出的兩隻紅色眼睛發出了亮光。

「……………不會吧…………」

就在春雪這麼自言自語的同時，以熊熊燃燒的字體顯示的【FIGHT!!】字樣發出光芒並炸了開來。

還是先跑再說吧！

春雪第一個念頭就是想跑，差點就要轉身朝後猛衝，最後總算打消了這個主意。

敵人的屬性是「象徵遠攻的紅色」。這個巨大要塞型對戰角色，怎麼看都覺得遠距離攻擊一定強得跟鬼一樣。除了左右兩門主砲，雙肩上的貨櫃多半是飛彈發射筒，往前方伸出的短砲身武裝則應該是機關砲類的武器。面對這樣的對手還主動拉開距離，簡直是愚蠢透頂。

春雪做出這個判斷，卯足了有限的膽識正面展開對峙，對此，要塞虛擬角色「Scarlet Rain」則以火紅色的視線照射在他身上。

「……哼？你不跑啊？還挺有膽子的嘛。」

紅之王以帶著金屬質感聲響的可愛嗓音放話。

「我、我是嚇得腿軟動不了。」

春雪以沒出息的聲音這麼回答，視線同時拚命在紅之王身上各處掃過。

一般遊戲裡遇到這種巨大而且配備重武裝的敵方頭目，攻略法都一律是想辦法從死角逼近，針對弱點加以擊破。不用說是從正面硬衝了，就連左右多半也逃不出那對可動式主砲的涵蓋範圍。這麼看來，唯一的死角大概就是正後方了。只要全力衝刺繞到對方背上，應該就有辦

法應付。

也不知道是不是猜出了春雪的這種念頭，Scarlet Rain輕笑了幾聲：

「說得這麼可愛♪可是啊，你應該沒有忘記吧？」

「咦？沒有忘記……什麼？」

「沒有忘記我說過……」

右側主砲忽然一動，企圖對準春雪。

「——我要宰了你這個變態！」

「那是不可抗力啊啊啊啊！」

大喊著反駁的同時，春雪猛力往地上踹，以快如閃電的動作衝向敵人左側，再做個銳角變向朝她身後前進。

考慮到Scarlet Rain龐大的身軀，她轉身跟上春雪的迴旋速度可說是快得驚人，但終究沒有快到可以跟得上Silver Crow這種專往速度發展的單一能力專精型對戰虛擬角色。

「而且明明就是妳自己先跑進浴室來的啊啊啊！」

春雪又喊了一句，同時繞過相當大的角度，朝著終於看到的敵人背部一口氣衝了過去。

他所料不錯，對方背上只有巨大的散熱片跟推進器之類的裝置，看不到任何武裝。春雪看準了裝甲應該最薄弱的飛彈發射器與散熱片連接處，舉起右拳——

……推進器？

就在想到這裡的同時，四個並排的黑色噴射孔一齊噴出了強烈的火焰。

「哇，好燙——」

被火焰裹住的瞬間，全身產生了猛烈的滾燙感，讓春雪發出慘叫。自己那條顯示在視野左上方的HP計量表迅速消滅。

然而春雪並沒有停止衝鋒。

產生的傷害量並沒有大到值得害怕，具有金屬色屬性的Silver Crow對於火焰攻擊有著很高的抗性。

「火焰對我Silver Crow不管用！」

——成功了。

春雪心想這下成了，就要朝背面裝甲的接縫處揮出灌注全身力道的一拳。

「小子你太天真啦！」

就在這幾乎讓人可以看見臉上寫著哼哈哈哈幾個大字的呼喝聲發出的同時，「Scarlet Rain」雙肩上的飛彈發射器護蓋猛然掀開。

看到無數的小型飛彈從裡頭大舉竄出，春雪驚訝得瞪大了眼睛。

等……這裡，是建築物……裡面……

緊接著，水泥天花板、地板以及所有鋼筋，全都裹在火紅色玫瑰似的爆炸之中。

正當春雪拚死躲過筆直朝自己飛來的一發飛彈，頭上的水泥已經產生網狀裂痕，隨即開始崩場。

「不會吧——！」

春雪大叫著猛力衝刺，現在已經顧不得什麼不要跟敵人拉開距離的原則了。這裡是二十三樓，離地表有一大段距離，要是被捲進崩場之中，HP大概一瞬間就會歸零。

這棟曾經是春雪住處的公寓大樓還只蓋好地板跟支柱，所以在距離十幾公尺外的地方，就可以看到通往屋外的空間。春雪在崩場的地板上左右跳來跳去，一邊以拳頭跟頭錘粉碎崩落的水泥，一邊瞥向自己體力計量表下面的必殺技計量表。

雖然所受的損傷跟對敵人造成的損傷都還不多，但應該是場地破壞點數有加算上去吧，計量表已經有兩成左右的長度發出綠色的光芒。這麼說來——

可以飛了！

春雪深深吸一口氣，雙肩灌注力道。

折疊在背上的金屬翼片發出唰的清脆聲響張了開來。

隨著翼片開始高頻震動，春雪的衝刺速度也不斷增加。

「喝喔喔喔喔——！」

春雪大喊一聲，頭前腳後地朝著逼近眼前的灰色天空毅然衝了出去。

他的住處位於整棟大樓之中相當高的樓層，所以從建築物內衝出來的那一瞬間，眼前立刻出現一片從高圓寺連往新宿的街景。

這片超廣角的景色堪稱絕景，然而所有建築物都跟自己家一樣，換成了鋼筋從水泥中穿出的半成品，看上去非常煞風景。看來這裡應該是「風化」屬性的場地，記得屬性內容是容易損壞、灰塵很多，有時還會突然有強風……

春雪一邊想著這些念頭，一邊放慢金屬翼片的加速，在空中懸停。朝必殺技計量表一瞥，看到還剩下少許長度，照這樣看來，應該可以連續飛個三分鐘。

轉過身去一看——

巨大的高樓大廈正好就在這時從中折為兩半，令人慘不忍睹地倒塌。

「唉唉……我家就這麼完了……」

他忍不住自言自語。當然這只是由系統產生的多邊形數據資料，但他還是第一次看到自己家在「對戰」過程中遭到破壞。

「真是的，有夠亂來。」

春雪搖了搖戴著頭盔的頭，低頭看著化為大堆斷垣殘壁的大樓。看樣子紅之王已經被自己造成的崩塌給牽連進去，看不到人在哪兒。照這情形看來，就算是要塞型虛擬角色，大概也承受不住。

就在春雪歪著頭納悶她到底想做什麼，並且開始下降的時候。

春雪發現一件事，不禁全身戰慄。

Scarlet Rain的體力計量表——沒有減少。說得精確一點，是有減少三%左右，但這樣算不上是受了什麼損傷。

而她的必殺技計量表則整條都發出了明亮的光芒。

說來也是。都破壞了那麼巨大的地形物件，想也知道會加算非常龐大的額外加值。也就是說，紅之王之所以會胡亂發射飛彈，其實不是為了抵禦春雪來自背後的攻擊，也不是企圖讓他被崩塌的建築物壓垮……

忽然間——

幾道紅光從眼下的斷垣殘壁中迸射而出，同時聽到一聲尖銳的喊聲：

「——『飽和熱線砲(Heatblast Saturation)』！」

看到深紅色的火線發出一陣嗡嗡嗡的刺耳共鳴聲，貫穿大樓的殘骸筆直往上延伸，春雪發出了慘叫：

「哇啊啊啊啊！」

他全力振動左翼，企圖以螺旋俯衝動作閃避，然而……

火線實在太過巨大，春雪沒能完全躲過這直徑幾乎跟自己身高相等的光束，Silver Crow的左手碰到了撼動景色的高熱圈，手肘以下的部分應聲蒸發。

HP條立刻減少了整整一成五左右，同時更受到一陣如假包換的灼熱感侵襲，但春雪卻幾乎沒有意識到這些。

原因很簡單，因為他看到從自己身旁通過的熱線繼續朝場地東方延伸，將屹立在遠方的新宿都廳大廈超過三百公尺以上的部分，都轟得不留痕跡。

「不會唄……」

春雪發出了這場戰鬥中已經不知道是第幾次的驚嘆聲。

一張嘴在銀色面罩下開開閉閉之餘，春雪轉動視線，望向住家大樓的殘骸。

正好就在這時，紅之王雄偉的身影從斷垣殘壁中開出的巨大貫穿孔洞中再次出現。

全身美麗的紅寶石裝甲看上去毫髮無傷，背面與下方推進器噴出了淡淡發光的排氣火焰，左手砲管上刻出的缺縫正冒著白煙。

「……哦哦，在飛耶在飛耶♪」

紅之王從前方裝甲的縫隙中露出渾圓的雙眼仰望Silver Crow，用唱歌般的聲調這麼說：

「這就叫做對空砲火嗎？我一直很想試一次看看，科幻片之類的電影裡就常常看到猛撒對空砲火的場面，看起來超好玩的呢。」

一聲響亮的金屬聲鏘地響起，雙肩上的飛彈發射器貨櫃全部掀開，接著更舉起右主砲，設置在前方的四門機關砲也更改了角度。

春雪全身發抖之餘，腦子裡也同樣想起了電影或動畫裡的這類場面。小小的機器人兵器試圖鑽過敵方要塞壓倒性的對空砲火彈幕……這些人多半都會像蟲子一樣被擊墜，喊著情人或是其他人的名字爆炸。

啊，那我就喊黑雪公主學姊吧。可是那只是她的綽號啊，不過就算要喊本名，實在也有點不好意思。

就在春雪陶醉於逃避現實的思考之中時，敵人的主砲已經發出低沉的轟隆聲響開始充電，貨櫃中也露出了估計不下一百發的小型飛彈群，飛彈尋標頭的鏡頭閃出了光芒。

敵人的必殺技計量表想必已經因為破壞都聽而再次集滿，相較之下春雪則只剩五%不到，看來頂多只能全力飛行幾十秒。儘管不合春雪的興趣，但局面已經逼得他只能賭賭看神風特攻隊式的敢死衝鋒。

「……我話先說在前面，從以前開始，巨大戰艦就是會被一架機器人給打沉！」

隨著這句死不認輸的話出口，春雪在空中做出了準備俯衝的姿勢。

「變態開的機器人哪有可能這麼活躍，你白痴啊！」

紅之王先吐出一句未免說得太難聽的台詞，接著高聲大喊：

「——『雹暴肆虐』（Hailstorm Domination）！」

嗡嗡嗡啪啪啪噠噠噠，三種砲聲同時響起，主砲、飛彈跟機關砲齊射。

這種攻勢可說是集這些日子以來讓春雪陷入苦戰的「遠距離對空攻擊」之大成。不管上週還是上上週，春雪都被不到現在十分之一的火力逼得一籌莫展，慘遭擊墜。

然而不知道為什麼，現在他卻絲毫沒有放棄的想法，甚至不覺得害怕。

也許只是因為敵人實在太強大，讓他乾脆豁了出去。但現在春雪卻感受到了一種已經許久沒有感受到的感覺，一種全身血液沸騰的火熱感覺，也就是「對戰」所帶來的興奮。

「……喝啊——！」

春雪大喊一聲，先朝右方來個空中衝刺，避過了主砲射出的光束。畢竟要是被這玩意打個正著，一瞬間就會被蒸發。光束驚險地從他身旁不遠處掃過，這次則在一些立體停車場跟新宿NS大樓上開出了大洞。

然而看樣子敵人也預測到了他會做出這種機動，無數的小型飛彈尋標頭亮出有如滿天繁星的光點逼近過來。

春雪深深吸一口氣，展開了使出渾身解數的超高速機動。

先以直線飛行引來一叢飛彈，再以小於九十度的銳角變向甩開。還沒擺脫受到失去追蹤目標的飛彈群爆炸衝擊，已經開始去吸引下一群飛彈，再次展開閃避行動。

Silver Crow有如飛碟似的在空中劃出鋸齒狀軌道，一路開出無數的爆炸花朵飛個不停。

不可思議的是，無論是飛彈的軌道，還是機關砲的彈幕，他都覺得自己可以看得清清楚楚，只是他也不知道這是不是在那個純白房間進行的訓練所帶來的成果。

就在極限的高速飛行之中，春雪忽然對自己產生了一股強烈的怒氣。

為什麼在每個週末的領土戰裡，我就是做不出這種動作？為什麼每次都只不過被一挺小型步槍瞄準，就嚇得兩腿——不，應該說是雙翅發軟，想飛也飛不快？如果要說是壓力太大所造成，現在這場跟威名遠播的「紅之王」展開的一對一戰鬥明明要可怕得多。

我明明這麼快，這麼能飛，為什麼每次到了重要關頭就是會呆呆中彈？我明明非得變得更強不可，非得變得更強，升到更高等級，才能跟她……

「……！」

就在春雪在面罩下咬緊牙關時，飛行速度稍微放慢，讓他沒有及時跟上唯一的閃避路徑。

還剩三十發左右的飛彈群從正面撲天蓋地似的飛來，背後則有機關砲的彈幕，在地上更可以看到Scarlet Rain的左主砲已經完成重新充電，開始捕捉目標。

「可……惡啊！」

春雪用右腳踢開了已經直逼眼前的飛彈，腳掌被爆炸炸得粉碎。接著利用爆炸的反作用力，朝著正下方展開了孤注一擲的俯衝，然而主砲的巨顎卻已經等在他眼前——

就在這時，戰場上吹起了猛烈的強風。

是「風化」場地的地形效果。水泥外露的建築物跟地面揚起了大量的沙塵，視野一瞬間被一片灰色封鎖。周圍的飛彈群跟丟了目標，接二連三引爆。

……就是現在！

春雪睜大眼睛，只看準了沙暴中亮起的紅寶石色光芒，呈螺旋狀俯衝。已經發射的主砲貫穿俯衝軌道的中心點，只徒然燒過虛空。

「哦哦哦哦哦哦！」

隨著一聲怒吼，春雪轉換姿勢，整個人從挺出的腳尖化為一道光線下衝，將孤注一擲的左腳螺旋踢，對準微微可以看見的Scarlet Rain兩組飛彈發射器之間的縫隙。只要這一擊能夠正中目標，就還有機會反敗為勝。

然而——

「……！」

就在有如劍尖一般鋒銳的腳尖即將觸碰到目標的時候，巨大的要塞型虛擬角色卻一口氣分解開來。

貨櫃與主砲從本體分離出去，裝甲板也往四周攤開。

嬌小的少女型虛擬角色從中出現，抬頭望向自己。

她以快得離譜的速度往旁讓開一步，躲過了Silver Crow的下墜踢。

春雪碰的一聲在地上穿出一個大洞，接著難看地摔倒在地，馬上就有個物體碰上了他的面罩。抬起頭來一看，就看到一個小小的槍口。Scarlet Rain的本體，也就是那個小不隆咚的少女型虛擬角色，右手握著一把同樣小不隆咚的火紅色手槍，槍口對準了春雪。

——剛剛那一踢被她輕而易舉閃過的時候，我就已經輸了。

儘管內心這麼想，但春雪還是死不認輸地放話：

「……妳以為那種玩具槍打得穿我的裝甲？」

結果紅之王就在她那只有兩隻圓形鏡頭眼的面罩上，明顯地咧嘴一笑說道：

「如果我說這把槍才是我最強的武器，大哥哥你會相信嗎？」

春雪深深吸一口氣，呼的一聲吐了出來，接著舉起了雙手——只是左手其實已經沒了。

「……我相信，是妳贏了，Scarlet Rain。」

結果紅之王又笑了笑說：

「那你肯聽我的請求嗎？」

「咦？請求……」

該不會是要我背叛黑色軍團吧？唯有這點絕對免談。

春雪內心十分擔心，但答案卻完全出乎意料之外。少女突然粗著嗓子，傲然撂下這句話：

「——讓我見你的『上輩』。直接在現實世界裡……面對面。」

2

翌日的一月二十二日，星期四，午後十二時五分。

春雪無力地睜著睡眠不足的眼睛，在梅鄉國中的一樓走廊上朝著學生餐廳走去。

到頭來，昨晚春雪還是睡在自己的房間，偽裝成他遠房表妹朋子的「紅之王」則睡在客廳的軟沙發椅上，但他的膽識當然沒有好到能在那種狀況下熟睡。

紅之王的目的到底是什麼？為什麼一開始會假裝成愛撒嬌的妹妹，甚至還烤餅乾給自己吃？而她見了黑雪公主，也就是黑之王，又打算跟她談什麼？

就算想要認真思考這些問題，腦子裡卻老是重複播放浴室裡發生的那一幕，不禁在內心大喊：啊啊啊啊這樣下去我根本就成了貨真價實的變態可是有什麼辦法呢我還是個煩惱很多的十三歲男生可是我已經有了黑雪公主耶。

心煩意亂之下，不知不覺間天都亮了，春雪小心不讓自己吵醒睡得香甜的紅之王，小聲地灌下五穀片當早餐，接著就匆匆忙忙出了家門。

靠著神經連結裝置的鬧鐘功能，上午的課總算撐了過去，但隨著午休時間越來越近，一想到今天也可以見到黑雪公主，就很現實地因為興奮感而清醒了些，於是在鐘聲敲響的同時衝出了教室。

春雪才剛踏入幾乎都還沒人來的學生餐廳，就從並排的好幾張長桌之間穿過，幾乎用跑的衝進了隔壁的交誼廳。

好幾張頗有風情的白色圓桌排成圓形，其中最裡面的一張桌子前，從背後的採光玻璃射進的冬日暖陽照耀下，一個黑衣的人影彷彿微微散發著光芒，讓春雪看得忘了呼吸。

這三個月來，同樣的光景他已經看了不知道多少次，然而一股扣動心弦的悸動卻始終沒有淡化。他甚至覺得光是這有如繪畫一般的情景到今天仍然存在，就已經是一種奇蹟了。

這位輕輕用手拄著臉頰，低頭看著桌上大本書籍的人——黑雪公主，不久就無聲地抬起頭來。柔和的陽光照耀下，一頭披在肩膀上的黑色長髮是那麼柔亮動人。

美麗的容貌上所綻放的笑容，彷彿一朵在積了厚雪的純白雪原上綻放的花。

「嗨，早啊，春雪。」

略微低沉卻有如絲絹般柔軟的嗓音今天也肯喊著自己的名字，然而儘管置身於這樣的幸福之中，春雪仍然多少想起了這陣子沒出息的慘敗而覺得無地自容，但還是走向桌前，恭恭敬敬地鞠躬。

「學姊早安，學姊今……今天……」

學姊今天也好漂亮。

春雪心中確實有著一股野心，希望有朝一日敢說出這句話，但他完全學不會能夠當著面流暢說出這種台詞的技能，只好改說別的話：

「……學姊今天也好早啊，我從來就沒有比學姊早進來這間交誼廳過呢……」

「那還用說，因為一年級的教室在三樓，二年級的教室在二樓啊。」

她一臉理所當然的表情聳了聳肩膀。春雪拉開身旁的椅子坐下之後才開始反駁：

「這……話是這麼說沒錯啦，只是總不會每天都這樣……」

「而且啊，比起讓你等我，我更喜歡在這裡等你。因為這樣我就可以從你剛從入口出現的那一瞬間起，把這寶貴的時間完整地記憶下來。」

她的這番話與笑容都是為了又胖又醜的自己，讓春雪感受到了份量相等的幸福與萎縮，同時也細細長長地吐出了胸中一口轉不過來的氣。

——我完全沒辦法相信，這個看起來文弱又溫和的學姊，跟加速世界裡那個斯巴達式的魔鬼教官竟然是同一個人。

站在春雪的立場，自然希望跟前者相處的時間可以盡量多一點，但可以想見今天這個願望多半沒辦法實現。一旦說出那個從昨晚到現在都還在持續的狀況，溫和的「黑雪公主學姊」肯定會即刻變身成可怕的「黑色死亡睡蓮」。

就在春雪有如戀愛中的少女般，想著哪怕只能多跟她對望一眼都好的這種念頭時，黑雪公主就彷彿想到了什麼似的開了口：

「昨天晚上你打電話給我……到底是怎麼回事？講到一半你就忽然不說話，接著又突然跟我道晚安，說完就掛斷電話不是嗎？我記得……你有提到『紅之王』怎樣的……」

「啊啊……呃……就是呢……」

那一秒鐘不說話的空檔裡，我是在跟紅之王本人對戰。

只是突然說這種話，她也不可能會相信。因為這群9級的「王」已經不需要靠著一般的對戰來賺取升級所需的超頻點數，幾乎完全不會親自出現在戰場上。

無可奈何之下，春雪只好死心，把一切都招了出來，招出了從「你回來啦，大哥哥！」到現在的一切——唯有最大問題所在的浴室場景實在不得不除外。

幾分鐘後。

黑雪公主臉上混著三成不敢領教與七成憤怒的表情，深深吸了一口氣，將握緊的右拳舉向天空。

接著一拳打在桌上，大罵一聲：「混帳！」

所幸這樣的情景總算沒有發生，因為這時有幾名捧著午餐托盤的學生走進了交誼廳。他們一如往常地朝著春雪跟黑雪公主一瞥，露出覺得這光景早已司空見慣卻又難以置信的表情後，佔領了離他們稍遠處的座位。

黑雪公主則跟春雪不一樣，看上去絲毫沒有意識到這群學生，保持著拳頭浮在桌面上五公分左右的姿勢反覆做著深呼吸，不久這隻手總算重重放到了桌上。

「怎麼不早點……我是很想說你第一眼看到她就該發現了……不過像這種奮不顧身的社交工程，而且還是由『王』親自出馬，確實是超乎想像啊……」

「就、就是說啊！」

總算避免造成黑雪公主火山爆發的情形，讓春雪暗自鬆了口氣，同時連連點頭。

黑雪公主的表情最後終於轉變成大大的苦笑，搖了幾次頭之後才喃喃說道：

「也罷……而且說來也沒有白白讓她撿了便宜。能夠跟『王』直接對戰，那可是不管雙手奉上多少超頻點數都買不到的寶貴經驗。第二代『紅之王』身手如何？」

「強得亂七八糟啊，她一砲就打掉半座都廳耶……我家也整個被她轟垮了……」

春雪再次想起她那超乎想像的火力，忍不住全身一顫。看到他這種模樣，黑雪公主呵呵一笑說道：

「這正是『專精單一能力』的威力，畢竟聽說『Scarlet Rain』把所有升級的點數都拿去強化遠距離攻擊的火力了。對了……跟你對戰的過程中，紅之王可有動過？」

「咦？」

春雪一時間聽不懂這個問題的意思，連眨了幾次眼睛。

接著馬上又領悟到了黑雪公主想說的話。

沒錯──仔細想想就會發現，紅之王Scarlet Rain從在春雪眼前變身成對戰虛擬角色，穿上那要塞般的重武裝，到造成春雪住家大樓崩塌，一直到最終局面下的對空砲火齊射為止，都沒有從原地移開一步。

不，正確地說來，在對戰過程的最後關頭，為了閃避春雪的全速俯衝攻擊，紅之王確實動了唯一的一步──

「啊……她、她有動，不過她也只動了五十公分左右。」

聽到這句話，黑雪公主總算又一次露出滿面笑容，雙手一拍。

「哦？這可了不起！之所以會有人為Scarlet Rain取了個叫做『不動要塞』的綽號，並不是因為她都習慣不動，而是因為她根本不必動。有傳聞說她在一路爬上第二代紅之王寶座過程中的一場大規模戰鬥裡，始終沒有從出現的座標移動過一步，就痛宰了將近三十名的敵人。」

「嗚嗯……」

春雪忍不住發出呻吟聲。自己竟然從正面衝向這樣的對手，無知還真是可怕。

「要……要是我有先聽說這回事，對戰一開始我就會投降啦。不對，應該說要是早知道她是『王』，我根本就會堅決拒絕對戰了。因為之前一直說是『純色六王』，害我一直認定紅之王一定是叫做『Red什麼什麼』啊。」

結果黑雪公主微笑著回答：

「所以我才會在電話裡說你太不用功。加速世界裡曾經冠上Red稱號的，自始至終就只有『Red Rider』一個……人……」

說到這裡。

聲音忽然停歇。

春雪茫然地看著她黏在嘴唇上的微笑殘渣轉眼之間消失無蹤，白皙的肌膚忽然沒了血色，變得像冰塊一樣蒼白。

「學、學姊……」

看到春雪瞪大了眼睛關心地問起，黑雪公主回答：「沒有，沒什麼。」但嗓音卻已經完全沙啞。

黑雪公主慢慢低下了被虛無表情支配的臉孔。看到她還放在桌上的右手微微顫抖，春雪這才留意到——只是也實在太晚了——黑雪公主會有這種反應的理由。

上一代紅之王「Red Rider」。

春雪還是第一次從黑雪公主口中聽到這個名字，然而他卻已經知道擁有這個名號的超頻連線者為什麼會從加速世界中退出。

兩年前，黑雪公主——也就是黑之王Black Lotus，親手砍下了他的頭。

而且還不是在正常的對戰中，而是在七王聚集的談話席上，趁對方只顧著演講而疏於防備時砍的。

9級超頻連線者之間的戰鬥有一條極為嚴苛的規定，只要輸掉一次就會失去所有點數。而喪失所有點數，自然也就意味著永久喪失超頻連線的資格。

春雪注視著黑雪公主放在桌上用力握緊的白皙右手，半無意識地問了：

「學姊……該不會，上一代紅之王對妳來說……」

——不只是朋友，而是更特別的存在？

春雪驚險地自覺到這個疑問並不是出於關心眼前這個人，而是來自自己的嫉妒心理，總算說到一半就緊緊閉上嘴唇，緊接著猛然低頭道歉：

「對不起，是我太沒神經了。不管是昨天晚上的電話……還是剛剛那個問題都一樣。對不起，真的很對不起……」

「……沒有……沒關係，你不用在意。」

答話的聲音不再圓潤，顯得十分沙啞。

「是我自己選了這條路，要怪就怪會做出這種反應的我太不成熟。呵呵……我還以為自己心中老早就擺脫了這個陰影……除了自己以外的所有超頻連線者都只是對戰對象，也就是說都是『敵人』，我本來以為自己早就已經這樣認定了……沒想到一不小心被戳到痛處就這麼沒出息，實在是滑稽到了極點。」

黑雪公主低聲哼哼笑了兩聲，並準備將右手放回膝蓋上。

春雪無意識中伸出雙手，包住了她的手。發出一陣倒吸口氣的聲音，她用力抽手，但春雪卻罕見地堅決抗拒。

明明曬著窗口射進的陽光，她的手卻跟石像一樣冰冷，冰冷得幾乎聽得見緊繃到極限的肌腱發出抗議的聲響。

春雪匯集全身的體溫，想要溫暖她凍僵的手，同時開口說道：

「……我……我……」

想說的話明明在腦中有著明確的形象，轉化成言語的能力卻跟不上。春雪絲毫沒有意識到交誼廳內學生人數正開始增加的情形，拚命動著嘴說道：

「我，絕對不會跟學姊對打，絕對不會當妳的『敵人』。學姊是我的『上輩』，我是學姊的『下輩』。我們彼此雖然是對戰者，但在那之前更是上下輩的關係啊，不是嗎？」

沉默持續了一會兒。

不久黑雪公主總算抬起頭來，以目光微微往上的眼神注視春雪，緩緩點了點頭。

然而嘴唇上微微浮現的微笑，看在春雪眼裡總覺得帶著幾分悲傷。

「……我們換個地方吧。」

黑雪公主只說了這句話，這次真的縮回了右手。

接著以流暢的動作起身，抱著精裝本書籍開始邁出腳步。春雪跟上她的背影問道：

「要、要去哪裡……？」

去可以讓我們兩個人獨處的地方。

但黑雪公主並沒有這麼回答，而是說了個極具實務性的答案：

「如何應對『Scarlet Rain』這個問題，總不能只由我們兩個人決定吧？這種事情得要軍團裡的所有成員一起討論才行。我們就買個三明治當午餐吧。」

儘管心中稍有失望，但同時春雪也為了黑雪公主的態度終於恢復正常而鬆了口氣，連連點頭表示同意。

黑色軍團「黑暗星雲(Nega Nebulas)」。

黑暗星雲的名稱聽起來可說規模壯闊，但現在的成員卻只有三個人，而這個極小軍團的最後一名成員，則在接到春雪發的郵件後給出了這樣的回答──「我在屋頂」。

一打開鐵門就有颼颼冷風吹進，被外頭的低溫凍得縮起脖子，左右張望了一會兒，就在很遠的一張長椅上找到了一個獨自坐在那兒的身影。

就連快步走向對方的過程中，這個人物跟黑雪公主不同走向，但同樣彷彿一幅畫般天衣無縫的坐姿，仍然讓春雪差點看得出神。

這人身材修長，但肌肉卻很結實。稍長的瀏海在微風吹拂下輕輕搖曳，底下的側臉則散發出一種有如日本刀一般犀利的氣息。他微微低頭，以右手手指在空中比劃，大概是正在操作投影鍵盤，但就連這樣的動作，看起來也像個正在打禪的武士般莊嚴肅穆。

看到這名跟自己同年紀的少年留意到腳步聲而抬起頭來，春雪對他輕輕舉起右手：

「嗨，希望沒打擾到你念書。不過也不用特地跑來這種冷得要命的地方吧？阿拓。」

從小就認識春雪，現在跟他更是戰友的阿拓——黛拓武，隔著無框眼鏡微微一笑。

「今天的陽光曬起來明明就很舒服，小春你偶爾也該曬曬太陽比較好。」

說著就俐落地站起來，朝著春雪身後的黑雪公主深深一鞠躬。

「早安，軍團長。」

「嗯，早安，拓武。」

黑雪公主先點點頭，接著才露出大為苦笑的表情。

「我說過很多次，我是軍團長沒錯，可是你完全不需要連平常也這樣稱呼我啊。」

「對不起，不過對我來說，還是這樣稱呼學姊最合適。」

拓武答完話後讓開一步，左手朝著先前所坐的椅子一擺。黑雪公主再次苦笑並且坐了下來，翹起了一條穿著黑色長襪的纖細美腿。接著動了動一邊眉毛，抬頭看著拓武問道：

「不好意思，我跟春雪要在這裡吃飯，你吃過午餐了嗎？」

「是，我已經吃過了。」

仔細一看，發現椅子邊邊放著一個重新包得十分整齊的午餐盒。熟悉餐盒包巾顏色的春雪小小虧了一下拓武：

「這是小百做的對吧，你們兩個乾脆一起吃不就好啦！」

結果拓武也跟著以苦笑回答：

「我們可不像春雪跟軍團長一樣，可以光明正大在學校裡恩愛啊。」

「我、我們才沒有在恩愛！」

「我們可沒有在恩愛。」

聽到春雪跟黑雪公主異口同聲地否認，拓武用指頭將眼鏡往上推，露出牙齒笑著說：

「兩位每天在交誼廳裡深情對望，散發粉紅色氣流的傳聞，連我們班都傳得沸沸揚揚啊。不過先不談這個……我決定不再著急了。我唯一該做的，就是一點一滴，慢慢償還我該償還的東西。」

「……這樣啊。」

春雪也露出認真的表情點點頭。

拓武從就讀了七年的新宿區學校，轉學到住宅學區所在的梅鄉國中，是在短短兩週前，也就是第三學期開學的那一天。

他之前的學校是採從國小到大學一路直升的一貫式教育，知道年幼的拓武為了考那間學校有多用功的春雪曾經勸阻他，說這樣實在太可惜，但拓武的決心十分堅定。

他之所以這麼做，並不是為了新宿屬於「藍色軍團」的支配戰域這種消極的理由。拓武是決定要贖清自己的罪——他曾經入侵從小就認識的女友倉嶋千百合的神經連結裝置，曾經鑽加速世界規則的漏洞，企圖獵殺黑雪公主，現在他決定用上所有的時間，來贖清自己的罪行。

具體來說，就是一直陪在千百合身旁，並死守住「黑暗星雲」的領土杉並區。

二〇四七年的現在，眼鏡已經失去了矯正視力的原始意義，成了一種時尚配件。原因很簡單，因為已經成了生活必需品的神經連結裝置也一樣有提供強大的視覺修正功能。

然而拓武的藍色眼鏡卻不是時尚用品，而是真正有度數的眼鏡。也就是說，拓武決定不再靠神經連結裝置，來矯正看太多紙張媒體與平面螢幕所造成的近視。

就算神經連結裝置的功能再怎麼強大，終究不可去操作肉眼眼球水晶體的對焦調整能力。修正的方式是靠神經連結裝置的內建攝影機，將所拍到的影像跟近視的肉眼所捕捉到的模糊視野加以合成，以即時方式進行數位運算修正。也就是說，以神經連結裝置代替眼鏡，這樣的人眼中所看到的世界，有一半以上都是由處理器運算出來的虛擬影像。

看來拓武就是拒絕這個功能，決定今後都要用自己的眼睛去看真正的世界，去看真正的千百合，看春雪，更要看清真正的自己。

儘管千百合到現在態度都還有點生硬，但相信拓武的心意終有一天可以讓她了解，而自己也已經充分體會到了拓武的決心。

春雪很想這麼告訴他，但做起來卻沒有這麼簡單。因為拓武雖然說已經決定不著急，卻不時會流露出有點鑽牛角尖的眼神。

沒錯，那種眼神就跟黑雪公主提到上一代紅之王時的眼神非常相似。

春雪揮開瞬間讓他想得出神的念頭，坐到黑雪公主身旁，打開了手上裝著午餐的袋子。一邊咬著炸豬排三明治，一邊朝著靠在對面欄杆上的拓武又說明了一次狀況。

拓武睜大眼睛聽完之後，短短地沉吟了一聲。

「……阿拓，你有什麼看法？」

「嗯──就算想推測紅之王打算對軍團長說什麼，我們手上的資料也實在不夠。只是覺得我好像可以理解，如果她的偽裝能順利維持三天，身分沒有被你拆穿，她會想做什麼。」

「真的？」

「哦？」

拓武眼鏡的鏡片閃出亮光，朝著同時出聲的春雪跟黑雪公主說下去：

「從小春的個性來看，只要一起生活個三天，對這個『妹妹』多半會產生相當濃厚的感情，接著如果這個妹妹說：『其實我是超頻連線者，可是我還只是個小孩子，努力存下來的點數老是被軍團裡面資格比較老的人搶走。大哥哥，求求你，到我的軍團來保護我吧！』那會怎麼樣呢……」

「喂喂，這太亂來了吧！」

黑雪公主以覺得太離譜的聲音大喊一聲。

「有誰會掉進這麼明白的圈套裡？想也知道所有點數都會被剝光吧。就算春雪才剛入門不久，也總不會那麼……」

說著朝春雪瞥了一眼。

「那……麼……」

一句話說到這裡就說不下去了，因為她發現春雪已經聽得淚眼汪汪。

「……你、你白痴啊！」

「可、可是……被霸凌聽起來好可憐……」

才剛說到這裡，伸過來的左手就捏著春雪的臉頰用力一拉。

「學、學野以握額喔啊？（學、學姊妳做什麼啊？）」

「喂，我先跟你說清楚。」

黑雪公主以湛出深邃光芒的眼神瞪著他輕聲說了：

「一瞬間轉移到別的軍團，救了妹妹以後回來，這種帥氣的事情根本就不可能辦到。」

「咦？為額喔？（咦？為什麼？）」

黑暗軍團的軍團長啪一聲放開左手，接著以灌滿恐怖值的嗓音回答：

「拓武的『上輩』，也就是散播開後門病毒的青色軍團幹部，得到了什麼樣的下場，你應該沒有忘記吧？」

「呃、呃……記得好像是說喪失所有點數……也就是被剝奪了超頻連線的資格，這又怎麼了嗎……？」

春雪歪著頭納悶，站在對面的拓武對他補充說明：

「這所謂『喪失所有點數』，可不是一直找他對戰，打到他點數被扣光為止啊，畢竟事實上根本就不可能辦到。只要在第一場對戰打完後解除加速的階段，看是要離開全球網路還是從脖子上卸下神經連結裝置，就可以暫時迴避對戰了。只是之後等著他的命運就跟軍團長一樣，會被當成懸賞犯通緝。」

「哦、哦……原來如此。」

「可是其實不用這麼麻煩，軍團長有更簡單的手段可以『處決』部下。」

「咦……咦咦？我怎麼都沒聽說？」

春雪還是第一次知道這回事，猛然轉頭朝身旁的黑雪公主看了一眼。

這位學姊則一臉不在乎的表情，輕輕攤開右手做出了「那又怎麼樣」的手勢。

「申請參加軍團的時候，顯示的文件裡就寫得明明白白，只怪你自己看都沒看。而且我怎麼可能處決你呢？當然你對其他女生花心的情形得要另當別論就是了。」

說完露出滿臉的笑容。

看到她臉上浮現出充滿慈愛的微笑，春雪立刻挺直了背脊。

「我、我怎麼可能會這樣呢？不、不過我還是希望多知道點知識。這處決……具體來說，是怎麼執行……？」

「嗯，我想想……說是一種必殺技應該也說得通吧。對系統申請組成軍團，自己登記為軍團長時，就會顯示在指令表上，不過招式名稱是固定的，就直接叫做『處決攻擊(Judgement Blow)』。」

「處決……」

黑雪公主驟然將視線從自言自語的春雪身上移開，以多了幾分認真的表情說下去：

「參加軍團，也就是參加團隊的這種行為，可以讓超頻連線者獲得很大的安全保障，畢竟集團戰可以減少風險，報酬也比較穩定。而獲得這些好處的代價，就是這個『處決攻擊』的存在。參加一個軍團，也就等於是對軍團長獻上自己的首級。任何軍團成員只要挨到這一擊，點數立刻就會歸零，永遠喪失BRAIN BURST。這招的有效期限是參加軍團期間，以及退團後的一個月內。」

「退、退團一個月還有效喔……？」

「嗯，也就是說，假設你被紅之王的社交工程給騙得一愣一愣，哪怕只有片刻，一旦你脫離黑暗星雲而參加紅色軍團，從那一瞬間起，你……也就是Silver Crow的生殺大權，就等於交到了他們手上。」

「噁。」

他也只能這樣反應了。

老實說，要不是有在外公外婆家的家用伺服器裡找到那張照片，他實在不敢保證，自己不會徹底相信紅之王就是自己的遠房表妹朋子。要是就這麼跟她一起生活兩天，之後她真的照拓武的推測那樣說出那段「其實我……」的話，自己確實有可能於於心不忍之下，就這麼呆呆跟去紅色軍團。這個可能性確實存在。

——然而問題沒有這麼簡單。

「……可是，她為什麼要這樣？」

春雪自言自語，望向黑雪公主跟拓武的臉。

「為什麼紅之王要搞這麼麻煩的把戲……？」

「唔，到頭來還是會歸結到這個疑問啊。」

黑雪公主沉吟道：

「嗯……她奮不顧身演上這麼一齣戲，就算騙得春雪加入紅色軍團，用『處決攻擊』逼他就範，也不可能贏得春雪的忠誠。而對軍團沒有歸屬意識的成員，根本是有百害而無一利。也就是說……」

「也就是說，她多半是要春雪幫她『做一件事』，而且只要一次就好，是吧？」

拓武以中指抵著眼鏡的橫樑往上推，接著說道。

「如果只要一次就好，就可以用威脅的方式逼人就範……我想對方應該就是打著這種主意。而這也就表示，紅之王之後跟軍團長見面時準備提出來的，也會是同一件事。我想應該是因為偽裝成妹妹的手法被拆穿，所以才將計就計，改成以交易的方式來進行吧。」

「唔。」

黑雪公主又沉吟了一會兒，接著抬頭看著拓武說了：

「該怎麼說呢……你實在很有模有樣啊。」

「軍、軍團長，您說什麼很有模有樣？」

「是說你的眼鏡扮相，以後我們稱拓武為博士如何？」

拓武靠在欄杆上的背一滑，趕緊連連搖頭：

「不、不用了……謝謝軍團長的好意，不過請容我辭退。」

春雪拚命忍著不笑出來，跟著表示同意：

「我……我也覺得阿拓的推測是對的。昨天那場對戰裡，紅之王明明可以壓倒性地打敗我，但她卻沒有這麼做，而是說要我為她引見學姊。這應該也就表示她想藉由選擇了交涉這個第二手段，來表明敵對並不是她的目的吧……」

「只可惜這誠意是等把戲被拆穿了以後才表示的啊！」

黑雪公主哼了一聲，改翹起另一隻腳。隨手將吃完的三明治包裝紙揉成一團，以漂亮的上肩投法投進了遠處的垃圾桶裡。

「不過也好，既然她想找我談，我就聽聽她想說什麼。國王不惜『暴露現實身分』親自闖進虎穴，至少這膽識以一個小孩子來說，確實了不起。春雪，你去打電話給紅之王，說會談就訂在今天下午四點，至於地點……」

黑雪公主說到這裡先頓了頓，從椅子上站起來。

接著轉過身來，露出得意的笑容——

「就挑你家客廳。」

怎怎怎怎麼這樣啦我們還不到這種關係而且我也還沒有做好心理準備更重要的是我們是清純的國中生。

春雪接近精神錯亂地出言婉拒，卻被黑雪公主回了一句：「紅之王可以，我就不行？」當場擋了回去。

拓武說要找千百合一起回家，之後再到春雪家來，所以春雪必然得跟黑雪公主兩個人一起回到自己家裡。

想必黑雪公主又把學生會的工作帶回家做了。看著她一隻手放在投影鍵盤上，笑嘻嘻地對許多向她打招呼的學生回禮，春雪拚命地思考對策。

呃，客廳、廚房跟廁所應該都有打掃乾淨，茶跟點心也還有存貨，可是我的房間才是問題。萬一被她看到自己那批本世紀初推出的血腥Z級遊戲收藏，肯定會就此一蹶不振。自己的房間一定要死守，說什麼也要守住。絕對不開電子鎖。

春雪如此下定決心，瞪著開始從中央線高架道路後方出現的公寓大樓。

帶著不知不覺間開始沉默的黑雪公主走進電梯，按下按鈕，在二十三樓走出電梯。

接著只要在公用走廊上走個十公尺，就會抵達自家門前。

「我說呢……我家也沒什麼好玩的，就只是很平凡的住宅，而且也沒有寵物。」

「是、是嗎？不，這不成問題，我討厭會掉毛的動物。」

黑雪公主清了清嗓子，跟著春雪停下腳步。

春雪一邊祈禱著拜託千萬不要出事，一邊伸手去碰浮現在視線當中的開鎖對話框，接著就聽到喀啦一聲開鎖的聲音。

才剛拉開家門，就有一連串聲響衝進春雪的耳裡。

那是一陣噠噠作響的機槍連射聲，大喊Gyaaah——Help Me——的英語尖叫聲，以及一個女生大吼，喝啊、去死吧、死得越難看越好的聲音。

「嘎啊——————！」

春雪也跟著慘叫，甚至沒有心情先脫掉鞋子，就踩著重重的腳步衝進了客廳。

而他看到的光景，是一台舊世代遊樂器主機接到牆上的平面螢幕，地板上則撒滿了春雪那批Z級遊戲收藏的外盒，沙發上更盤腿坐著手握無線遊戲控制器的「紅之王」。

「這……怎……我的房間……鑰匙……」

紅之王瞥了踏進客廳一步後，看得啞口無言的春雪一眼，說道：

「啊，你回來啦。大哥哥你挑遊戲的品味不錯嘛，我最喜歡這種遊戲了。」

呆站著停止思考的春雪身旁，黑雪公主用一種顯得有點不敢領教的聲音說：

「……也是，我也不討厭。這個時代的歐美遊戲確實有他們的一套哲學，嗯。」

剛好就在這時，大型螢幕上一名疑似黑幫老大的大叔被轟得整個人朝後飛起，血濺當場。

「讚啦！第五關搞定！」

春雪低頭看著做出握拳姿勢的國小女生，以無力的聲調低聲重問了一次：

「我房門的鎖……妳是怎麼……」

這一問之下，紅之王總算暫停了遊戲，整個人轉了過來。

她先望向春雪，接著注視他身旁的黑雪公主，甩動紅色的雙馬尾，露出天使一般的笑容：

「我不是說過，我已經從大哥哥的媽媽那邊，拿到了這個家的臨時通行碼嗎？只要小小動點手腳，要改成母鑰簡單得很。不過大哥哥你放心，你放在參考書後面那排另一種Z級的軟體我都沒有碰♪」

完了……

書包從失去握力的右手重重落下。

紅之王將視線從失魂落魄的春雪身上移開，再次筆直凝視黑雪公主，天真無邪的表情完全從臉上消失。

少女將控制器丟到一旁，兩隻腳往上一甩，接著猛然跳下沙發椅。

她身上的服裝，已經不是昨天那套純真無瑕的白色上衣搭配深藍色裙子，而是在火紅色的T恤上穿了件有拉鍊的黑色背心，下半身則穿著讓她一雙苗條的大腿幾乎全露出來的牛仔短褲，再下去則是一雙長度到膝下的紅黑相間橫紋襪。

而她掛在脖子上，那有著紅寶石般半透明外殼的神經連結裝置，更是閃閃發光。

少女披著一身烈焰般的色彩，嘴角露出危險的笑容上前幾步，跟站在春雪身旁的黑雪公主正面對峙。

而這名國中女生則跟她形成鮮明的對比，穿著一身不帶任何色彩，彷彿像是濃縮冰冷黑暗而成的黑衣，以超然的視線與微笑迎擊。

春雪覺得她們之間彷彿碰出了劇烈的火花，瞬間忘了客廳裡的慘狀，整個人連連倒退。

──她們應該不會就這麼「對戰」起來吧。

正當春雪認真地擔憂，就看到紅之王雙手叉腰，高高抬起尖尖的下巴開口。這時她說話的嗓音裡，已經沒有留下絲毫先前那種妹妹的味道。

「哼？妳就是『黑之王』？原來如此，的確黑得很，如果是在晚上，就算妳站在眼前，我大概也看不到吧。」

黑雪公主立刻雙手抱胸嗆了回去：

「妳也紅得很啊，『紅之王』。要是把妳掛在十字路口當紅燈讓車子停下來，應該還挺有意思的。」

火花一口氣電壓大增，嚇得春雪發出無聲的慘叫，又往後退了一步。

這兩個人都是等級9的「王者」。她們一旦對戰，輸掉的一方將在特定的規則制約下，立刻被徹底剝奪BRAIN BURST，相信她們應該不會貿然對戰。但黑雪公主的燃點之低已經不需多說，紅之王看樣子也是個有過之而無不及的愛抓狂角色。

——這種時候我一定得攔在她們兩人之間才行！

春雪決心做出崇高的自我犧牲行為，一隻手搔著後腦杓說了：

「唉、唉呀，一下子就多出可愛的妹妹跟漂亮的姊姊，我真是太幸福了。」

他才剛硬擠出嘻嘻兩聲乾笑。

「小心我再轟殺你一次。」

「你白痴啊？」

兩個實在太冰冷的聲音同時飛來，打穿了他的眉心與心臟。

兩位王者更不去管嚇得腿軟的春雪，繼續對峙了幾秒，但隨即又異口同聲地哼了一聲，撇開了視線。

紅之王還不忘補上一聲響亮的啐聲，之後才低頭看著春雪說了：

「喂，還不快去弄個茶來，你也太不機靈了。」

「啊，春雪，我想喝咖啡，黑咖啡。」

——昨天那個會烤餅乾、煮咖哩給自己吃的遠房表妹朋子已經不存在了。

春雪對這個事實真心感到沮喪之餘，手腳並用地爬到廚房避難，躲到她們兩人看不到的地方，悄悄擦了擦眼淚。

一張大型的餐桌旁，春雪跟黑雪公主比鄰而坐，對面則有紅之王盤腿坐在椅子上，一起啜了口咖啡——黑雪公主是黑咖啡，春雪的加了奶精跟糖，紅之王則是成分幾乎只有牛奶的咖啡歐蕾——玄關的門鈴這才響了起來。

等春雪以遙控方式開鎖，先說了聲「打擾了」才從門後現身的拓武，以開朗的語氣打招呼，一句話卻只說到一半：

「啊啊，真是懷念。已經不知道有幾年沒來小春家……裡……」

接著看到客廳地板上的慘狀，似乎就立刻了解到發生了什麼事，隔著眼鏡露出同情的眼神，輕輕拍了拍春雪的背。

接著看了看紅之王，微微瞇起眼睛一下，才默默坐到隔壁去。

他的座位上已經準備好了一杯只加了少許奶精的咖啡，拓武先說聲「我不客氣了」並端起杯子，才以沉穩的語調開口：

「總之，我們就先從自我介紹開始吧。我想，照理說這種時候應該由妳開始報上自己的名字吧，『紅之王』。」

小女生先冷眼瞄了拓武一眼，短短哼了一聲之後才開口：

「也好，就稍微優待你們一下也沒關係。我叫……由仁子，上月由仁子。」

接著啪一聲彈響手指，就有一塊火紅色的名牌浮現在春雪的視野之中。上面以帶點可愛的字體寫著【上月由仁子】。

這種名牌是用來對初次見面的人告知自己的名字怎麼寫，作用有點類似名片，但同時也是一種簡易身分證。名牌右下方亮著居民憑證網路的認證記號，就連巫師級的駭客也很難偽造，所以照理說名牌上所登記的名字，應該就是「紅之王」的本名。

名牌上除了名字之外，只有顯示出生年月日。上面顯示著二〇三五年十二月出生，也就是說她才剛滿十一歲。

超頻連線者的精神年齡與生理年齡不相符的情形十分常見，而紅之王——由仁子則讓人很難判斷到底有沒有這種情形。有時會覺得她遠比春雪成熟，但有時候又像她這年紀的女生一樣天真無邪。

「喔？小妹妹妳叫做由仁子啊。」

朋子，也就是由仁子，用狐疑的視線朝笑嘻嘻的拓武看了一眼之後說：

「你也報上名來吧，『Cyan Pile』。」

這句台詞意味著，紅之王對於「黑暗星雲」的內情已經調查得相當徹底。

拓武應該也察覺到了這點，換上了諷刺的笑容，嘴上倒是老實報上了本名：

「我叫黛拓武，請多指教。」

說著用手指一劃，看樣子應該是傳了名牌給紅之王。

由仁子往空中凝視一下子，接著視線定在正對面的春雪身上，用下巴指了指他。

「我……我的本名妳不是已經知道了嗎？我叫有田春雪。」

「名牌丟過來看看。」

被她這麼一說，春雪只好心不甘情不願地操作虛擬桌面。

最後三人的視線都集中在好一陣子保持沉默的黑之王身上。

她先將視線從咖啡杯上抬起，慢慢眨動長長的睫毛之後才開了口：

「嗯？啊啊，輪到我了？我是黑雪公主，還請妳記清楚了，上月由仁子。」

「喂，妳這根本就不是本名吧！」

由仁子立刻大吼，但黑雪公主則一臉不在乎的神情，手指一彈，這時不只是紅之王，連春雪的視野中也浮現出了一塊漆黑的名牌。

【黑雪公主】。

上頭用明體大大地寫著這四個字，右下方照樣亮著居民憑證網路的認證記號，讓春雪只能嘆著氣連連搖頭。唯有這個人讓他實在摸不著頭緒。

紅之王也以一種難以形容的表情用鼻子大聲呼氣，隨後猛力啐了一口：

「啊啊，夠了，隨便啦，我不管那麼多了！我會記得妳這女人臉皮厚得敢自稱公主，這總可以了吧！」

就算由仁子當下堅持要她透露本名，但既然黑雪公主有本事破解名牌的量子加密技術，終究沒辦法保證下一張名牌就會是真的。

黑雪公主得意地一笑，以不在乎的聲音反擊：

「至少遠比自稱『國王』要可愛得多了吧──既然自我介紹順利結束，我可要馬上進入正題了。」

笑容瞬間消失，漆黑的眼睛開始泛起銳利的光輝。

「首先，紅之王……也就是由仁子，春雪在現實中的身分，妳是怎麼查出來的？這點我非得先問個清楚不可。」

春雪沒有料到她會從這裡開始，聽得忍不住瞪大了眼睛，接著又倒吸一口氣。

沒錯──最先應該問清楚的問題就是這一點。不是紅之王用以偽裝他遠房親戚朋子身分的手法，也不是她的目的。畢竟「現實身分曝光」是超頻連線者最大的禁忌──這件事會直接威脅到春雪在現實世界的生命安全。

由仁子先對表情明顯變得鐵青的春雪瞄了一眼，才輕輕聳了聳肩。

「不用一臉那麼擔心的表情啦。你就是Silver Crow這件事，在整個紅色軍團裡就只有我一個人知道。這點我以國王的名譽擔保。至於查出你身分的方法……」

說著嘴角得意地上揚。

「就跟潛入這個家的手法一樣，也就是透過社交工程，而且是用只有身為國小生的我才辦得到的方法。」

「咦……？這話是什麼意思……？」

「每個人都知道你們的領土在杉並區，然後從你最常出現的時段來分析，可以推測出你應該是國中生。到這裡應該沒有問題吧？」

由於有「非得從剛出生就裝上神經連結裝置不可」的最優先條件，目前最高齡的超頻連線者也才只有十六歲。嚴格說來確實也有可能是高中一年級生，但只要還是學生，大部分都是國中生，這個推測是可以成立的。

春雪點了點頭，紅之王就輕輕收回下巴說下去：

「所以啦，我就利用自己小學生的身分，對杉並區內的每一間國中都提出參觀申請。因為只要拿到參觀用的通行證，就可以連上校內區域網路了。然後只要利用教師帶我參觀的空檔，稍微『加速』一下，看一下對戰名單……」

「──總有一天會找到Silver Crow，是吧？哼，麻煩歸麻煩，手段本身倒還合理。」

黑雪公主有點死不認輸地說到這裡，口氣有了轉變：

「然而這樣也只能查出他是梅鄉國中三百名學生之中的其中一人，妳到底是怎麼篩選出春雪來的？」

結果紅之王就緊緊閉上嘴唇，好一陣子沒有說話。她從撇開的臉上用斜眼瞪了春雪一眼，以帶點辯解的口氣開了口：

「我話先說在前面，我可不是對你本人有什麼興趣，我要找的是你的對戰虛擬角色；再說清楚點，是要找它背上的翅膀——我找出Silver Crow在梅鄉國中裡頭以後，就跑去大馬路對面一家可以看到整個校門的快餐店窗邊座位上，放學後一看到有學生走出校門就加速。不過當Silver Crow的名字出現在對戰名單上的那一瞬間，看到跨過校門內外分界線的傢伙就是這位小哥時，我還真有點吃驚。」

如果是在平常，聽到這句台詞春雪多半會覺得被刺到，但現在他卻沒有心思去想這些。

春雪瞪大雙眼，一張嘴開開閉閉好幾次之後，才戰戰兢兢問道：

「……妳這樣搞，到底用了多少超頻點數啊……？」

「大概兩百出頭吧。」

「兩、兩百點！」

春雪大叫一聲，拓武差點失手鬆開手中的咖啡杯，黑雪公主則露出大大的苦笑。

「……原來如此啊。也就是說，這個方法是只有身為小學生，而且又有夠多點數可以揮霍的『王』才有辦法進行。不過該怎麼說呢……這執念還真可怕，妳就那麼喜歡春雪？」

「才不是！」

由仁子蠻不講理地先一腳踢在春雪的脛骨上，大呼小叫地吼著：

「我明明就有說過我是有事要找這個虛擬角色，不是裡面躲的人！而且要是一切順利，我早就已經把這小子挖過來當我手下了！」

「也就是說……」

拓武臉上帶著微笑，但細長的眼睛卻露出冷靜的光輝，靜靜地說了：

「妳口中的『有事』，讓妳不惜耗費兩百點的點數來查出小春的現實身分，還展開奮不顧身的社交工程，並且要求這次會談的最終理由？」

拓武才剛問完——

由仁子的臉上就少了孩子氣的表情。

紅之王甩動綁起的兩束紅色細馬尾，苗條的身體靠到椅背上，低聲承認了這點：

「沒錯。」

半閉的眼瞼下，櫻桃棕色的眼睛將視線筆直射向春雪。這道視線所帶來的壓力，確實足以讓人覺得儘管她人還小，卻跟黑雪公主同樣是個不折不扣的「國王」。

「只要一次就好，我想借用你背上的翅膀……借用你的『飛行能力』。為的是破壞『災禍之鎧』。」

3

春雪聽不懂紅之王由仁子這番話的意思，看樣子拓武也是一樣，只見他眼鏡下的眉毛微微皺起。

做出劇烈反應的是黑雪公主。

黑之王伸向咖啡杯的右手忽然猛力握緊，一拳擊在桌上大喊：

「這怎麼可能！那件『鎧甲』……應該早就已經毀了！」

春雪從側面看著她眼神瞪視虛空，說不出話來的蒼白臉孔，戰戰兢兢地問起：

「請……請問，這個……叫災禍之鎧的，到底是什麼東西？不是人，是物品？」

黑雪公主繼續沉默幾秒，但隨即重重靠回椅子上，呼了口長氣。

接著一邊翹起裹在長襪裡的腳，一邊轉動上半身面向春雪。

「嗯……也對……或許該說是人也是物，是超頻連線者，同時也是物件……吧？春雪，還記得你第一個對上的對手嗎？」

「咦？記、記得。是那個機車男……『Ash Roller』是吧？」

春雪腦海中浮現出搶眼的改裝機車與骷髏安全帽，同時點了點頭。這個對手參加的是以澀谷到六本木一帶為大本營的綠色軍團，到現在還不時會來找春雪對戰，兩人之間互有勝敗。

「他的機車呢，跟騎士本人屬於不同的物件，但人與機車加在一起，才構成完整的對戰虛擬角色。也就是說這機車是人也是物，不是嗎？」

「呃……的確，這麼說也沒錯。」

春雪再次點點頭。

「像這樣的外掛物品，在BRAIN BURST的系統上就稱為『強化外裝（Enhanced Armament）』。」

「強化……外裝。」

這名字聽起來還挺帥氣的啊。

春雪瞬間覺得有些興奮，但立刻又轉換為沮喪。因為怎麼想都不覺得赤手空拳的Silver Crow身上會有這樣的裝備。

大概是察覺到春雪內心在想什麼，黑雪公主露出極短的微微苦笑說了：

「我也一樣沒有，別那麼沮喪。」

「我倒是有。」

由仁子嘴角露出笑意這麼說，緊接著，黑雪公主就回以尖銳的諷刺：

「以妳的情形來說，已經不能算是擁有，外裝反而才算是本體吧。」

「哦，這句不認輸的話倒是說得不錯嘛。」

看到兩人互相瞪視，春雪趕忙勸解：

「這、這樣啊？原來Scarlet Rain那種誇張的火力貨櫃……也全都是『強化外裝』對吧？」

「就是這樣。不過這種玩意可不像這小丫頭講得那麼值得炫耀，畢竟取得的手段就多達四種啊。」

黑雪公主右拳朝上，伸出拇指說下去：

「首先第一種，一開始就得到的起始裝備。Ash Roller的機車多半就是這樣來的。」

「我右手上的『打樁機』應該也算這種情形。」

拓武這時插了話，讓春雪忍不住發出不服氣的聲音：

「搞什麼？原來拓武你也有喔！」

「別氣別氣，先聽下去吧。」

「……我要繼續說了。」

接著伸出的食指直挺挺地朝天一指。

「第二種方法就是升級選擇獎賞時取得，當然如果升級的時候沒看到這種選項，也就不可能取得了。」

「……我都沒看到……」

春雪回想起過去的三次升級，自言自語地說了這句話。只是就算真的有出現，他多半還是會聽黑雪公主的建議，把所有升級獎賞都拿去灌在速度跟飛行時間上。

黑雪公主接著豎起中指，繼續說下去：

「接著是第三種，也就是花點數在『商店』購買。這種途徑春雪也可以用，只是我實在不推薦。」

「咦？商店……還有商店喔？這種店要到哪裡去找？」

「不告訴你，因為你一定會花光所有點數亂買一通。」

「怎、怎麼這樣說啦。」

拓武也哈哈笑了幾聲，點點頭說：

「錯不了，畢竟春雪一去到那種店，整個人格都會變啊。」

「你、你們兩個幹嘛這樣啦……」

客廳裡開始瀰漫一陣鬆弛的氣氛——

卻被由仁子尖銳的話聲撕裂：

「……趕快說出第四種啦。」

黑雪公主從正面接下紅之王危險的視線，微微點了點頭，但並沒有準備立刻出聲說話。

結果由仁子猛然伸出手來，強行扳開黑雪公主右手無名指，短短地撂下一句話：

「第四種，『就算殺了對方也要搶過來』。」

「殺……殺人……」

看到春雪聽得瞠目結舌，黑雪公主補上一段夾雜著嘆息聲的解說：

「其實這個現象的機制還沒有完全揭曉……當擁有強化外裝的超頻連線者在對戰中落敗，導致超頻點數歸零，因而永遠離開加速世界時，這位敗者身上的外裝所有權，有時就會轉移到勝利者身上。」

「目前最常見的說法，就是認為這是一種發生機率很低的隨機事件。」

由仁子插了這句話，接著雙手捧在後腦杓上說：

「可是『災禍之鎧』就不是這麼一回事了啊……轉移率百分之百，真是個不折不扣的詛咒物品啊……」

「然而……可是。」

黑雪公主自言自語了兩句，咬得牙關發出聲響。

「這不可能，它應該已經被破壞了。兩年半之前，我親眼目擊到了『鎧甲』……目擊到了『Chrome Disaster』的末路，而且也確定它已經毀了！」

——Chrome Disaster，是存在於加速世界黎明期，也就是七年前的一位傳說級超頻連線者。

黑雪公主所述說的往事，就從這句話開始。

──他身穿鐵灰色的騎士型強化外裝，以驚人的戰鬥能力讓無數超頻連線者敗伏在地。他出手極為苛烈，或許該說是殘忍，就算對手投降也會砍掉對方的頭，扯下對方的手腳，極盡暴虐之能事。

然而就連曾經逼得無數對戰者永久喪失BRAIN BURST的他，終於也走到了窮途末路。當時有一群除了他以外最高等級的超頻連線者聯手，只專挑Chrome Disaster不停地向他挑戰。

據說最後當他的點數終於歸零，迎接加速世界之中「死亡」的那一瞬間，他在大笑聲中說道：『我詛咒這個世界，我要玷汙它，我會一次又一次地復活。』

他的話是真的。叫做Chrome Disaster的超頻連線者本人雖然退出，但鎧甲……強化外裝卻沒有消失。鎧甲的所有權轉移到參加討伐的一名人物身上，也不知道這人是出於興趣還是輸給了誘惑，穿上了這套鎧甲，結果這名超頻連線者的精神……就被鎧甲給控制了。先前他明明是個德高望重的領導者，卻一夜之間成了殘忍的殺戮者，據說他凶暴的模樣，已經讓人完全分不清楚他跟「初代」之間的差別。

黑雪公主說到這裡先頓了頓，喝了口咖啡潤潤喉嚨，接著以低沉的嗓音說下去：

「同樣的事情整整重複了三次。『鎧甲』的擁有者在散播大量的恐怖之後遭到討伐，但鎧甲本身卻沒有消失，接連轉移到打倒主人的人身上，改變持有者的人格……之後人們對於這些被鎧甲控制的超頻連線者，就不再以原來的ＩＤ稱呼，而是直接稱之為Chrome Disaster。兩年半前，已經名列『純色七王』之一的我，跟其他諸王一起參加了討伐第四個Chrome Disaster的行列。當時的戰鬥之慘烈……我到現在還記得清清楚楚，只是終究沒辦法用言語形容啊……」

黑雪公主放下杯子，隔著制服摸著自己的手臂，忽然換了一種語調說下去：

「所以呢，春雪，不好意思，可以請你去準備兩條直連用的傳輸線嗎？」

「咦……要、要拿傳輸線來？而且還要拿兩條……？」

「因為我自己有一條啊。至於長度呢，嗯，有一公尺就夠了。」

「好……好的。」

春雪還搞不清楚她的用意，起身小跑步跑向自己房間，從牆上用來掛線材的掛勾上拿起兩條ＸＳＢ傳輸線回到了客廳。

「我也剛好只有兩條。至於長度，呃，這條有一公尺，這條……呃，只有五十公分。」

春雪縮起脖子，雙手拿著兩條線往下垂，由仁子一臉看出端倪的表情站了起來。

「哼哼，原來是這麼回事啊。ＯＫＯＫ，我就用五十公分這條將就一下吧。」

說著滿臉甜笑，從春雪左手上搶過比較短的一條線，插到了自己那紅色神經連結裝置的插孔上。緊接著——

「喂……喂，開什麼玩笑！這條應該讓我用！」

「我才不要。」

由仁子閃過黑雪公主伸出來的手，一跳抓住了春雪的左手。留有少許中性生硬感觸的身體緊貼上來，還飄散出一陣酸酸甜甜的芬芳，輕巧地拿著插頭插向有些暈眩的春雪脖子上。春雪還來不及閃躲，接頭已經插上神經連結裝置，眼前開始閃爍「有線式連線」的警告標語。

「嗚、嗚哇啊？妳、妳做什……」

由仁子抬頭看了手足無措的春雪，露出剽悍的微笑說了：

「好啦，快點把你手上那條很～長很長的線也插上去，另一頭交給那女人吧。啊，還有，要是你想偷看我的記憶領域，可會得到慘痛的教訓，自己小心點。」

聽到她這句話，春雪才搞懂要三條線的用意何在。黑雪公主是打算將現場四個人的神經連結裝置串連起來。

拓武跟由仁子的神經連結裝置屬於只有一個連外接孔的輕量型機種，要讓四個人都連線，唯一的方法就是讓身上裝置屬於高功能型機種，有兩個接孔可用的春雪跟黑雪公主居中。由仁子大概就是搶先看出了這一點，為了故意氣黑雪公主而搶下了最短的一條線。而這招效果確實不俗，只見黑雪公主右頰頻頻抽動，雙拳不停顫動，放低了嗓子大喊：

「妳這小鬼頭，不要給我黏得那麼緊。」

「有什麼辦法？線就這麼短啊。」

「明明就是妳自己挑的！」

黑之王吼了一下子，之後哼了一聲，以絕對零度的黑雪公主式微笑低頭看著紅之王。

「受不了，所以我才討厭小孩子。竟然以為線的長度就代表親密度，實在無聊！」

「唉呀，根本就沒有人提起這種事情吧？我只是想說線短一點的話，可以讓訊號衰減少一點而已。」

「妳、妳、妳這……」

看到溫度又準備從絕對零度上升到太陽表面溫度，春雪趕忙以捨命拜託女王陛下息怒的視線，遞出了接在另一個插孔上的線。黑雪公主一把搶過，接到自己的神經連結裝置上，同時從口袋裡拿出常用的兩公尺傳輸線遞給拓武。

以半驚訝半淺笑的表情看著事情發展的拓武，也拿起線接了上去，接著又顯示出兩次直接連線警告標語，四個人的神經連結裝置才總算連成一線，讓春雪鬆了口氣。

「……請問，這、這樣連線……是要做什麼？」

「先坐下再說。」

黑雪公主仍然以帶刺的語氣這麼說，接著在客廳地板上以跪坐姿勢坐好。春雪也趕忙趁傳輸線還沒拉撐時依樣畫葫蘆，緊貼在他左手邊的由仁子也乖乖坐了下來。

最後拓武則以令人佩服他不愧是劍道社社員的端正姿勢跪坐，朝黑雪公主看了一眼。

「軍團長，我們要『加速』嗎？」

「不，用不著。切換到完全潛行模式後，你們就朝顯示出來的連線入口跳進去。那我要開始了……直接連線。」

看到黑雪公主閉上眼睛，肩膀放鬆，春雪也趕忙說出語音指令。

「直接連線！」

全身的感覺與周圍的光景立刻遠去，神經連結裝置截斷現實中的五感所送回來的情報，只引導意識前往虛擬空間。一陣漆黑之中，產生了一種強烈的墜落感。只要繼續等下去，照理說就會完全潛行到有田家的家用網路之中，但還沒看到家用網路，眼前就浮現出了一個發光的圓形連線入口。

春雪伸出看不見的右手碰到這個入口的瞬間，意識就被吸了進去。

一陣光從視野中央伸展開來，籠罩住了春雪。而從這陣光之中出現的風景，則是一片奇特紫色岩石綿延不絕，一望無際的荒野。

正當春雪心想這裡會是哪裡的時候，視線往下一看，發現自己的身體並不存在，而有些慌了手腳。然而他很快就注意到這裡並不是虛擬世界，而是ＶＲ影片，也就是直接在腦內播放的影像記錄。視野右下方浮現的顯示播放時間的數字跟進度條，就是最好的證明。

『那個……學姊？』

這麼出聲一問，右邊馬上就有了回應：

『我在這裡。拓武跟小丫頭也在吧？』

雖然看不見人影，但這毫無疑問是黑雪公主的聲音。接著又聽到兩個聲音分別回答『在』跟『不要這樣叫我』。春雪再次看看周遭，確定這附近只有無數形狀奇特的岩石之後，才戰戰兢兢地發問：

『呃……這、這個正在播放的影片檔案是拍到了什麼？如果只是要看畫面，似乎不用特地讓所有人直連……』

『因為我不希望有任何萬一，讓內容洩漏出去。要是經由你家的家用網路來傳給每一個人，就會讓暫存檔留在公寓的伺服器上。』

『哦、哦哦。』

這下他知道了直連的理由，但影片內容則仍然是個謎。正當春雪納悶地心想這影片怎麼看都不覺得需要這麼小心保密，歪了歪沒有形體的頭時——

忽然間上空傳來了尖銳的破風聲。還來不及抬起視線，就有道人影隨著一聲輕響，落在正面約十公尺遠的地方。

漆黑透光的半透明裝甲，又長又銳利的刀劍狀四肢，再加上V字形的頭部。錯不了，是黑雪公主的對戰虛擬角色「Black Lotus」。

『咦，學姊……？』

聽到春雪忍不住叫出聲來，黑雪公主嗯了一聲回答。

『是我，不過那是兩年半前的我。』

『兩年……半。不對，更重要的是……學姊用這種模樣出現，就表示這裡是「加速世界」吧？也就是說，這是「對戰」的紀錄影片……？』

春雪心想原來BRAIN BURST還有提供這樣的功能而問起，這次則從左邊傳來了由仁子說話的聲音：

『這是所謂的「重播畫面」，去買貴死人的虛擬寶物就可以記錄下來。不說這個了，既然說是兩年半前，也就表示這段影片是妳剛剛所說的「純色七王」對「Chrome Disaster」之戰的重播畫面對吧？那怎麼只有妳一個人？』

『不，另一個人就快來了。』

這句話還沒說完，就有一名新的對戰虛擬角色從畫面左側出現。春雪覺得不可思議地想著，難道會是多對一的對戰，仔細觀看這名新出現的人物。

這人比Black Lotus要高出一個頭，身材雖然纖細，手腳卻相當有分量。左手拿著一面厚重的長方形盾牌，右手則空著。全身裝甲的顏色——是一種有如綠寶石般深邃卻又通透的綠色。

『好漂亮的綠色……軍團長，他就是……？』

拓武小聲發問，黑雪公主則回答：

『沒錯，他就是「綠之王」。屬性是近戰以及間接……然而外號卻更能體現出他的特性。人們稱他為「絕對防禦（Invaluable）」。』

『聽說硬得很吶。有傳聞說他就算會打輸，也都是耗到沒時間之後，才因為HP少於對方而判定落敗，而且就連打輸的時候，HP也從來不曾低於一半……聽起來就很假啊。』

『假不假妳看了就知道。』

正當黑雪公主冷淡地回答由仁子的話時，影片中的Black Lotus走近綠色的虛擬角色，以手勢指向一旁的一塊大岩石後方。綠之王默默點頭，躲進這塊岩石的後方，整個背貼了上去，黑之王也躲到稍遠處的一塊岩石後面。照這情形來看，他們顯然是想埋伏。

就算明知是過去發生的影像紀錄，春雪仍然忍不住看得屏氣凝神，忽然間左手邊傳來了一聲小小的沙沙聲。

一驚之下轉動視線，耳中聽到一聲又一聲踩在乾燥地面的沙沙聲慢慢接近。

幾秒鐘後，從成排奇石之間現身的，是一個實在太過巨大的對戰虛擬角色。看起來應該比身材高眺的綠之王還要高出五十公分左右，覆蓋在蛇腹狀金屬裝甲下的軀幹異樣細長，就像昂起頭的蛇一樣前傾。左右兩隻手上拿著粗獷的大斧，厚重的刀刃幾乎要擦到地面。頭部是狀似巨大蚯蚓的圓筒狀，前端有著兩個並排的黑色小洞。發出紅色光芒的眼睛，在內部的一片漆黑中連連閃爍。

全身裝甲都呈現出黑濁的銀色。這個裝甲表層反射著薄弱陽光的對戰虛擬角色環顧四周，忽然間目光筆直凝視呆呆站著不動的春雪。瞬間春雪忘了這是影像紀錄，嚇得縮起了身體。

——這是什麼玩意？這是……超頻連線者？是活生生的人所控制的虛擬角色？不會吧，簡直就像機器人……不對，是像野生的猛獸。

『這傢伙就是……第四代「Chrome Disaster」？外型跟大小都跟現在到處肆虐的第五代完全不一樣啊。』

由仁子說話的聲音就冷靜得多，但其中還是摻雜著些微的緊張。

『我想也是。那套黑銀色鎧甲是「強化外裝」，理應會根據裝備的虛擬角色而改變形狀。然而不管換到第幾代，它都有種特性不會改變，那就是令人覺得瘋狂的攻擊性……』

黑雪公主悄聲回答。而巨大的黑銀虛擬角色就像是要呼應她的話，無聲地揮起了大斧。斧刃顯然對準了「綠之王」藏身的奇石。也不知道他用了什麼手段，又或者是出於直覺，Chrome Disaster已經發現了伏兵。

『嘎！』

隨著一聲肉食猛獸似的咆哮，大斧以猛烈的速度劈下，厚重的岩石就像奶油似的一分為二，但綠色的虛擬角色已經在千鈞一髮之際從岩石後方往旁跳了開。

大斧追著他再次下劈。一個翻滾之後起身的綠之王這次不再閃避，舉起左手的方形盾牌。

緊接著鏘一聲，盾牌往四個方向伸展，從長方形延伸成巨大的十字形，大小足以完全遮住綠之王修長的身體。而一把高高落下的粗獷戰斧，就猛力砸在這面盾牌的正中央。

發出一陣幾乎衝破耳膜的衝擊聲，爆出了瀑布似的火花。斧頭固然彈了回去，但綠之王也被震得單膝跪地。

『嘎、嘎嘎！』

Chrome Disaster發出像憤怒又像是喜悅的吼叫，以毫無章法的動作一次又一次地揮動斧頭猛劈。面對這任何一招都足以將身體劈成兩半的攻擊，綠之王只求穩守，始終以十字盾做出最佳的防禦。

這時，春雪才發現到Chrome Disaster那黑銀色的裝甲上，已經開出了好幾道頗深的傷口。每次揮動斧頭，都有黑色霧氣般的水氣從傷口噴出，在空中擴散開來。

『他受傷了……？』

無意識中這麼喃喃自語，就聽到黑雪公主輕聲回答：

『沒錯，不久前他才剛跟其他王打過，被趕到這個地方來。體力計量表上應該已經處於瀕死狀態，卻還這麼凶猛。當時我真的打從心底覺得這個人好可怕。』

這也難怪，畢竟自己光是看重播影片，都已經嚇得滿心只想趕快跑掉。而內心這麼自言自語的同時，春雪甚至覺得自己那已經截斷知覺的血肉之軀都汗毛直豎。眼前的情形也確實令人難以想像，面對理應是加速世界裡實力最堅強的「王」，還能這樣一面倒地肆虐——況且他還是處於瀕死狀態。照這樣看來，Chrome Disaster實質上的實力豈不是比九級玩家還強？

這時也不知道是否是因為對不管怎麼猛劈，就是始終維持防禦的綠之王沒了耐心，Chrome Disaster低吼了一聲。他手上的攻擊沒有停，同時伸長了原本就很長的頭部——忽然間發出啪噠一聲悶響張開嘴。

其實與其說是嘴，還不如說是同心圓狀的吸孔來得貼切，而一條細長的舌頭或管狀物體，就從這孔洞中伸了出來。春雪在一旁看呆了，黑雪公主則發出了銳利的聲音：

『那就是Chrome Disaster能力之一的「體力吸收（Drain）」，可以吸收對手的HP。』

她說得沒錯，這條長長的管子不停延伸，繞過綠之王的十字盾，朝他的脖子接近。

『危險！』

春雪反射性大喊。緊接著——

先前完全不參加戰鬥，在岩石後方埋伏不出的Black Lotus，就像一道黑色的閃電，從畫面遠方衝了過來。

右手劍以快得看不見的速度下劈，連根斬斷了Chrome Disaster的舌頭。

『嘎嘎嘎嘎嘎！』

巨大的虛擬角色，從圓形的嘴裡吐出顯然是慘叫的聲音與渾濁的黑霧，整個人朝後仰起。

Black Lotus的左腳劍毫不留情地刺向他胸口一處頗大的傷口，劍刃直穿至柄。

從背上穿出的長大劍刃忽然間發出刺眼的紫光。黑之王順勢提腿垂直上斬，更往上高高飛起，做出了華麗的後空翻動作。閃閃發光的漆黑虛擬角色還沒落地，Chrome Disaster的頭部已經被劈成兩半——

畫面右下方顯示播放時間的進度條也在這時跑到了最右端。

隨著脫離連線的指令從完全潛行中回歸之後，春雪發現現實世界中的自己手掌上已經被汗水弄濕。

坐在他正對面的拓武也一樣臉色鐵青。朝左一看，連紅之王由仁子也默默地緊閉著嘴唇。

「……他在那種狀態下又繼續打了兩分鐘，才終於力盡倒地。」

黑雪公主無力地說出這句話，同時拔掉了兩條插在自己神經連結裝置上的傳輸線。春雪也跟著用僵硬的雙手收線，並且以沙啞的嗓音問道：

「那個怪物……真的是超頻連線者嗎？裡面真的有跟我們一樣活生生的玩家……？」

「這點錯不了。現在的第五代在戰法上也沒多少差別……可是先不講這個，黑之王啊。」

由仁子低聲說著站起，以不知何時突然變得險惡的表情瞪了黑雪公主一眼。

「既然都有留下重播畫面，你們辛辛苦苦打倒第四代的事情多半假不了……可是既然如此，為什麼不當場毀掉那個『鎧甲』，為什麼不毀掉那套強化外裝！」

「我們當然毀掉了！」

黑雪公主猛然站起，吼了回去。

她用力咬緊嘴唇，坐回桌旁的椅子上，等其他三人也都就座，這才以壓低的聲音說下去：

「『鎧甲』的擁有者，也就是第四代Chrome Disaster永遠離開加速世界之後，我和綠之王就去跟其他五個人會合，當場檢查了自己的能力畫面視窗。每個人都確確實實斷定，說自己的物品儲存區裡面沒有『鎧甲』存在。也就是說鎧甲終於被毀了……會不斷附身在打倒宿主的人身上的這個詛咒，在那個時候也已經被阻斷。事實上，之後Chrome Disaster也一直沒有再出現！」

黑雪公主說到最後幾乎變成用喊的，以挑釁的視線瞪著由仁子。

第二代紅之王面不改色地接下這對漆黑的眼睛所散發出來的壓力，以尖銳的語氣反駁：

「那現在這種狀況妳要怎麼解釋！妳要怎麼解釋第五個宿主還是出現，跟以前一樣到處肆虐的事實！」

「……第五代叫什麼名字？就算穿上『鎧甲』，精神受到汙染，成了第五個Chrome Disaster，總不會連登記在系統上的名稱也跟著改變。只要有對戰過，應該就會知道鎧甲裡的虛擬角色名稱。被鎧甲附身的，到底是哪一個王！」

這次換成由仁子放低視線，默默不語。

隔了幾秒，深深吐出一口長氣之後，少女才搖了搖頭說：

「……不是王。第五代是我們軍團……紅色軍團『日珥（Prominence）』的成員。之前的名稱叫做『Cherry Rook』……可是原本的他已經不在了。他已經被鎧甲吃掉了，吃得一點都不剩。」

她說話的口氣雖然粗暴，聲調卻沙啞而動搖。

黑雪公主瞇起雙眸，以右手指尖摸了摸淡色的嘴唇。

「妳說……不是王……？是紅色軍團的成員……？可是……」

看到黑雪公主皺起眉頭陷入沉思，拓武輕輕舉手開始發言：

「軍團長，我想事情應該是這樣。只要透過商店，或是在現實世界中直連，就可以讓超頻連線者互相轉讓強化外裝。雖然我沒有立場說這種話，不過就拿上次那件開後門程式的事情來看，我也完全不覺得每個王都一定是清廉公正的和平主義者。想來應該是有個王心懷不軌，在兩年半前宣誓時說謊，暗中帶走了『鎧甲』，然後轉讓給『Cherry Rook』吧？」

「八成……就是這樣吧……可是先前我也說過，王……也就是9級的玩家，並沒有理由要去爭取大量的點數，因為不管存了多少點，都升不上10級啊。所以如果要轉讓鎧甲……可以想見的理由也就只有強化自己的軍團，或是弱化其他軍團而已……只為了這樣的目的而去解放無法控制的Chrome Disaster，風險實在太高了。而且先不講風險，既然得到鎧甲的人是紅色軍團的成員，也就表示鎧甲是紅之王流出來的……可是參加兩年半前那次討伐的紅之王已經……」

恐怕只有春雪注意到了黑雪公主說話的聲音突然變得僵硬。

這時黑雪公主冰冷的左手從桌子底下碰觸到了春雪的右手。接著就像從他手上得到了溫暖似的，以按捺住動搖的聲調說下去：

「當時的紅之王已經不在加速世界裡了。因為從討伐Chrome Disaster的短短三個月之後，他自己也陣亡了。所以鎧甲不可能是從他手上流出來的。」

「那個時候我也只是個菜鳥超頻連線者，所以詳細的情形我是不清楚啦。」

紅之王看似沒有發現黑雪公主一瞬間的掙扎，以沉重的聲音插了話：

「我當然沒有從上一代的王手中收下什麼鬼『鎧甲』。就算他真的給我，我也不會想叫軍團裡的成員穿上去。看過那種像魔鬼一樣肆虐的情形……怎麼可能還會打這種主意……」

「第、第五個人也……也那麼厲害？」

聽到春雪這麼問，由仁子抬起視線朝他一瞥，忿忿地說了：

「從某種角度來看，比剛剛那段重播還誇張。他已經不是超頻連線者了，他進行的戰鬥根本不是『對戰』。我……我曾經看過，看到他把倒地的對手手臂扯下來吃掉。」

「嗯……」

春雪不由得想像起當時的場面，忍不住嗯了一聲。

他先用加滿了奶精跟糖的咖啡蓋過酸澀的滋味，接著才對兩個王問起：

「可、可是……從剛剛妳們就一直在說什麼『附身』啦，『精神汙染』啦……強化外裝這種東西說穿了不就是一種物品而已嗎？物品真的有可能干涉超頻連線者本人的思考嗎……？」

「有的，有可能。」

黑雪公主立刻斷言。

「不知道春雪你還記不記得？你剛當上超頻連線者的時候，我就有跟你說明過，BRAIN BURST會讀出使用者的自卑感跟強迫觀念，加以濃縮來設計出對戰虛擬角色。」

「記……記得。」

「這也就表示神經連接裝置不但可以存取大腦的知覺領域，就連思考領域跟記憶領域也都可以存取，只是一般應用程式在這方面的功能有受到嚴格的限制……也就是說呢，強化外裝之中滲進了產生這種裝備的超頻連線者心中負面的意識，要是別人穿戴上去，發生意識逆流的情形也是可以預見的。」

「竟然……會有這種事……」

春雪只覺得一陣寒意從背上直竄而過。自己一個人的負面思考就已經讓他應付不過來，要是還得背負別人的負面思考，他敢確定自己一定會立刻被壓垮。

「我……我不要什麼強化外裝了。」

「這樣才對。」

黑雪公主輕笑一聲，點點頭說：

「不過會發生汙染嚴重到足以改變人格的，大概也就只有『Chrome Disaster』了。真不知道初代到底是個什麼樣的人。」

「誰管他，我根本沒興趣。」

由仁子突然撞響椅子猛然站起，大聲喊叫：

「都是一群找麻煩的混帳，不管是做出鎧甲的傢伙，還是偷偷撿起來交給『Cherry Rook』的傢伙都一樣！Cherry他……他人很好。雖然沒有什麼搶眼的能力，卻腳踏實地升上6級，接下來才正要開始有意思的！可是……可惡，該死！」

春雪看到以驚人的速度轉身朝後的紅之王臉上，一對大眼睛已經濕潤。

由仁子瞪著陽台遠方的成群高層大樓，擠出顫抖的聲音：

「……他沒有脫離紅色軍團，一看到其他國王麾下的軍團成員就攻擊。他打破了互不侵犯條約。我……非得清理門戶不可。」

一陣短暫卻極為沉重的沉默──

被黑雪公主寧靜的說話聲音打破了……

「……原來如此。本來要打倒Chrome Disaster是難上加難……然而既然他現在還隸屬在紅色軍團麾下，身為軍團長的妳，只要一招就能將他永遠從加速世界中放逐出去──只要有那『處決攻擊』。」

「……」

由仁子繼續沉默了幾秒，接著才點了點頭，但又搖了搖頭。

「……十天前，我去找剛升上7級的他單挑，為的當然是清理門戶。可是……Black Lotus，妳能相信嗎？他……Chrome Disaster他竟然躲過了我的每一發遠距離攻擊。」

「……妳說什麼？」

「不管是哪個軍團長，『處決攻擊』幾乎都是零射程的必殺技。要想用這招打中對手，就得先用普通攻擊打中幾次，削減對方的行動能力才行。然而不管我怎麼發射主砲跟飛彈，總是連邊都擦不到……反倒是我被他一劍一劍削中，到最後……拖到時間結束輸掉了。」

「妳輸了？有『處決攻擊』，身為王的妳卻還輸了？」

「妳也太吃驚了吧……等妳也跟他打過就會知道，他那種機動力根本就是怪物。不但可以做出超長距離的跳躍，還可以在空中控制軌道……幾乎就跟用飛的沒什麼兩樣。」

「飛……行……」

黑雪公主吞下了自言自語的後半段，先看了看站在桌子對面的由仁子，再轉而凝視坐在身旁的春雪。

接著慢慢地，深深地點了點頭。

「原來如此，我終於知道妳的目的……終於知道妳為什麼要這麼大費周章查出春雪在現實中的身分，還進行這種奮不顧身的社交工程了。」

看樣子拓武也在這個階段就得出了同樣的答案。被自己以外的其它三個人一起凝視，春雪身體不停地後縮，視線左右亂飄。

「是……是為了什麼？她的目的……到底是什麼？」

「那還用說？大哥哥♪」

由仁子整個人忽然變了樣，在天使模式的純真微笑之下，以甜甜的聲音說：

「就是要春雪哥哥幫我抓住Chrome Disaster啊！」

春雪先足足發呆將近五秒之久。

我才不要那多可怕開什麼玩笑。

就這麼大聲喊叫，從椅子上跌下來，想要躲到黑雪公主身後。

但黑之王卻在微微歪著頭想了一會兒後，無情地揪住春雪的制服後領拎起他，臉上露出聖女般的笑容說道：

「春雪，凡事都要勇於嘗試。我倒覺得試試看也不壞。」

「咦……咦咦！」

「又不是要你去跟對方單挑。而且這個問題牽扯到的已經不只是紅色軍團，對整個加速世界……進而對我們『黑暗星雲』也會有影響。既然如此，身為男人，身為超頻連線者，我想現在不正是你應該挺身而出的時候嗎？」

——這位學姊用這種表情說出這種話的時候，多半都別有居心。

春雪在內心這麼哀嚎，但卻推測不出她到底有什麼「居心」，於是想找藉口推託：

「可、可是……對方可是連9級的Scarlet Rain都打不贏的強敵啊！才4級的我一瞬間就會被幹掉，根本沒有搞頭啊！我才不要被人扯下脖子或手臂去吃咧！」

「我怎麼可能會讓你去受這種苦呢？」

又是一次有如頂級義式冰淇淋溶化般的笑容。

「你只要用你的速度跟飛行能力跟上Chrome Disaster，想辦法定住他的動作一會兒就夠了，接下來我跟這個小丫頭自然會癱瘓敵人的移動力。」

「這……說得倒是簡單……」

春雪還不認命，繼續全速催動逃避技能，終於擠出了最後的反駁：

「對了……這也就是說，前提是要展開團體戰對吧？而且Chrome Disaster只有一個人，卻至少要對上我、學姊跟Scarlet Rain，對方怎麼可能會接受這麼不利的條件！」

超頻連線者只要讓神經連結裝置連上網路，就不能拒絕其他超頻連線者提出的對戰要求。然而當對戰模式屬於「團體戰」或是「殊死戰」就另當別論了。在這種情形下，Chrome Disaster裡頭的玩家是在一對三這種極為不利的條件下受到挑戰，自然不可能會接受。

——不對，等一下。剛剛我是不是也產生過同樣的疑問？

「如果Chrome Disaster是在正常對戰裡肆虐，我應該也會聽到消息。然而我到今天都絲毫沒有聽到傳聞，這也就是說……」

「……沒錯。」

紅之王雙手插進牛仔短褲的口袋，昂起苗條的上半身用力點了點頭。

「他的獵場已經不在『正常對戰空間』，而是在更上面……在『無限制中立空間』。」

……那是什麼？

春雪頭上再次冒出問號，但這次則是坐在他右前方的拓武尖銳地大喊：

「這……這太危險了，軍團長！」

還起身鏘一聲碰響椅子，探出上半身繼續說：

「憑我們的陣容，要潛行到『上層』實在太無謀了！先不說我跟小春，軍團長妳可是有受到特殊規則的限制！萬一碰巧遭到其他9級玩家的奇襲，只要落敗一次，妳就會立刻喪失BRAIN BURST資格……不，考慮到最壞的情形……」

拓武朝著站在右側的由仁子看了一眼，顯得有些躊躇，但隨即用右手手指碰了碰藍色眼鏡的橫樑說了：

「……提出這個建言是我的職責，所以我就不客氣地說了——考慮到最壞的情形，這個場面背後的一切……從春雪的現實身分曝光，還有告訴我們Chrome Disaster的事情，這一切也有可能全都是紅之王安排的圈套。她有可能是為了引軍團長到『無限制場地』，伏下重兵準備取妳的首級。」

再次回到小惡魔模式的由仁子雙手仍然插在口袋裡，下巴用力往前一挺，瞪著拓武說：

「……你還挺敢講的嘛，Cyan Pile。從剛剛你就專講些聽起來很高深的話，你現在是怎樣？要營造眼鏡兄形象？還是你綽號叫博士？」

（刺）。

拓武微微露出受傷的表情，但立刻振作起來反駁：

「我是要妳拿出證據來，紅之王。我們這個軍團只有三個人，妳要讓我們甘冒大險潛行到『上層』，自然該準備一些根據才對！」

「根據不就在你們眼前嗎？」

由仁子從口袋裡抽出右手，簡短地在虛擬桌面上操作了一番，接著一次彈出三根手指。春雪的視野之中再次出現了半透明的名牌，但這次的名牌比先前的要更大一些。因為這次不只是本名，底下甚至還顯示著住址。

春雪茫然若失地看著這行從東京都練馬區起頭的地址，上面寫著他十分陌生的學校與宿舍名稱。光是秀出長相跟名字就已經是十分嚴重的「現實身分曝光」了，竟然還主動透露住址，這已經不只是大膽，甚至可以說是無謀。

看來就連拓武跟黑雪公主也為她的這個舉動震驚，就在三名國中生瞠目結舌的沉默視線聚集下，由仁子從虛擬桌面上拿開右手，用拇指戳了戳自己平板的胸口。

「你們還不知道我為什麼要當面跟你們接觸喔？現實世界的我只是個沒力氣、沒財力也沒靠山的國小小鬼，一旦被人襲擊，根本就不堪一擊。要是我背叛了你們，儘管在現實世界中找我算帳就是了。」

春雪看到由仁子撂下這段話時，雙眼在窗口射進的寒冬殘照下熊熊燃燒。

她的覺悟極為壯烈，甚至讓人覺得有些自暴自棄。自己麾下軍團的成員打破互不侵犯條約，攻擊其他的軍團，確實是不能置之不理的問題。然而在這之前卻有個大前提，那就是BRAIN BURST終究只是一個「對戰遊戲」，應該是為了讓人們可以在裡面遊玩、找樂子、找刺激而存在的。

所以春雪認為為了BRAIN BURST而犧牲現實中的自己，顯然是錯誤的行為。那不正是三個月前讓拓武鬼迷心竅，到現在還在折磨他的過錯嗎？

「由仁子……小妹妹。」

拓武看似被這股氣勢震懾住而不發一語，春雪忍不住代他喊了一聲，想找些話來說。

但看來紅之王只聽到這麼一句話，就猜到了春雪的心意，一邊放下右手，一邊露出自嘲的笑容。

「我知道你想說什麼。可是啊……等你有一天爬到這個地位就會發現，這個遊戲因為擁有叫做『加速』的功能，已經讓現實世界的存在感變得稀薄得不得了。要是你知道我跟那邊那個女的，過去到底花了多少時間在加速世界裡度過，你一定會當場昏倒。」

「咦……累計遊戲時間……？」

春雪歪了歪頭，立刻開始計算。自己目前每天大約都有進行十場『對戰』。每場平均時間以二十分鐘計算，合計為兩百分鐘──略多於三個小時。以國中生來說，每天玩三個多小時的遊戲是多了點，但還不至於到不合常理的地步。

如果每天都玩三個多小時，一個月就是一百小時，一年就是一千兩百小時。由仁子說自己當上超頻連線者已經過了兩年半左右的時間，所以──

「大概……三千小時？」

這數字乍聽之下似乎龐大，但比起真正的VRMMO—RPG（虛擬多人線上角色扮演遊戲）成癮者，根本就不算什麼。這些人一天隨隨便便都可以連續潛行十個小時。

然而一聽到春雪拚命心算出來的結果，由仁子哈哈大笑，就連黑雪公主也微微苦笑。

「咦？不對嗎？小妹妹，那妳們到底累計玩了多少小時……」

「不告訴你，這個問題的答案你就自己決定吧。還有啊……」

紅之王的表情忽然變得十分嚇人，放粗了嗓子說道：

「不要叫我小妹妹，我聽了就渾身不對勁……叫我仁子就好，以後就叫我仁子，絕對不要叫我什麼小妹妹還是什麼妹的。」

儘管覺得話題被蒙混過去，但春雪仍然連連點頭，視線轉了一圈。

「呃……所以我們『黑暗星雲』就決定協助仁子小……決定協助紅之王，是嗎？」

「……唔。雖然有很多風險，不過我們就全盤接受吧。而且我們也不是沒有好處。」

「好、好處？」

黑雪公主從反問的春雪身上移開視線，對紅之王瞥了一眼。

「沒錯，畢竟雄據一方的『日珥』跑來委託我們這麼大的案子，想必交換條件當然也早就準備好了，對吧？例如說……今後不來侵犯我們小小的領土，是不是啊？」

「啐。」

紅之王——仁子輕聲啐了一口，輕輕揮了揮右手。

「好啦，我口頭上向你們保證，我會叫我們軍團的人短期內不對杉並區出手。」

黑雪公主深深點頭，環抱在胸前的右手豎起了一根手指。

「可是就算這麼說定，也還有一個問題。Scarlet Rain……妳到底是打算怎麼在『無限制場地』埋伏Chrome Disaster？在那地方要刻意遭遇對手幾乎是不可能的，這點相信妳也很清楚。」

「……這事不勞你們費心，我會負責限定時間跟地點。只是現在我還不能說太多……只能說大概就在明天傍晚。」

「哦？妳有把握？」

對於黑雪公主這個話中有話的問題，仁子用力點頭表示肯定。

「那就交給妳了。明天放學後，我們再到這裡集合，一起潛行到『無限制中立空間』。拓武，春雪，你們沒問題吧？」

——到頭來這所謂無限制空間到底是什麼東西？

還沒來得及細思這個疑問，春雪已經先被逼得在心中吶喊，怎麼又要在我家。母親要到後天才從上海回來，所以這部分不成問題，怕的是萬一明天回到家裡，結果看到仁子在客廳裡玩「另一種Z級的軟體」玩得大聲叫好——自己真的會就此一蹶不振。

死守。這次絕對要死守住自己的房間！

春雪一邊在心中發誓，一邊連連點頭，接著就看到拓武也緩緩點了點頭。

「那今天我就先告辭了。春雪，謝謝你的咖啡。」

黑雪公主說完這句話就站起身來，再次望向客廳裡撒了一地的那批幾十年前的古董歐美遊戲收藏。

「下次我倒是想純粹來你家玩玩啊，這裡頭很多作品連我都沒聽過。」

「好……好啊，還請學姊務必光臨。」

得記得挑不會噴太多鮮血跟內臟的。

春雪一邊在內心加上這條但書，一邊送黑雪公主跟拓武來到玄關前。

「那小春，我們明天學校見。哇，已經這麼晚啦。」

先是拓武連揮手都等不及似的跑向通往別棟的空中走廊，接著黑雪公主也穿上帆船鞋，轉身面向春雪。

「學、學姊，我送妳一程，畢竟天色都晚了……」

春雪這麼提議，卻被她揮了揮手打斷：

「不用擔心。學生會的事情也常常讓我在外面待到更晚，而且這裡離我住的地方其實還挺近的。」

「這……這樣啊？不過還是請妳路上小心。」

「嗯，那今天真的打擾了。我們明天見。」

黑雪公主微微一笑，舉起右手就要踏出門外。

這時仁子從春雪的身後出現，拉長聲音朝著她的背影說道：

「那就掰啦，黑色的，明天不要遲到喔。好了，繼續繼續。」

紅之王說完就大步走向客廳，這次則換成黑雪公主以驚人的速度轉身朝她大喊：

「喂，慢著，紅色的，妳給我等一下！」

「幹嘛啦？」

她以湛出光芒的眼神瞪著探出頭來的仁子查問：

「妳該不會打算今天也在這裡過夜吧？」

「那還用說？每天特地回去多麻煩，誰受得了？」

「開什麼玩笑，給我回去！小孩子就該乖乖回去寫功課刷牙睡覺！」

對這烈火般的唇槍舌劍，仁子只是輕輕一笑帶過：

「可是我們學校是全校住宿制，我都捏造出三天份的外宿許可了，就算回去也沒飯吃啊……好了，大哥哥，我們今天晚上要吃什麼呢♪」

仁子先切換到天使模式，臉不紅氣不喘地說完後半段話，就輕巧地跑去客廳了。

「妳……妳……」

黑雪公主以火山即將爆發的表情握得雙拳顫抖，斜眼瞪了看得目瞪口呆的春雪一眼說道：

「……我要取消『我們明天見』這句話，今天晚上我也在這裡過夜。」

說完這句可怕的宣言──或許該稱為宣戰──猛力關上門脫掉鞋子，就踩著重重的腳步回到客廳去了。

大腦完全死當的春雪，整整花了一分鐘才重新開機。

──這是怎樣？

這什麼情形現在是怎樣這真的是現實？還是說這一切都是用多邊形拼成的虛擬實境？搞不好這一切從一開始──早從他遇見黑雪公主，從她手中得到BRAIN BURST，成為超頻連線者「Silver Crow」開始，這一切都是南柯一夢；也或許自己是在執行一種會不斷播放漫長妄想，來讓人逃避現實的應用程式。

春雪真心想要這麼懷疑，但無論是三十分鐘前才吃到的漢堡排那種微焦的口味，還是肚子的幸福感，又或是從浴室經過走廊傳來的水聲與兩個女生嬉戲的聲音，都實在太逼真了。

黑雪公主突如其來的宣言之後，他們就三個人一起到位於公寓大樓底層的購物中心去買東西，分工合作煮好晚餐、洗好衣服──接著就說好仁子跟黑雪公主先一起去洗澡，只是……

急轉直下的情境實在太超乎現實，可惜的是春雪卻慌得像是進入了自動操縱狀態，意識完全沒有辦法去適應「家裡沒大人」、「兩個女生來家裡過夜」、「做做飯洗洗澡」這些狀況。

到底該怎麼自處才是最好的呢？一般來說，身為一個處於這種階段的男生，到底該做出什麼樣的選擇呢？

春雪耳朵冒著煙，硬推已經超過負荷的思考迴路繼續運轉。在這類題材的遊戲或動畫裡，遇到這種場面，男生都會去問水溫會不會太冷或太熱，然後發生「意外」不小心撞進浴室裡。再來就是在女生拿起水桶或洗髮精之類的東西亂丟一通之下退場。

那麼我也這麼搞，就會是所謂最好的方式嗎？

春雪驀地站起，無神地準備走向浴室。如今他的腦中只會浮現黑雪公主跟仁子全身泡沫幫對方洗澡的事件ＣＧ，除此之外什麼也不會想。

然而很遺憾，又或者該說幸運，就在他即將打開客廳的門之際，聽見了兩個腳步聲從走廊上走來。春雪以光速瞬間移動到了沙發椅上，以跪坐姿勢坐好。

門的握把被人粗暴地轉開，先是仁子闖進來大喊著：「吃冰吃冰！」跑進廚房，春雪從她那穿著寬鬆運動服跟短褲的邋遢打扮上移開視線，接著就跟黑雪公主四目交會。

大概是傍晚去購物中心時就先買好的吧，只見她穿著一件淡粉紅色的睡衣。她微微歪著頭，用毛巾擦拭柔亮髮絲的模樣，散發一種不設防而惹人憐愛的氣息。從她平常那種拒人於千

里之外的黑衣裝扮，完全無法想像她會有這樣的一面，讓春雪只能看得張大了嘴合不攏。

「……不要一直盯著我看啦，賣場裡就只有這種顏色的睡衣合我的尺寸。」

黑雪公主臉撇到一邊去這麼說，春雪才總算回過神來猛搖頭：

「哪、哪哪哪哪裡，學學學姊這樣穿很好看的。」

「是、是嗎？不會太孩子氣了點嗎？」

「一點也不會！搭到不能再搭了，太完美了，正中紅心。」

春雪保持跪坐的姿勢挺直背脊，拚命說到這裡，就看到仁子從旁探出頭來，揮了揮右手的冰棒：

「喂，Silver Crow你知道嗎？」

「知……知道什麼？」

「別看這女人那樣，脫掉衣服可不得…唔喔喔！」

她說到最後會口齒不清，是因為心窩挨了黑雪公主毫不留情的一擊。

黑雪公主順手從身後絞住紅之王的脖子，得意地笑了笑：

「好了，你也趕快去洗澡吧，不然水都要涼了。」

看到仁子整個人癱軟地掛在她手上，春雪一邊在內心尖叫，一邊跳下沙發椅。

「好、好的，那我就先失陪去洗個澡了！冰箱裡有一些麥茶之類的飲料還請自便，那我失陪了！」

結果當天晚上召開了一場一直進行到深夜的Z級老遊戲盛會。三個人圍著四十年前的巨大遊樂器主機坐在地板上，笑笑鬧鬧地虐殺平面螢幕上的敵對生物之餘，春雪還是不認命地繼續在想，這到底是不是現實。

——我跟她們之間的關係，基本上完全是透過BRAIN BURST這款ＶＲ遊戲來維繫，所以應該要認清現實，知道這種關係是建立在線上，也就是網路這個基礎上的。

我確實非常喜歡黑雪公主學姊，而學姊也說她很喜歡我。然而這種感情就只透過過去一直在神經連結裝置之間往來的量子訊號做為媒介。那是一種可以透過向量數據完全描述清楚的關係，對此我本來應該已經心滿意足。

然而今天我們卻一起做飯吃，輪流去洗澡，現在更是這樣只隔著幾十公分的距離坐在一起，甚至感受著彼此的體溫。

在這個世界——在這個現實與虛擬之間的界線變得極為模糊，甚至讓人分不清楚五感所接收到的資訊從哪裡開始是類比，又從哪裡開始算是數位的世界裡，真的會發生這種事情嗎？對於「網路世界以外的人際關係」，我到底該怎麼看待，怎麼認知才好？現實世界之中的我，明明到今天都還只會一直逃避、退縮。

這陣轉個不停卻沒有頭緒的思考，被畫面上巨大頭目怪物所發出的慘叫聲蓋了過去。

同時仁子丟出了控制器，整個人往後一倒。

「啊啊……我不行了。好睏，好睏啊！」

「所以我不是跟妳說小孩子就該早點……呵啊……」

黑雪公主也用左手掩住嘴，很有氣質地打了個呵欠。

由於神經連結裝置已經拆下，朝牆上的時鐘一看，已經快要凌晨零時了。

「那、那我們是不是差不多該睡了？呃……由仁子小、不對，仁子今天也睡這沙發應該沒關係吧，那學姊請用家母的寢室。啊，不過得先等暖氣開一陣子，不然會冷……」

春雪說到這裡，仁子就大聲打斷他的話：

「不用了啦，麻煩死了。你去拿毛毯，我在這裡睡不就……好了……」

接著就把頭埋進巨大的坐墊裡，兩三下閉上了眼睛。

「嗯，我也在這裡睡就好。在遊戲軟體堆裡睡大通鋪，這種體驗還挺有歷史意義的……不是嗎……」

說完黑雪公主也跟著往坐墊上一倒。

咦咦——

儘管心裡這麼想，但春雪當然做不出「將她們兩人抱到床上睡」的這種事情，只好乖乖聽話跑去拿出家裡所有的毛毯，輕輕蓋在半睡半醒的仁子跟黑雪公主身上，開始思索下一步該怎麼做。

我該回自己房間睡嗎？

可是讓兩個客人睡在地板上，只有自己回床上睡，難道不會太詐了點嗎？這種時候我難道不應該公平地跟著睡地板嗎？這樣才有紳士風範不是嗎？

春雪這麼做完自我暗示來開脫之後，就把天花板的燈轉到最暗，扭扭捏捏地當場縮起身體。埋設有蓄熱循環管路的地板摸起來溫溫的，大型的半流體坐墊靠起來軟軟的——更有一陣非常宜人的香氣，從伸手可及的距離傳來。

春雪一邊心想這種狀況下怎麼可能睡得著，一邊在毛毯下用力閉上眼睛。

然而不可思議的是，籠罩住春雪的並不是緊張，而是一種不可思議的安詳，讓他的意識轉眼之間就落入柔和的黑暗之中。

夜半，春雪醒了一次。

他想去上廁所，起身之後不經意地轉動視線，結果就在微弱的間接照明與蒼白的月光下，看到了出乎他意料之外的情景。

本來應該分開足足有一公尺的仁子跟黑雪公主，不知不覺間卻一起夾在兩個坐墊之間，貼在一起熟睡。

而且仁子還把臉埋進了黑雪公主的胸口，右手牢牢抓住她的睡衣。

黑雪公主則雙手攏住仁子的一頭紅髮。

這幅光景之中蘊含著一種搶在驚訝之前就觸動春雪心弦的事物，讓他看得睜大了眼睛。

「紅之王」跟「黑之王」。這兩名9級超頻連線者之間，受到了只要戰敗一次就得永遠退出的特殊規則束縛。

她們兩人過去在加速世界裡度過了多少時間，歷經多少次搏命廝殺，又注視著什麼樣的目標，春雪根本無從想像。然而有一點他敢確定，那就是如果她們都在朝10級前進，總有一天必須對上。因為王前進的唯一途徑，就是打倒其他的王。

可是。

今晚她們兩人卻在這錯綜複雜的狀況所製造出來的偶然驅使下，在現實世界裡相依相偎地睡在一起，簡直就像雙方內心深處都期望如此似的。

這種情形，這幅光景，會是一夜即逝的幻影？是再也不會發生的奇蹟？

還是說——

春雪有種預感，覺得自己當下幾乎就要找到一種非常重要的目標。

然而從胸口直湧而上的感情，以及雙眼滲出的淚水，不讓他將思考轉變為明確的話語。

所以春雪就只在原地佇立良久，看著兩名少女在蒼白的月光下睡得極深的模樣，怎麼看也看不膩。

4

「那我走了。」

「我……我走了。」

「好，慢走……等等。」

聽到黑雪公主跟春雪打的招呼，仁子的手在臉頰旁揮到一半，忽然皺起眉頭。

「……喂，這樣不會很怪嗎？」

「嗯？哪裡怪？」

「這……妳問我我也說不上來……」

看到仁子站在玄關口的階梯上，雙手環抱陷入思索，黑雪公主朝她輕輕聳了聳肩膀說道：

「怪丫頭。不說這個了，今天的行動細節可就交給妳了。限定『Chrome Disaster』出現的位置跟時間，這點不會有問題吧？」

「沒、沒問題啊，交給我吧。」

「嗯，那我走了。」

「我……我走了。」

「好，慢走……唔。」

黑雪公主很乾脆地關上門，退一步之後轉身。

一月二十三日，星期五，上午七時三十分。

過去已經不知道重複過多少次這種叫做「上學」的座標移動行為，就要從這一刻開始。射進大樓公共走廊的灰色光線，以及冰冷空氣中呼出來的白色氣息，都跟昨天一模一樣。

然而今天卻有著唯一的一項差異——那就是身旁多了個穿得一身整整齊齊的梅鄉國中制服，綁著青色絲帶，右手提著學校指定的書包，左手提著購物袋的女學生。

黑雪公主打開神經連結裝置的電源，讓視線掃過空中，接著不經意地說：

「看樣子今天一整天都會是陰天，但願不要下雨啊。那我們走吧。」

「好……好的。」

春雪用力點頭，開始走在她左後方的定位，同時茫然地胡思亂想。

——咦……她算是我的姊姊？然後剛剛那個是妹妹？

不不不，現實世界裡不可能會有這樣的設定。還搞什麼跟姊姊一起上學，又不是老古董的電子小說。

春雪頻頻搖頭，跟在姊姊身後走進了正好下到這一樓的電梯。

——而且如果這是遊戲，裡頭出現的女生又怎麼可能會只有「姊姊」跟「妹妹」兩個人呢？我沒說錯吧？

正當他以稍有睡眠不足，而導致轉速遲遲上不去的腦子模模糊糊地想著這些念頭時，準備下樓的電梯在下了兩層樓的地方，也就是在二十一樓停住了。春雪反射性地退開一步，讓出空間給要搭電梯的人。

而電梯門才剛滑開，就有個穿著同顏色制服的女生，以活力充沛的動作蹦蹦跳跳地跑了進來——這位「兒時玩伴」倉嶋千百合，視線立刻跟春雪撞了個正著。

NO——

看到內心發出這聲慘叫的春雪，千百合眨了眨一對貓科動物似的大眼睛，露出了滿面的笑容說：

「啊，小春，早啊！今天怎麼這麼……早……啊……啊……？」

然而當她認出站在春雪右後方的人物，聲音跟表情立刻有了劇烈的變化。從呆滯轉為驚愕，再轉為即將爆炸的臨界點。

「……小春，這是怎麼回事？」

千百合眼角連連抽動，小聲對春雪這麼問道。

黑雪公主則代替已經完全僵硬的春雪，開朗地打了聲招呼：

「嗨，早安啊，倉嶋。」

「啊，學、學姊早安。」

千百合先出於脊髓反射，輕輕低頭回禮。

接著才突然抓起春雪的領帶大吼：

「現在情形是怎樣！」

「……妳、妳誤會了。」

春雪連連搖頭，一手在身後執行郵件軟體，對唯一一個有望收拾這個狀況的人物求救。具體來說就是打了一行「阿拓，我慘了，快來救我。」

「我有哪裡誤會了！」

就在嚴厲的審問正要繼續進行下去之際，電梯總算抵達一樓，門也跟著打開。春雪抓住千百合的雙肩，抓著她轉了半圈說：

「好、好了，我們還是先去學校上課再說吧！上完課先回家，趁週末忘個乾淨吧。」

「喂，不要想蒙混過去！」

春雪抓住大聲嚷嚷的千百合肩膀用力推，從大廳裡瞪大了眼睛的大樓居民之間快速穿過，好不容易來到前庭，身後就傳來了救星的聲音：

「早……早安，小千。早安，小春。早……」

說到這裡，連拓武的眼鏡都稍稍往下一滑，凝視著一臉不在乎的黑雪公主好一會兒。

「……軍團長早安。」

這位八成是一看到郵件就立刻全力跑來搭救自己的夥伴，先深深吸了一口早晨冰冷的空氣，才呼著白色的氣息，小聲對春雪說道：

「……小春，你這個人還真喜歡去踩老虎的尾巴啊。」

「我不喜歡，一點都不喜歡。」

春雪出聲反駁，抓著還在大吼「給我解釋清楚！」的千百合轉向拓武，雙手從她的肩膀上放開。

緊接著拓武就以平穩的聲調對千百合說道：

「小千，昨天我也待在小春他家。」

「咦……？怎麼回事？」

拓武朝著表情轉為狐疑的兒時玩伴提出了簡單明瞭的解釋。這種對答如流的口才，春雪實在學不來。

「上次說的那個應用程式發生了一些小問題，所以我們就借小春家當會議室開會。可是時間拖到太晚，那種時間一個國中生單獨走在路上，被公共攝影機拍到的話，事情就麻煩了，所以我們只好請學姊在春雪家過夜。我沒說錯吧，學姊？」

話題扯到黑雪公主身上，所幸她倒是乖乖點了點頭。

「差不多就是這樣。學妹，妳不用胡思亂想。」

「…………」

千百合帶著複雜的表情維持了幾秒鐘的沉默……

隨後放低聲音說了：

「又是，那個程式？BRAIN……BURST？」

視線在不約而同點頭的三人身上掃了一圈，接著鼓起臉頰說：

「我總覺得你們有事瞞著我！那不就是個遊戲而已嗎？為什麼為了一個遊戲要討論好幾個小時！」

「是……是遊戲沒錯，可是不是普通的遊戲啊。」

春雪的目光在廣大的大樓前庭掃過，確定四周沒有其他人之後才說下去：

「之前我也跟妳說過……那個程式透過加快思考的速度，已經另外形成了一整個世界，所以就跟現實世界一樣，會發生各式各樣的問題……」

「……唔唔。」

千百合噘起嘴唇，發出不滿的聲音：

「說起來我根本就不相信這回事。就算聽你說什麼加速，我也沒有辦法想像啊……那好吧，讓我看看，我就相信你。」

「咦？」

千百合若無其事地朝著聽得瞪大眼睛的春雪說：

「這個遊戲不是可以複製安裝嗎？我也要裝。然後我也要當，當那個叫什麼來著的，對了……就是當『超頻連線者』。」

「咦……咦──！」

這個叫喊不只發自春雪，同時還發自拓武跟黑雪公主。

接著三人同時將右手舉到面前左右搖動。

「妳……妳當不上的啦，絕對當不上。」

春雪忍不住說出真心話，圓圓的臉頰立刻被千百合捏住。

「你說這是什麼話！別說那麼多，乖乖給我就對了。」

「不，可是……那個遊戲不是誰都能裝。」

「這種事情不試試看怎麼知道！」

「因為妳明明就……超遲鈍的。」

一聽到這句話，千百合貓科的雙眼立刻亮了一下。

「哼哼……你膽子挺大的嘛。好，你就等著看吧！我也要去修行，看我練到連玩遊戲都可以打贏小春跟小拓！」

「咦……咦咦！」

春雪張大了嘴，看著千百合那充滿挑釁意味的眼神。以前千百合在玩的時候，就常常露出這種「話一出口就絕不改變心意」的表情。

她像拉年糕似的將春雪的臉頰拉到極限——

「然後你就要把那個叫什麼什麼BURST的程式拷貝給我！」

這位同年紀的兒時玩伴說完，啪一聲放開手，吐了吐舌頭之後就以飛快的速度跑走了。

「……還修行咧。」

春雪揉著臉頰自言自語，轉身面對站在身旁的拓武。

接著朝他深深一鞠躬說道：

「不好意思，阿拓，害你對小百說謊了。」

剛才拓武對千百合解釋的內容並不是百分之百的真相，因為早在黑雪公主宣告要留下來過夜的階段，會議就已經結束了。

拓武微微一笑，緩緩搖了搖頭。

「……不要緊。」

他的表情很溫和，但春雪總覺得其中含有幾分自嘲的神色，忍不住輕輕咬了咬嘴唇，結果黑雪公主也跟著有些顧慮地問道：

「拓武，問這個似乎有點干涉你個人隱私……你跟倉嶋她，還沒……這個……」

「離和好如初還遠得很吧。」

拓武聳聳肩，將視線轉往樹葉已經掉得差不多的行道樹樹梢。

「畢竟我對她做了這麼過分的事情，也許我們再也不會恢復男女朋友的關係。不過……只要能以小千想要的方式待在她身旁，我就已經心滿意足了。」

「阿拓……」

春雪想找些話說，但喉嚨偏偏在重要的時候哽住，反倒是黑雪公主靜靜地開了口：

「如果……如果你覺得是負擔，或是會妨礙你跟倉嶋之間的關係，我可以幫你除去……除去BRAIN BURST。」

拓武立刻睜大了眼睛。

但接著便重重搖了搖頭。

「不了，因為我對妳……還有對小春也都還有虧欠。」

「沒……沒有啦，阿拓，你哪有虧欠我們什麼。」

儘管幾乎是出於條件反射，但這次春雪至少出了聲。

「我壓根兒沒想過要你補償我什麼，學姊也是一樣。BRAIN BURST不是為了這種事情存在的……它是，那套軟體是……」

然而說到這裡，春雪貧乏的詞彙又用完了。

拓武以承受著痛苦的眼神回看春雪，拍拍他的肩膀說：

「不用擔心，我也在享受『對戰』的樂趣。別說這個了，軍團長，我有事想找妳商量。」

接著整個身體轉向黑雪公主，以認真的語調說下去：

「……軍團長真的認為小千當上超頻連線者的可能性是零嗎？」

相較於眼睛睜得大大的春雪，黑雪公主則幾乎面不改色，唔一聲歪了歪頭。

「……我先問清楚，她有符合首要條件嗎？」

「是，應該有。」

拓武立刻點了點頭。

要當上超頻連線者，首要條件就是「從剛出生就一直戴上神經連結裝置」。拓武是出於雙親充滿熱忱的教育方針，春雪則是因為父母各有各的工作，需要方便遠距監看春雪的情形，兩人都有符合這個條件。

千百合是在充滿親情且大而化之的雙親養育下長大，卻也為了另一種理由而從嬰兒期就配戴神經連結裝置。原來千百合的父親有動過喉頭癌手術，聲帶很難發聲，因此千百合從小就透過網路聽著父親的思考發聲長大。

拓武沒有說得這麼詳細，黑雪公主也沒有問。

「是嗎？」

她只點點頭，將視線轉往千百合跑開的方向。

「其實第二條件……也就是『大腦反應速度』，並沒有嚴密的基準，畢竟也有人儘管不擅長玩ＶＲ遊戲，卻能成功安裝BRAIN BURST。不過如果是在沒有把握的情形下，要讓一個人當上超頻連線者，就不能不說是一項很大的賭注。」

「賭、賭注……？」

春雪出聲反問，黑雪公主就以另有涵意的視線看著他點了點頭。

「目前BRAIN BURST對於複製的授權……也就是說每個使用者以『上輩』的立場收另一個人為『下輩』的權限，就只有唯一的一次。而且這個權限就連對方安裝失敗的情形下也照樣會用掉，再也不會恢復。」

「一、一次？」

春雪忍不住大喊出來，才趕忙摀住嘴。他放低音量，但仍然迫不及待地說下去：

「可、可是這麼一來，超頻連線者不就幾乎不會增加嗎？喪失所有點數而離場的人跟新參加的人……兩邊頂多打平……吧？」

「小春，這也就是說呢。」

看樣子拓武早就知道這個「一次規則」，推起眼鏡說了：

「我想這就表示經營BRAIN BURST的神祕管理者，認為現在的人數……大約一千人就是上限了。這指的當然是能夠讓『加速』科技保密下去的人數上限。」

「話……話是這麼說沒錯啦……可是啊，就算保持現狀，祕密被揭穿的日子遲早一定會來的，不是嗎？像現在小百也幾乎可以算是知情了。如果……如果這個不知道該算是管理者跟開發者的人，在經營這個遊戲的時候，早就料準了BRAIN BURST的存在遲早會被揭露，之後當然再也沒辦法用神經連結裝置來使用加速功能，那他……到底有什麼目的？」

春雪舉起雙手，輪流看了看拓武跟黑雪公主。

「畢竟我們……根本就沒有付費啊，連廣告都完全沒看過。」

市面上爭相推出的網路遊戲獲利結構大致上可以分為兩種。不是透過收取月費或販賣虛擬寶物來對玩家收費，就是在遊戲內散播有如洪水般的簽約企業廣告，別無其他方式。

BRAIN BURST是不折不扣的網路遊戲，而且還透過「加速」科技給予使用者莫大的特權，但需要付出的代價卻是零，怎麼想都讓人覺得不合理。

聽到春雪問出這個非常根本但未免問得太晚的疑問，黑雪公主露出了微微的苦笑：

「想也沒有用的，春雪。想知道答案，唯一的方法就是升上10級，直接去問開發者。不過啊，有兩件事我敢斷定。首先你剛剛說得沒錯，加速世界應該不可能永遠維持現狀，總有一天會失去隱匿性，超頻連線者一個不剩地全部消失，這一天會來臨。而另一點就是……我們為『加速』特權付出相等代價的日子，也總有一天會來臨。再不然就是……」

接下來的話並沒有明確地說出聲來，在嘴唇的細微動作中變得難以辨認。

然而春雪卻覺得自己在她那被早晨冰冷空氣染白的氣息中，看到了一串簡短的文字。

——再不然就是已經在付了。

黑雪公主輕輕一笑，看了拓武一眼。

「我們離題了，剛剛是講到倉嶋……我認為儘管她當得上超頻連線者的可能性相當低，但還是值得一試。」

「軍團長，這……這是真的嗎？」

黑雪公主對睜大雙眼的拓武慢慢點了點頭。

「她的身體素質絕對不算低，剛剛她快跑的速度就非常出色。」

「啊啊，因為她是田徑社的。」

春雪補上這句說明後沉吟了一聲。

「原來如此……其實人腦中負責控制現實中肉體的迴路，跟控制虛擬角色的迴路幾乎是完全一樣的。也就是說，倉嶋她腦中迴路的功能本身有可能已經符合要求，剩下的問題就是對神經連結裝置的適應性，只是這點除了實際試試看以外，實在也沒有辦法知道結果。」

「哈哈……不過她連思考發聲都學不會啊。」

「你的狀況是對神經連結裝置投入過頭了，現實中的身體也該多活動一下才對。」

黑雪公主將目光從當場回不了嘴的春雪身上轉向拓武。

「……拓武，如果倉嶋安裝BRAIN BURST成功，你跟她之間就會產生密切的關係，一種叫做『上下輩』的關係……可是這種關係裡未必都是正面的因素，這點你要先記清楚了。」

對於黑雪公主這段說得平靜卻強而有力的話，春雪一時間意會不過來。

不是只有正面因素……超頻連線者的「上輩」與「下輩」之間會有負面因素？她指的到底是什麼？「上輩」引領「下輩」，「下輩」仰慕「上輩」，這裡頭難道會有黑暗面的關係存在？這跟現實世界之中的親子關係不一樣，跟那個哪怕年幼的我怎麼放聲大哭抓著他不放，卻還是一手甩開我離家的父親不一樣，跟看都不看我的臉，甚至完全不談話的母親也不一樣。加速世界之中的上輩與下輩——黑雪公主學姊跟我之間，有著確切而堅定的情誼。

春雪瞬時全身一顫，注視著站在身旁的黑雪公主那對漆黑的眼睛。

她的眼神之中就只存在著一如往常的溫和光輝。

——不對，總覺得在她眼神的深處閃過了一絲悲哀……又或者是懼怕的神色，這真的只是自己的錯覺嗎？

這一瞬間，春雪腦海中浮現了一個，自從在黑雪公主引領下成為超頻連線者至今，都完全沒有想過的疑問。

那就是黑雪公主的「上輩」到底是誰。

「……我、我說呢。」

就在他戰戰兢兢想要問出這個問題時，黑雪公主彷彿刻意打斷他的話似的說：

「糟糕，我們站著聊太久了，再不快點就要遲到了。」

「咦……」

春雪趕忙看看天空，就看到偏低的雲層遠方已經變得越來越亮了。

「哇，真的，我看可能得用跑的比較保險了，小春。」

「嗯，這我可受不了。」

被拓武拍拍肩膀，用力搖頭之餘，春雪還是沒能忘掉先前的疑問。

春雪往已經快步向前行走的黑雪公主身後追去，想要朝著她的背影再問一次，但莫名地就是說不出話來。

在早上第一聲鐘聲即將響起之際衝進校門，確定神經連結裝置連上梅鄉國中校內網路，也沒有被記上遲到之後，春雪就跟他們兩人分開了。

然而耳裡聽著上午的課，腦子裡卻始終只有一個念頭轉個不停。

黑雪公主為什麼會說，超頻連線者之間的「上下輩」關係中存在著負面的因素？而且為什麼她說這話的時候，眼神會顯得有點悲傷？

好想知道。無論如何都想知道。

第二堂課上完，虛擬黑板才剛從視野中消失，春雪就揮開猶豫，執行了郵件軟體，花兩秒打完【可以馬上見面談一下嗎？】這句簡短的內文之後就寄了出去。

回信在八秒鐘之後送到，一看到內文寫著【我們就在校內網路的虛擬壁球區見面吧】，春雪立刻深深坐進椅子裡，閉上眼睛說出直接連線的語音指令。

第二堂課跟第三堂課之間的下課時間只有十五分鐘，所以構成梅鄉國中校內網路的童話風格森林裡顯得十分清靜。虛擬角色短短的腳才剛碰上虛擬的地面，春雪立刻就衝向聳立在廣場外圍的大樹之中的其中一棵。

強制春雪使用逗趣粉紅豬造型虛擬角色的霸凌集團主謀已經不在學校，他的兩個手下目前也很低調，所以春雪其實隨時都可以換上更帥氣的造型，但在不知不覺間就錯失了機會，一直拖到現在都沒換。而黑雪公主說這個造型她很喜歡，這句話應該也有些影響。

春雪就以這種模樣蹦蹦跳跳地跑著，朝刻在樹幹上的樓梯往上爬，一衝進設在最頂樓的壁球遊戲樓層，視覺立刻捕捉到了獨自站在球場中央的虛擬角色那苗條的身影。

她穿著一身滾銀邊的漆黑洋裝，手上拿著同色的陽傘，背上則有一對竄過幾條深紅色紋路的黑鳳蝶翅膀。

幻化為暗色妖精公主的黑雪公主，將她那幾乎不含色素的白皙臉孔朝向春雪，微微一笑。

「嗨，好像很久沒有看到你這種模樣了啊，大概是因為最近都只在現實世界裡說話吧。」

「……學姊不太常來校內網路，妳虛擬角色的粉絲都很難過呢。」

春雪用比現實世界中多了三成流利的聲音這麼回答，黑雪公主的笑容轉為苦笑，輕輕聳了聳肩。

「唉呀，虧我本來還想說換成黑豬模樣跟你湊成一對呢……不說這個了，你說想找我談什麼事？」

「啊……呃……就是……」

這次春雪則一如往常地吞吞吐吐，小心尋找用詞。

仔細想想就可以發現，自己過去可說完全沒有主動過問黑雪公主私人的事情，現在卻突然要穿著髒鞋踩進她內心不容侵犯的領域，這樣真的好嗎？

明明是春雪找她出來，自己卻吞吞吐吐，讓黑雪公主臉上露出了些微的苦笑，低頭看著他好一會兒，隨後搖動背上的翅膀，輕飄飄地拉開了距離，也使得安在陽傘上的鈴鐺發出了清脆的聲響。

「……春雪，你想問的應該就是我的『上輩』吧？」

黑雪公主以比現實中的嗓音更加神祕的絲絹美聲說出這句話。

更不等震驚得倒吸一口氣的春雪回答，垂下長長的睫毛說下去：

「不好意思……現在我還說不出這個名字，因為哪怕是機會再小，我都不希望你接觸到這個人。無論是站在軍團長……還是站在一個女人的立場都一樣。當然這或許是種醜陋的嫉妒也說不定。」

春雪震驚得整個虛擬體當場僵住，瞪大了眼睛，但仍然意識到腦中閃過了好幾個想法。光聽剛剛那幾句話，就可以推測出一些事情。首先就是黑雪公主的「上輩」仍然以超頻連線者的身分留在加速世界之中，而另一點則是這個人物應該是女性。

黑雪公主無聲無息地在壁球球場上移動，繼續奏出一種彷彿用指甲撥動豎琴低音琴弦似的嗓音：

「……這個人過去……對我來說是最親近的人。之前我一直相信這個人會永遠在我的世界中心不斷發光發熱，趕走一切的黑暗跟寒冷。」

──簡直就像我心目中的妳一樣。春雪反射性有了這個念頭。

「可是有一天……有一次，就在那麼一瞬間，我認清了那只是一種脆弱的幻想。如今這個人對我來說，已經可以算是最終極的敵人。我對這個人的憎恨永遠不會結束，甚至讓我覺得彷彿早從剛認識的那一瞬間，我心中就孕育出了這種憎恨。」

她說話的語調壓抑得很平穩，但遣詞用字卻十分劇烈，從黑雪公主平常的模樣完全無法想像她會這麼說話。漆黑的妖精公主低頭用視線輕撫過呆呆站在原地的春雪，露出了有些空虛的微笑。

「如果可以，我現在就想當場跟這個人打，用我的劍砍斷這人的手腳，讓這人只能在地上爬，欣賞其求饒的慘狀之後，毫不留情地砍下這人的頭。可是這個願望不可能實現……春雪，超頻連線者的『上下輩』關係，比起其他種關係，像是『搭檔』或『男女朋友』，有個決定性的差異，你知道是什麼差異嗎？」

「……」

春雪困惑了一會兒，接著想起了三個月前改變他命運的那一天，想起了黑雪公主對他伸出的手上有樣東西在發光，也就是一條銀色的直連用傳輸線。

「這個差異就是……『上下輩』之間沒有例外，全都知道彼此『現實中的身分』。」

「沒錯，就是這樣。」

黑雪公主點點頭，用陽傘傘尖往球場上一戳。

「因為要複製並安裝BRAIN BURST，就非得讓兩具神經連結裝置直接連線不可。在這個階段，『上輩』與『下輩』之間肯定已經在現實中見面，而且兩者之間已經有著願意直連的密切關係。也因此，超頻連線者之間的『上下輩』關係，是整個加速世界中最堅定的情誼……同時也可以成為最巨大的詛咒。」

「詛……詛咒……？」

「沒錯。因為一旦『上輩』跟『下輩』分道揚鑣，演變成對立的關係，彼此間的憎恨必然會延伸到現實世界。我……現在還沒有辦法跟我如此憎恨的『上輩』打，因為這個人在現實之中可以對我行使壓倒性的影響力——超頻連線者尋求自我意義的唯一方式就是『對戰』，而我們也就是為了互相打鬥，才會讓精神寄宿在對戰虛擬角色上。然而就只有『上輩』跟『下輩』之間不能對打，這不叫詛咒又該叫什麼呢？」

「……學姊。」

春雪輕喊了一聲，想找些話說，然而他總覺得沒有任何話語，可以說盡心中翻騰的感情。所以他走上一步，兩步，用自己圓滾滾的雙手，用力裹住了黑雪公主無力垂下的左手。虛擬角色的體溫本來應該沒有差別，但她的手摸起來卻冰冷得像是凍僵了似的。

「春雪……」

低聲發出的嗓音也是一樣冰冷。

看來黑雪公主大概直到現在，都還為了殺死紅之王Red Rider，逼得他永遠離開加速世界所苦。同時就像為了對這個行為殉道似的，逼自己站上不得不對其他所有超頻連線者拔劍相向的立場，哪怕對手是自己的「上輩」——又或者是「下輩」都不例外。

春雪用白白的手按在嘴上，按在比現實中還大的鼻子上，帶著認為現在的自己也只能說這麼幾句話的念頭，拚命說出內心的想法：

「昨天我不是也說過，我絕對不會跟學姊打嗎？我不會跟學姊為敵。如果真有什麼萬不得已的理由，讓我們走到這一步……到時候我會在開打前就先反安裝BRAIN BURST。」

從樹葉縫隙劃下無數道斜向線條的虛擬陽光之間，籠罩著一陣漫長的沉默。

過了一會兒，黑雪公主發出彷彿恢復了些許溫度的聲音，同時用陽傘的傘柄在春雪圓圓的腦袋上敲了一記：

「笨蛋，該退出的是我。對BRAIN BURST……對於『對戰』遠比我更加樂在其中的你，才應該留在加速世界。」

「我不要，我絕對不要！」

陽傘輕輕一聲滾落在綠色落葉鋪成的地毯上。

春雪像個無理取鬧的三歲小孩似的，哭喊個不停——

肌膚柔滑的右手輕輕撫過他的臉頰。

抬起頭來一看，視線正好跟不知何時已經坐下的黑雪公主對了個正著。位於極近距離的淡紅色嘴唇悄悄動了動：

「無論到時候會迎接什麼樣的未來，我都不會後悔選上你。」

隨著這句話同時伸出的雙手，緊緊擁住了春雪的頭。

這一瞬間明明應該幸福得像是上了天堂，但春雪卻覺得這陣幾乎擠得斷線的感覺訊號洪流之中，流著一種無以言喻的寂寥。

放學後。

黑雪公主跟拓武說要先各自回家放好東西再過來，於是春雪就自己一個人回家。

在打開玄關的門之前，春雪已經先做好幾成的心理準備，但這次沒有聽見大音量的遊戲音效或是大吼的聲音，小聲說了句「我回來了」之後走到客廳一看，就看到仁子坐在沙發椅上的背影。

由於實在太安靜，春雪本來還以為她在睡覺，但馬上就看到她揮了揮小小的右手。春雪繞到她前面，發現少女睜大的眼睛注視著空中——也就是看著只有她看得見的虛擬桌面。

「……我回來了。」

春雪又說了一聲，仁子就簡短地說了聲「好」回答，視線移到春雪身上停了一會兒。

「另外兩個人呢？」

「他們說先回家一趟再過來，我想應該花不到二十分鐘。」

「好，看來應該勉強趕得上……Chrome Disaster還沒有行動。」

聽到這句話，春雪連眨了好幾次眼。看樣子仁子正以某種手段監控「災禍之鎧」，也就是「Chrome Disaster」——精確地來說，是繼承了這套強化外裝的紅色軍團成員「Cherry Rook」的動向，所以當然得要讓神經連結裝置連上外界的網路。

「妳……妳連上全球網路不要緊嗎？這裡可不在紅色軍團的領土內啊。」

春雪忍不住發問，仁子立刻剽悍地笑了笑說：

「剛才有個不要命的小子跑來亂了一次就是了。我十秒鐘就把他轟殺掉，還順便叫其他觀眾不要來礙事，所以應該沒事了吧。」

「這……這樣啊……」

只要待在軍團所支配的「領土」內，成員就可以獲得特權，不用接受未列入接受名單的其他超頻連線者挑戰。

因此現在春雪他們至少在自己家跟學校附近的區域，都可以放心讓神經連結裝置連上全球網路，但仁子當然不適用這種特權。不過以平常心想想，就發現仁子好歹也是個王，能一對一打贏她的也就只有其他王，而且他們之間締結了互不侵犯條約，所以根本不可能突然找她單挑。現在一離開自己的領土就非得切離全球網路不可的王，也只有叛徒黑雪公主一個人。

想到這裡，春雪才忽然發現眼前這個紅髮少女，也是一個潛在的黑雪公主討伐者。

趁現在只有他們兩人，春雪打算對這點問個清楚，於是清了清嗓子之後開了口：

「我……我說啊，小妹……仁子，可以問妳一個問題嗎？」

「這種不給人拒絕餘地的開場白就別講了。你想問什麼啦？」

被她這麼一瞪，春雪整個人直挺挺地站在沙發旁，盡量以最簡單又最直接的方式問說：

「妳、妳不恨黑雪公主學姊嗎？」

「啥？我幹嘛恨她？」

看到她呆呆的表情，春雪傻眼的表情也是不遑多讓。

「妳還問我幹嘛……她是最高額的懸賞犯……而且懸賞的理由還是殺了上一代紅之王，也就是妳前一任的『日珥』軍團長……」

「啊啊，所以你才問這個啊？」

仁子輕輕哼了一聲，從牛仔短褲中露出的苗條雙腳往前用力一張，右手手指繞著一邊紅色馬尾把玩，視線則在窗外遊移。

「嗯——說到這個軍團長啊，其實我跟上一代……『Red Rider』根本沒有直接聊過。」

「咦……是、是這樣嗎？」

春雪本以為仁子的「上輩」或許就是這位Red Rider，忍不住探出上半身。

「因為我當上超頻連線者，是在兩年半前，沒過幾個月上一代就退休啦。當時我大概還只有3級還是4級吧，我們甚至沒有潛行到同一個場地過。聽到軍團長被Black Lotus暗算，賠上所有點數的時候，我也只隱約覺得這9級玩家還挺不好當的。」

仁子靈活地挑起一邊眉毛，補上幾句：

「真要說起來喔，我能像掛了加速器一樣跳級當上現任的王，可全靠Black Lotus幹掉上一代，逼得紅色軍團解體你知道嗎？當時不管是中野區還是練馬區，都像是回到了戰國時代，每天打集團戰的場次多到不像話，點數自然加得快了。要不是有這樣的背景，就算我再怎麼有本事，想升上9級大概也還得多花上兩年啊。」

看到仁子哈哈大笑，春雪也露出了痙攣的笑容。

「這……這樣啊？所以說，不管是仁子還是紅色軍團，你們都沒有想過說要高舉討伐黑之王的大旗了……？」

「嗯～～～～老實說啦，老一輩的成員裡面搞不好也有人這麼想，不過滿心覺得Black Lotus不能原諒的傢伙，在日珥先前解體的時候，早就已經投靠其他軍團去了。真是的，這些人根本就搞錯了吧，還大言不慚地說什麼要繼承上一代的遺志，如果真的這麼想，明明就應該留下來打拚，想辦法復興日珥才對吧。」

仁子說到這裡就先停住，抬頭瞪了春雪一眼，撂下一句：「幹嘛啦。」看到春雪趕忙連連搖頭，仁子又忽然撇開臉去，沉默了一會兒後重新開了口：

「……還有啊，啊……這件事你千萬不可以跟那女的說喔。」

「哦……哦哦。」

「我啊，其實呢，覺得她……覺得Black Lotus是個不得了的傢伙，因為她是玩真的。」

「咦……？這、這話怎麼說……」

「不准告訴她，你可千萬不能告訴她。」

仁子說著先狠狠瞪了他一眼，才以跟她粗暴的口氣很不搭調的平靜嗓音說下去：

「原因很簡單，因為她是所有『王』裡面唯一認真宣告說要朝10級前進的。其他王，包括我在內，都只會躲在什麼領土互不侵犯條約這種兒戲的小框框裡，玩著扮家家酒似的對戰。不，更惡劣的是其他幾個王裡頭，還有人其實心懷不軌，想找機會偷偷升上10級。嘴上說什麼『為了延續加速世界』，大聲提倡維持現狀，其實卻一直找機會偷跑，實在有夠小家子氣。」

「……妳呢？」

一聽完仁子這段獨白，春雪就反射性地問了：

「仁子，妳站在哪一邊？」

「……不知道。」

答案十分簡短，卻也因此包含了真實的想法。

年幼的王讓她那太過嬌小的身體滾倒在沙發上，雙手抱在腦後。直伸到春雪眼前的赤腳腳趾就像打著拍子似的在空中擺動。

「……其他王，尤其是『紫之王』跟『黃之王』，有提出一個說法，說是只要有任何一個超頻連線者升上10級，在那同時，這整個叫做BRAIN BURST的遊戲就算是『破關』。說會響起叭叭幾聲號角聲，然後開發者出現，說幾句恭喜你之類的話，開始放結局後的製作人員名單……然後所有超頻連線者的BRAIN BURST程式都會強制反安裝。」

「怎……」

春雪想要笑著說怎麼可能會這樣，網路遊戲怎麼可能會有所有人同步的結局，但嘴角卻僵住了不聽使喚。

因為他想起了今天早上黑雪公主跟拓武談到的話題——加速世界失去隱匿性，遊戲運作不下去的時候，總有一天一定會來臨。說出這句話的人就是春雪自己。

仁子彷彿看穿了春雪的心思，輕輕點點頭說：

「我也覺得這種說法不是百分之百不可能。老實說，我根本就不想去思考沒有了BRAIN BURST之後會變成怎樣。畢竟對我而言，加速世界可以說才是我的現實了。可是……我也會懷疑就算是這樣，繼續死抓著不放真的好嗎。畢竟七王……不對，應該說六王之間的互不侵犯條約，已經扭曲了加速世界本來應該有的面貌，造成的問題也開始在很多地方顯現出來，這點是千真萬確的。」

「扭、扭曲……？」

「例如Chrome Disaster就是個例子。」

仁子斷斷續續地說了這句話，閉上了淡紅色的眼睛。

「……Cherry Rook會輸給『災禍之鎧』的誘惑，大概就是因為對高等級的門檻產生了絕望。現在因為條約而停滯的加速世界裡，不管在『一般對戰空間』怎麼拚，要想升上9級……不，就連要升上8級都跟登天一樣難，因為沒有對手可以打。畢竟我剛也說過，我之所以升得上9級，是靠在Black Lotus引發的暫時性大混亂裡順利卡位成功……那種事情不會有第二次。所以現在要想升上高等級，唯一的方法就是冒著風險去『無限制空間』打。Cherry就是因為太鑽牛角尖，才會去碰『鎧甲』。換個角度來看，逼他這麼做的人，就是身為諸王之一的我……」

仁子突然用力閉上眼睛，咬緊牙關。

看到她平板的胸部劇烈抽動了兩三次，春雪不由得屏住呼吸，輕聲說道：

「仁……仁子……」

「少囉唆！什麼都不要說！不要看！走開啦！」

仁子躺在沙發上雙腳亂踢一通，右手用力在眼睛附近擦了擦。

接著突然睜大雙眼，顯得很驚訝地大喊：

「不對！」

「……咦？」

「不對，我幹嘛跟你講這些！給我忘掉！我剛剛說的全都是騙人的！你不馬上忘掉我就痛扁你一頓！」

仁子悶聲大吼大叫，雙腳就像想踢開春雪似的一伸，卻被春雪反射性地用雙手接住。接著春雪將她小小的赤腳緊緊抱在胸前。

「哇、你、你這個變態在幹嘛！」

「……仁子。」

春雪聽到這句毫不委婉的怒罵卻仍不退縮，雙手更加用力了。其實他本來是想握住仁子的手，但要是做出這種事，可不是被揍個幾下就能了事。

「仁子，妳沒有錯。」

春雪說出這句話的瞬間，掙扎著想抽出雙腳的仁子頓時停住了動作。春雪注視著她那對咖啡紅的大眼睛，拚命說出自己的想法：

「不希望遊戲結束，希望可以永遠留在這個世界，人當然會有這種想法。可是……我這些年來玩了一大堆網路遊戲，所以我知道。我知道再也沒有什麼東西，會比沒有結局的遊戲『結束』的時候更寂寞、更讓人難過。當一個網路遊戲因為玩家玩膩後轉移到其他遊戲而虧損，有一天悄悄宣告結束營運，伺服器關閉的時候幾乎完全不會有人提起。看到常去的武器店老爹跟旅館的大姊姊保持滿臉笑容地永遠『死去』，在自己房間裡登出以後，我不知道哭了多少次。

那種結束的方式錯了，絕對錯了。」

仁子一動也不動，任憑春雪抓著自己的腳，兩隻眼睛睜得大大的。

「如果……如果BRAIN BURST有結局存在，我們就應該朝結局前進。哪怕結果會導致喪失加速能力，比起去看那種沒有道理可言的『世界末日』，還是遠遠……來得正確。」

原因很簡單，因為這過程之中所付出的努力，大概就是我們應付給BRAIN BURST這個遊戲給了我們許多事物的代價。畢竟就連那麼陰沉的我，能夠對一個還認識沒有多久的女生講出這麼長的台詞，多半都是拜BRAIN BURST所賜。

春雪沒有說出最後這段短短的思考，就這麼閉上了嘴。

即使寂靜來臨，仁子仍然一動也不動，維持了一段漫長的沉默。

正當春雪心想，哇我是不是又講出什麼會錯意的話啦，心情即將轉為黯淡之際，年幼的王終於小聲開了口：

「正確……是嗎？原來也有超頻連線者會說這種話啊。」

仁子朝向正上方的目光正對春雪，露出了微微摻雜著天使模式效果的笑容。

「你這小子還真怪。老實說，我本來還很不服氣，覺得為什麼像你這種又胖又窩囊的傢伙會有獨一無二的『飛行能力』……不過現在我似乎有那麼一點可以了解了。先不說這個……」

這時仁子的表情忽然變得猙獰，讓春雪嚇得挺直了背。

「……你要抓我的腳抓到什麼時候啦，你這變態！小心我宰了你！」

說完同時用伸出的左腳用力踢在春雪的鼻樑上，使得他當場往正後方一倒。

這陣沉重的震動聲，跟輕快的門鈴聲重疊在一起。

「我就是在那邊碰到軍團長。啊，這算是伴手禮，我隨手從家裡抓了幾塊來。」

拓武說著就舉起了一個看似裝著蛋糕的盒子，視線在癱在地板上揉著鼻子的春雪與沙發上撇開臉去的仁子之間往返，歪著頭想不透。

「……你們在做什麼？」

「八成是吵架了吧，很好很好。」

黑雪公主手扠在腰間冷笑，仁子也「哼哼」笑了兩聲回答：

「還好啦，畢竟有句俗話說，越吵感情越好啊。」

眼看兩人又要擦出火花，春雪趕忙出聲攔阻：

「歡、歡迎你們兩位！阿拓，謝謝你的蛋糕！我們馬上來吃吧，我要吃上面有草莓的！」

春雪迅速站起，正要走向廚房，背後卻同時傳來兩個聲音：

「草莓是我的！」

「……遵命。」

春雪無力地點點頭，乖乖準備盤子跟茶水。

所幸盒子裡有草莓切片蛋糕跟巧克力切片蛋糕各兩塊，總算避免發生更進一步的火拚——儘管還是有吵個兩句：「蛋糕就不用統一選黑色的喔？」「巧克力不是黑色，是咖啡色。」等

四人同時吃了第一口，喝了一口茶，黑雪公主的表情轉為鄭重：

「……Chrome Disaster的追蹤沒問題嗎？」

聽到這個問題，仁子的視線迅速在虛擬桌面上掃過，微微點了點頭：

「嗯，差不多要開始有動作了。」

聽到這個答案，春雪覺得有些不對勁。

要怎樣才有辦法遠距追蹤超頻連線者？如果對方開始「對戰」，然後以觀眾身分潛行到對戰空間去，自然可以知道對方現在的位置，但從剛剛到現在，仁子看起來完全沒有在加速。還是說軍團長有這種不得了的特權，可以掌握軍團成員在現實世界中的所在？

春雪準備不經意地問出這個疑問，正要開口。

就在這時——

「……來了！」

仁子尖銳地一喊，用叉子猛然往留到最後的整顆草莓一插，丟進了嘴裡。

「Cherry上了西武池袋線的上行電車。照過去的行動習慣來看，今天他會挑池袋當獵場。」

「池袋？這可麻煩了。」

黑雪公主輕聲啐了一口，接著輕輕將叉子放到已經空了的盤子上。

「我們要怎麼移動呢？同樣在現實世界裡坐電車或計程車……還是乾脆從『裡面』直接穿過去？」

春雪聽不懂這句話的意思，皺起了眉頭。

所謂的「裡面」，也就是「對戰空間」，看起來像是無限延伸，其實有依戰區分界線設置限制移動的邊界，因為要是沒有這種限制，玩家就可以使用想辦法打中對方一次之後，一路後退跑到底的戰法。

所以就算從這裡──也就是從春雪家裡潛行到戰場上，照理說頂多也只能移動到杉並區的北端，絕對到達不了位於豐島區的池袋。

然而仁子只想了一會兒就很乾脆地回答：

「就走裡面吧，憑我們的陣容，應該也不會被『公敵』堵到。」

「……前提是運氣夠好，是吧？」

黑雪公主儘管面色嚴峻，但仍然表示贊同。

春雪完全摸不著頭緒，聽得張大了嘴，黑雪公主以認真的眼神筆直注視著他。

「那麼……春雪，我現在就告訴你用來潛行到我們超頻連線者真正戰場所在的語音指令。

這會消耗10點超頻點數，應該沒問題吧？」

「嗯……嗯，10點左右還不成問題。倒是……所、所謂真正的戰場是指……？」

「就是字面上的意思。我們稱為『加速世界』的東西，本質就在這真正的戰場上。你要聽清楚，照我說的指令複頌。我們上……第五代Chrome Disaster討伐戰，任務開始！」

接著深深吸一口氣，腰桿挺得筆直──

就在碰到神經連結裝置上全球網路連線鈕的同時，漆黑的美女就以堅毅的嗓音喊出：

「無限超頻（Unlimited Burst）！」

5

——無限超頻！

就在春雪不顧一切大喊的同時，一陣音量比平常加倍的加速聲響衝擊了春雪的意識。眼前瞬間變暗。

然而立刻就有銀色的光芒切開了黑暗。那是春雪的五體轉變為鋼鐵機械身體時所發出的特效光芒。

如果是正常的加速——也就是「超頻連線」指令，首先他會先轉變成粉紅色的豬型虛擬角色，但現在春雪卻跳過這一步，直接變成了純銀的對戰虛擬角色「Silver Crow」。

緊接著，周圍的黑暗也被七彩虹光掃開。

放射狀的極光過後，出現的是一種藍黑色的鋼鐵光輝。

本來應該是自己家客廳的地方，已經化為冰冷的金屬迴廊，簡直就像奇幻電影裡出現的魔王城。朝南打開的窗戶全都消失無蹤，無數張鐵板疊成散熱片狀的牆壁跟柱子上，點著許多盞淡青色的燈火。腳邊則有濃濃的霧，挑高的天花板淹沒在昏暗的燈光下，讓人看不太清楚。

金屬質感的部分跟「煉獄」場地很相似，但這裡沒有絲毫生物性質的髒亂感。這種徹頭徹尾冰冷而直線性的光景，讓春雪上上下下看了好一會兒。

當他拉回視線，附近已經站著三名對戰虛擬角色。

披著深藍色裝甲，有著強健的四肢，右手裝著一具巨大打樁機的「Cyan Pile」。

火紅色的嬌小身軀上只配著一把手槍的「Scarlet Rain」。

以及披著純黑半透明裝甲，銳利的劍狀四肢閃出光芒的「Black Lotus」。

像這樣站在一起，先不講兩個「王」，就連對同等級的Cyan Pile——也就是拓武，春雪都不禁湧起一股自卑感。但他悄悄吞下這種感覺，喃喃自語說著：

「……這裡就是『無限制中立空間』……」

「沒錯。」

黑雪公主以帶著電子特效的語音給了他肯定的答案之後，就輕飄飄地轉過身去。Black Lotus連腳尖都是銳利的刀鋒，移動時不像一般人是用走的，而是身體從地板上飄起一小段距離，以懸浮方式移動。

黑雪公主舉起跟腳同樣呈長刀狀的右手，朝迴廊前方一指：

「那邊應該就是出口，你實際去看會比較快。」

「也是，那就走吧。」

Scarlet Rain——仁子點點頭，那有點像是天線的雙馬尾連連晃動。

在籠罩著濃霧的鋼鐵通道上走了幾十秒，前方就開始混進了從外射進的白光。春雪忍不住加快腳步追過其他三人，繞過往左彎的轉角，頓時看得睜大了眼睛。

原本是面向大馬路的大樓東側牆壁，已經成了完全沒有遮蔽的大片露天陽台。由於目前所在的位置相當於自己家所在的二十三樓，從露台看下去，外界的景觀自是一覽無遺。

嘆為觀止——這幅景色讓他只能這麼形容。

天空有無數厚層的灰色雲層翻騰捲動，還有青紫色的雷光頻繁地貫穿雲層間的縫隙。地上則跟春雪所住的公寓大樓一樣，蓋滿了堆疊無數片銳利鋼板的建築物。正前方形影朦朧的新宿副都心，已經不像是高樓群，反倒像滿是邪惡軍隊駐紮的要塞。不管目光往哪兒看，都看不到有東西在動，連個人影都沒有。

春雪腦子裡浮現出「魔都」兩字之餘，對來到自己身旁的黑雪公主輕聲說道：

「這種地方，我還是第一次看到。這裡的屬性是……」

「是『混沌』。」

簡短地回答之後，發出紫光的雙眼轉朝向春雪，補上幾句：

「這意思你遲早會知道。不說這個了，春雪，看風景看得出神是沒關係，不過除了風景以外，可還有其他更應該注意到的事情啊。」

「咦……咦？」

春雪趕忙四處張望，最後才總算將視線對向了他該看的東西。

過去的對戰空間上，視野上方隨時都會固定顯示自己跟敵人ＨＰ的橫條，兩條橫條中間則會顯示從一八〇〇秒開始倒數的時間。然而現在上面卻只看得見自己的ＨＰ條，也看不到倒數的數字。

這些日子以來，春雪當作遊戲所體驗到的「BRAIN BURST」，儘管有著怎麼看都只像是現實世界的精細空間與完美的五感回饋，在技術面堪稱達到極致，但內容則是古意盎然的一對一格鬥遊戲。然而一來到這個無限制中立空間，明明只有畫面結構稍有改變，卻覺得整個遊戲忽然間成了最尖端的大規模網路遊戲，讓春雪不由得大喊：

「沒、沒有剩餘時間……！這是怎麼回事……？」

「就是你看到的意思。」

回答他的是並排站在左邊的仁子。

「這裡對潛行時間沒有設定上限，所以才叫做『無限制』。」

「咦？」

春雪再次啞口無言，拚命思考現在聽到的這句話意味著什麼。

「……請、請問，我們，有在『加速』對吧。」

「當然有了。」

聽到黑雪公主的回答，春雪再次全力轉動思考。

BRAIN BURST可以將使用者的意識加速一千倍，潛行到虛擬空間之中。也因此，就算把正規加速時間上限的三十分鐘全部用完，在現實世界裡也只過了區區一點八秒。

然而現在沒有這個上限，這也就表示……

假設花費現實世界之中的十分鐘在這個「無限制中立空間」中度過，時間就會長達一萬分鐘——約相當於一百六十六小時，也就是將近整整七天的時間。

那麼如果花了現實世界中的整整一天在這裡頭度過——

春雪掐指一算，用沙啞的聲音自言自語：

「三……三年……」

太離譜了，有這麼多的時間，那不是幾乎跟永恆沒有兩樣嗎？這也就是說，只要用這「無限超頻」指令，哪怕積了再多作業沒寫，哪怕考試前有多少書沒看……

「小春，勸你最好不要。」

才剛想到這裡，拓武彷彿已經完全看穿春雪這些不正經的想法，從背後對他這麼說。

一轉過身去，就看到好友那身材壯碩的虛擬角色聳了聳肩膀，用帶著笑意的聲調說下去：

「我以前也曾經來過這裡一次，當時我也跟你一樣興奮，而且還想說都花了整整十點超頻點數了，馬上回去實在太吃虧，就在裡頭撐了內部時間整整三天。等我一回到現實世界，加速前想做什麼事情早就忘得一乾二淨，當時可麻煩了。」

「就是啊，春雪。待個三天可能還只是忘了原來要做的事情，要是在這裡待上一個月，甚至半年、更久……」

說到這裡，黑雪公主的語調變得嚴肅：

「——等你回到現實世界，整個人格都會不一樣。這也是當然的，畢竟一個不小心，搞不好等到出來的時候，連靈魂的年齡都不一樣了。要是不想看到家人或朋友對你露出怪異的表情，最好別太常來這裡。」

聽到這句話的瞬間，一個聲音在春雪腦海中再次響起。

——要是你知道我跟那邊那個女的過去到底花了多少時間在加速世界裡度過……

那句仁子笑著說出的台詞，就意味著——

然而還沒想到接下來的部分，就被她本人在背上輕輕一拍：

「別說這些了，我們趕快移動吧。在我們開始加速的時間點上，現實世界中Cherry搭的電車還要兩分鐘才會抵達池袋，所以其實也還不用急啦。」

「嗯、嗯。所謂移動……就是要去池袋對吧？」

現實世界之中的兩分鐘，到了加速世界就足足有三十三小時以上。春雪心想其實根本不用急，轉動視線望向東北方。

在這一大片遼闊無邊的藍黑色鋼鐵都市遠方，依稀可以看到一棟巨大建築物的輪廓。如果那就是池袋陽光城，距離這裡應該跟現實世界一樣約有六公里左右。

「呃……要用走的？還是用跑的……？」

「怎麼可能？你以為我們找你來這裡做什麼？」

「咦？妳這話是說……」

一個惹人憐愛的火紅色對戰虛擬角色，就在目瞪口呆的春雪眼前，雙手在胸前緊緊交握，歪著頭說：

「大哥哥，相信你一定肯抱著我飛吧♪」

春雪以「拳擊」跟「腳踢」破壞設置在露天陽台上的異形雕像與柵欄等物件，讓必殺技計量表累積到上限之後，吞吞吐吐地「呃……」了一聲轉過身去。

他看到的是兩個王視線激烈碰撞的模樣。

「當然只能請他抱我啦，畢竟我的手長成這樣。妳就去抓住Silver Crow的腳吧。」

「開什麼玩笑！我為什麼要這麼丟臉？明明就是妳不好，沒事搞得造型這麼麻煩做什麼，妳自己一個人搭電車去啦！」

這兩個人之間所迸出的火花已經不只是比喻而已，而是真的互瞪到就要走火，拓武只好嘆著氣勸阻：

「那，我們就這麼辦吧。請小春用右手抱軍團長，左手抱紅之王，然後我掛在他兩隻腳上。小春，你撐得住嗎？」

「啊……嗯、嗯，大概。只是速度應該快不起來。」

春雪來到還顯得不滿意的仁子跟黑雪公主面前，首先伸出右手。

「失、失禮了。」

先牢牢擁住她那從仿黑蓮花造型的裙甲中延伸上來的纖腰，接著再以左手抱住Scarlet Rain那更加嬌小的身軀。

春雪絲毫沒有半點心情去享受左擁右抱的情境，戰戰兢兢地在肩胛骨上灌注力量，張開了折疊在背上的金屬翼片。

伴隨著唰一聲清爽聲響張開的翅膀，立刻開始發出輕微的震動聲。從中產生的虛擬浮力，讓他的腳掌從地板上浮起。

春雪以極慢的速度上升，達到離地上一點五公尺的高度之後，暫時先改為懸停。

「阿拓，可以上來了。」

「有勞你啦，小春。」

緊接著Cyan Pile那強健的雙手就緊緊抱住了他的小腿肚。

「那……我們走了！」

隨著這聲宣告，春雪用力震動翼片。

三人份的負重終究相當可觀，但他們仍然著實地加速飛上天空。鋼鐵的露天陽台轉眼之間越來越遠，眼底只見一整片一望無際的無人異形都市。

「哦……哦，好棒……！」

仁子在他左手上大喊。

「真的在飛耶！那是環狀七號線……那條是中央線啊？不知道看不看得到我的學校！」

這片光景對春雪來說早已看慣。因為儘管正常對戰空間裡有限定移動範圍，視覺上卻不會侷限於東京，一整個關東圈都可以一眼望盡。

然而不管看過幾次，一陣從胸口直往上衝的感慨卻始終沒有淡去。畢竟根據黑雪公主的解說，這「無限制中立空間」會一路延續到公共攝影機網路的極限——也就是將會遍及日本國的每一個角落。

這種規模已經不單是遊戲裡的地圖，可以算是另一個世界了。

「原來如此……這就是……」

春雪無意識地自言自語。

「這才是真正的『加速世界』對吧。隨時跟現實世界相鄰……不是只有暫時出現，而是永續存在的世界……」

「沒錯。」

低聲做出簡短回答的，是身體靠在他右手上的黑雪公主。以造形銳利而發著光的眼睛朝向春雪，發出了嚴厲中不失溫和的嗓音：

「同時也是超頻連線者的真正戰場。如果想要升上9級，遲早你也必須在這裡對戰，贏得一場又一場的戰鬥……不過現在還不是時候。」

這句話是指春雪的等級不夠，還是說他能力不足呢？

春雪自覺到些許的焦慮刺痛胸口，輕輕點了點頭。

「是……不、不過有件事我更好奇……」

「嗯？什麼事？」

「這個地圖是永續存在，那也就表示就連現在這一瞬間，也有除了我們以外的超頻連線者潛行在裡頭對吧？」

「那還用說。」

回答他的是仁子。春雪把臉轉向她進一步追問：

「可、可是，說是有其他人……我怎麼覺得都沒看到人……」

眼底的異形都市充滿了冰冷的寂靜，看不到任何東西在動。春雪本來還以為就跟平常的對戰空間一樣，到處都看得到對戰虛擬角色的身影，這到底是怎麼回事呢？

這次立刻改由掛在他腳上的拓武出聲了：

「哈哈，那是當然的啊，小春，超頻連線者總數只有數千人，而會同時潛行在這個無限制中立空間的人數，據說頂多也只有一百人左右。這麼說有點太不客氣，不過像杉並區這種什麼東西都沒有的地方，看不到一個人影也是理所當然的啊。」

「那、那麼……只要更往都心過去……」

「就是這麼回事。所以我們，還有『Cherry Rook』都在朝池袋前進。」

說出這句話的同時，仁子啪的一聲拍了春雪的安全帽頭。

「不說這些了，別老是飄著不動，再不趕快移動，計量表都要耗光了。」

「啊，嗯、嗯。」

春雪看了看自己HP計量表下，一條比較細而且發著光的藍色必殺技計量表。懸停狀態下的消耗速度比較慢，但也已經減少了將近一成。

「那我們就走直線過去。」

春雪宣告之後，再次拉高了翅膀的振動頻率。

眾人就在翻騰滾動的黑雲下方不遠處，以滑翔般的態勢行進，轉眼之間就越過無人的環狀七號線，進入了中野區。

當春雪的視野捕捉到由造型格外尖銳的柱子支撐的中央線高架道路時，不經意地用視線沿著道路掃過，接著看到一個意外的物體，小聲說了句：

「啊……電、電車在動……？」

儘管只有短短兩節車廂，但確實有個狀似電車的細長影子，發出沉重的聲響跑在黑色光澤的鐵軌上，朝新宿方面移動。

「而且還可以坐呢，只是得花些點數。」

聽到黑雪公主顯得有些開心的說明，春雪忍不住在銀甲面罩下瞪大了雙眼。

「咦……是、是誰在駕駛？」

「呵呵，將來你自己再找機會去弄個清楚吧。」

就在他們講著這幾句話的當下，鐵路已經遠在身後，前方開始看得到山手大道。過了這裡就是目白，再過去不遠就是池袋。

在現實世界裡，春雪也常到這兒來買上個世代的遊戲軟體或是紙本的舊書，不過從杉並區到這裡的交通條件其實還挺差的。得先坐電車到新宿轉車，再不然就是從高圓寺坐公車，兩條路線都要拐個直角彎，所以很花時間。

正當春雪悠哉地心想，要是現實世界中也可以像這樣用飛的該有多好時——

「春雪，你看那邊。」

被他抱在右手上的黑雪公主，以鋒銳的劍尖指向東方。

春雪不經意地望去，驚訝得差點放開了抱在手上的兩位王，連忙用力重新抱好。

「哇……這……這是……？」

起了濃霧的山手大道上，可以看到一個巨大的影子在緩緩移動。這個影子只能用異形兩字來形容，整體的形狀乍看之下像是四隻腳的動物，軀幹卻像魟魚一樣扁平，原本應該是頭部的地方，卻有無數觸手垂到地面，腳掌又長又粗壯，前端還長著兩隻就像昆蟲會有的那種鋒利到堪稱兇惡的鉤爪。

至於體型更是怎麼看都有一棟三層樓建築物那麼大。只見牠完全佔住了下行的三線車道，慢悠悠地往南行進。

每次腳掌踏上地面，都會發出嗡嗡作響的重低音撼動空氣。春雪感受著這種震動，目瞪口呆地說了：

「那是……什麼東西？」

「是『公敵（Enemy）』。由系統創造跟控制，是這個世界的居民。」

仁子接著黑雪公主的話，輕輕吹了聲口哨說：

「第一次進來就看到那麼大的玩意，你這小子運氣還真好。不過你可別太靠近了，要是被那傢伙盯上，就連我們這種陣容打起來都很棘手。」

「盯上……等等，咦？牠、牠會攻擊人？」

「都上國中了，Enemy這個單字的意思你總該學過吧？」

春雪也沒心情去反應仁子的冷嘲熱諷，急忙拉高了高度。異形的巨獸看樣子並沒有注意到這幾個上空的路人，繼續慢慢步行。

「為……為什麼會設定這麼危險的玩意兒出來……」

「你還問為什麼……就是……」

黑雪公主回答到一半，卻變得有點吞吞吐吐。仁子跟拓武也都一樣顯得不知道怎麼回答，讓春雪歪了歪頭。

這時掛在他腳上的拓武忽然壓低聲音叫道：

「啊，你看，正好有人開始『獵殺』了。」

「獵……獵殺……？」

緊接著，剛好從他們正下方通過的巨獸突然放聲咆哮，讓春雪嚇得飛高了幾公尺。

「哇！」

野獸用兩條後腿站起，劇烈地甩動相當於頭部的大叢觸手，同時又叫了一聲。然而春雪很快就注意到，牠這聲咆哮並不是針對自己這群人。

山手大道的更南邊，有幾個小小的影子。

起初春雪還以為是別種「公敵」，但立刻就發現他猜錯了。這些影子有人形的輪廓，各自披著不同顏色的裝甲——這也就表示他們是超頻連線者。

站在最前面的一個大個子迅速舉起右手往下一揮。

緊接著就從排在大道左右的兩棟大樓屋頂上，迸射出無數道光束或實彈的火線，轟在巨獸的頭上。

「公敵」巨大的身軀瞬間有些搖晃，但隨即發出嗡一聲怪異的吼叫聲，頭部轉向其中一棟大樓。只見牠先以前腳抓向空中，接著就在一陣地鳴聲中衝了過去。

然而就在牠巨大的身軀即將撞上大樓的時候，盤據在道路上的一群超頻連線者一齊發射中距離砲火。巨獸被接連發生的爆炸籠罩，在怒吼聲中改變了目標，朝著暴露在道路上的數人衝去。

「危、危險！」

春雪不由自主地喊了出來。巨獸的前腳從遙遠的上空往下揮，眼看領隊就要被這一腳砸得稀爛，但這位擁有藍銀色重裝甲的對戰虛擬角色卻雙手交叉，實實在在地接下了巨大的鉤爪。

只是看樣子這人也沒打算就此停下腳步來跟巨獸硬碰硬，接著就由數人合力抵擋狂怒的巨獸所發動的猛攻，同時慢慢往後退開。

等到與兩棟大樓拉開足夠的距離，屋頂上又來了一波齊射，命中巨獸的尾巴與軀幹連接處。巨獸踩著笨重的腳步轉向，朝著東方的一棟大樓衝去，接著又是地上部隊邊追趕邊展開近戰攻擊。

「這個隊伍相當不錯，仇恨值控制得很好。那個領隊是誰？」

聽到黑雪公主佩服地發問，仁子回答說：

「記得應該是綠軍團的幹部吧？只是隊伍看樣子是各軍團混編出來的。」

聽到她們的對話，春雪這才搞懂了眼底展開的這場戰鬥有什麼來龍去脈。

「原、原來是這樣……那群超頻連線者不是被巨大的怪物攻擊……而是早就準備好要幹掉牠是吧？」

「沒錯，也就是說這是一場『狩獵』。」

「換句話說，只要打倒牠就可以得到經驗值……不對，是得到超頻點數……？」

「嗯，就是這麼回事。」

黑雪公主點點頭，仁子跟著拍了一下春雪的頭。

「這下你也搞懂了吧？這個無限制中立空間裡之所以有公敵存在，甚至這整個空間的存在，就是為了這個目的。除了正規對戰以外，只要在這裡獵殺公敵，超頻連線者也同樣可以升級。可是呢……」

「……升級的效率比起對戰要明顯低落。冒著全滅的風險去打倒那種級數的大型猛獸，得到的點數卻頂多只跟打贏一場同等級對戰一樣……也就是只能拿到10點左右。」

黑雪公主接著講解到這裡，先頓了一頓，輕輕搖了搖她那流線造型的面罩。

「這也是無可奈何。畢竟在這個世界裡獵殺公敵，是一種讓超頻點數無中生有的行為。會這樣設計，也就表示在BRAIN BURST這款『對戰格鬥遊戲』裡，在無限制場地獵點數的行為，本來只是一種輔助性質的點數供應方式。然而到了現在，這種方式卻幾乎成了唯一通往高等級的途徑。理由就是……」

「互不侵犯條約……是吧？」

春雪低聲這麼回答。

「高等級的超頻連線者就算想進行正規對戰，也不能去進攻其他軍團的領土。理由就是週末的『領土戰爭』已經因為條約而無法發揮原有的作用……」

春雪離開在遙遠下方展開的激戰，再度開始北上，而拓武則從他的腳邊發出了經過深思的意見。

「可是，軍團長……說得精確一點，其實還有另外一種手段。就算處於現在這種狀況，也還有另一種方法能以很高的效率賺取點數，衝上高等級區間。」

「咦？阿拓，你說的是……」

「也就是說呢……這個世界裡除了『公敵』以外，還存在著可以獵殺的對象，而且可以提供的點數還遠比公敵要多……」

春雪陷入沉思一會兒，接著銳利地吸了口氣：

「對、對喔……剛剛那些人……所以說，根本也不需要去獵那隻大怪獸，只要去獵剛剛那群人……」

轉過身去一看，就看到還在遙遠的南方持續的戰火不時在濃霧中開出缺口。

黑雪公主以平靜的聲音打破了這陣短暫的沉默：

「就是這麼回事。在正規對戰裡，高等級的超頻連線者幾乎都不會跑出自己軍團的領土，想去挑戰也不得其門而入。然而只要到了這裡，愛怎麼攻擊都行，而且要用埋伏或突襲之類的手段也都百無禁忌。」

「而現在將這種行動付諸實行的，就是『Cherry Rook』……不，應該說是『Chrome Disaster』了。」

仁子低聲說完，一對覆蓋在火紅色渾圓鏡片下的眼睛筆直望向前方。

眾人已經越過放射狀七號線，也就是目白大道，池袋的中心區已經近在眼前。前方看得到一座圍繞在大群奇特鋼鐵尖塔之中的宮殿，而既然會有數條漆黑的鐵軌匯集到這裡，這座宮殿應該就是ＪＲ池袋車站。車站朝東延伸出一條巨大的空中走廊，連接到一棟屹立在小有一段距離之處的超高層要塞——池袋陽光城。

走廊下有著密密麻麻的成排小型建築物，一整片五顏六色的燈火就像是眨著眼睛似的閃爍著。

那片燈火純粹是系統營造的燈光特效？還是說那裡就跟現實中的池袋一樣，有著一整片的繁華街？

說到這個，記得以前拓武跟黑雪公主好像說過有什麼「商店」。搞不好那裡就是——

春雪不由得忘了當下嚴重的事態，差點就要前進過去，結果被仁子的右手猛力拉回來。

「喂，不要再過去了。雖然離Cherry來到這裡還有一段時間，不過我們還是小心點，從地上過去吧，用飛的只會給地上的人看得一清二楚。」

「話是這麼說沒錯……不過池袋這地方可也挺大的，妳知道他會從哪裡出現嗎？」

聽到黑雪公主這個問題，仁子哼了一聲說道：

「從過去的模式來看，他都會出現在太陽城周邊。我們從南邊繞過去，隨便找一棟大樓屋頂就好了。」

春雪照她的吩咐，身體轉向東方。

左前方可以看到那直衝天際的要塞，而要塞右邊則有個凹陷的窪地。在現實世界裡大概就是南池袋公園，但眼前的窪地卻沒有一草一木，景象荒涼得彷彿是個被巨大隕石給砸出來的坑洞。

「……那我就在那片空地前面一點的地方降落了。」

說著春雪看了看就快用完的必殺技計量表，判斷勉強可以飛到，於是振動翅膀。

四人份的重量慢慢開始前進──

就在這一瞬間。

「小春！」

拓武在他腳下大喊。

春雪反射性朝下一看，視野捕捉到的是一條從地面上成排的大樓縫隙間延伸上來的刺眼橘色火線。

「……！」

春雪甚至沒有時間驚呼，反射性地就朝右前方全力衝刺。

嗤。

隨著這聲燒灼空氣的聲響，可以感覺得出一團巨大的熱量就從離背上極近的地方擦過。翅膀的前端照理說不會產生痛覺，這時卻覺得有被烤焦的感覺。

但春雪也沒理會這種感覺，在空中再度加速，這次是朝左滑翔，因為他看到了來自地面的第二波攻擊，而且顏色跟第一發不一樣。

險險閃過一道藍白色的光線後，黑雪公主緊接著叫道：

「難道……是Chrome Disaster！」

儘管處於緊張狀態下，仁子仍以帶著幾分呆愣的聲調回答：

「不可能……太快了，照理說距離他出現，在這個世界裡還得等上一整天！而且他也沒有這種攻擊招式……」

春雪以嘶吼打斷了她們兩人的談話：

「我要下去了！」

原因很簡單，因為他在地面大樓群的其中一角，看到了第三波砲火——而且還是好幾個光點在閃爍。那八成不是直線的雷射攻擊，而是實體彈，而且應該還是具備導向功能的飛彈發射時的光。

春雪暫時停掉翅膀的浮力，以幾乎成了自由落體的態勢俯衝。然而如果直線下降，兩三下就會被這些神祕的敵人捕捉到。春雪水平張開翅膀，就像滑翔機似的在空中滑翔，朝著前方的巨大坑洞前進。

「來了，是飛彈！」

仁子在春雪懷裡啐了一口，扭轉身體拔出腰間的手槍。

噠噠噠幾聲清脆的連射聲響之後，接著就是幾聲小規模爆炸聲響。然而只靠一把手槍當然

攔截不了所有飛彈，眼見數發飛彈已經突破爆炸的火焰逼近──

「……喝！」

黑雪公主左手劍一掃，劈開了這些飛彈。

短暫的空檔過後，又是一陣爆炸。春雪連這陣爆炸的壓力都拿來利用，衝破最後的幾十公尺距離，在圓形坑洞的中央全力減速。

首先拓武放開雙手，雙腳在地面上削出長長的痕跡著地，緊接著兩個王分別從他雙手懷抱中跳開，輕巧地落到地面上。

春雪在他們三人的中央難看地墜落倒地，趕忙跳了起來。朝ＨＰ橫條看了一眼，所幸減少的長度還不到三％，相信黑雪公主他們也沒有被砲火擊中。

接下來好一會兒，春雪等人就在這有無數道裂痕呈放射狀分佈的巨大坑洞正中央屏氣凝神地等候。

世界一片寂靜，簡直讓人難以相信他們一直到幾秒鐘前都還在遭受連續攻擊。唯有遙遠上方烏雲中閃過的雷鳴與呼嘯而過的風聲，發出了些許聲響。

忽然間──

隨著一陣小小的腳步聲，坑洞西方的邊上，出現了一個人影。

是超頻連線者，肯定就是剛才攻擊他們的人。這人全身只有輪廓看得清楚，連顏色都難以辨別。

「那就是……剛才攻擊我們的人……？」

春雪以不成聲的嗓音喃喃自語。

然而才過了短短一秒。

第二個人影無聲無息地從這人的右手邊冒了出來。接著更出現了第三人、第四人。

「到……到底……」

拓武低聲吐出這個疑問，無數的腳步聲幾乎在同時響起。

抬起頭來一看，就看到許多虛擬角色的影子從坑洞邊緣往左右一字排開，幾乎看不到盡頭。從大型到小型，從遠攻到近戰，特徵五花八門，但他們卻有著唯一一個共通點。

那就是氣息。他們的視線中蘊含了幾乎要噴出火來似的戰意，默默凝視著獵物——那是一種獵人的氣息。

出現的超頻連線者總數轉眼間就達到三十人，最後以圓形隊形圍在坑洞外緣的集團從中分了開來，讓一名存在感特別強烈的虛擬角色現身。

這人高高瘦瘦，身高應該比Cyan Pile還高，但四肢卻幾乎跟Silver Crow一樣細。整個人就像只有骨架的人偶一樣，只有肩膀跟腰間脹得鼓鼓的。

頭上戴的帽子有著像是一對粗牛角往左右細長彎曲的形狀，掛在雙角尖端的大顆球體無聲地搖動，臉上則戴著畫成笑臉的面具。

「小丑……？」

春雪不由自主地小聲說道。這個虛擬角色的輪廓酷似撲克牌中畫在鬼牌上的小丑圖樣，但他的面具卻沒有絲毫滑稽的感覺。眼角上揚形成弧線的細眼，在逆光的黑影下，反射出朦朧而冷酷的光芒。

就在這時，上空的一部分雲層忽然變薄，灰色的陽光微弱地照上地表，照亮了這群包圍住坑洞的虛擬角色身影。

他們的屬性顏色非常多樣化，不過如果硬要區分，還是可以看出以介於紅色到黃色之間的人比較多。

而其中色彩最為鮮明奪目的，就是在中央鶴立雞群的小丑虛擬角色身上的裝甲。

那是一種沒有絲毫暗沉或渾濁，有如鈾礦一樣鮮豔到令人不舒服的黃色。看到這個顏色的那一瞬間，春雪覺得一陣強烈的顫慄從背脊上直竄而過。彩度鮮明到這種地步的對戰虛擬角色不會太多，過去他曾經看過的，也就只有黑夜的漆黑與火焰的深紅這兩種。這也就表示——那個小丑是……

彷彿是要證實春雪的想像，站在身旁的火紅色虛擬角色以沙啞的嗓音說道：

「『Yellow Radio』……『黃之王』……為什麼會在這裡……」

王。加速世界中只有七名的9級超頻連線者。

別說是黃之王本人了，春雪過去就連黃之王麾下軍團的成員也都沒有接觸過，理由很簡單，因為黃色軍團所支配的領土，對杉並區而言是位於東京的另一端──也就是從上野到秋葉原一帶。儘管他偶爾會去秋葉原買些舊型ＰＣ的零組件，但去的時候一定會切斷跟全球網路的連線。

也就是說，黃色軍團現在會出現在池袋，而且人數還這麼多，肯定是極為不自然的現象。這當然不會是偶然。然而從春雪他們四個人在他家的公寓大樓發動「無限超頻」指令，到潛行進這個無限制中立空間，在現實世界裡應該還只過了幾秒鐘。要說是黃色軍團的成員在內部發現春雪等人，再去跟外部聯絡，召集人馬到池袋集合，時間上絕對來不及。

這也就是說，他們也在監控Cherry Rook的動向，預測到春雪等人會在此時此地出現，所以事先埋伏在這裡。

如果事情真是這樣，就只有一個理由可以解釋。

那就是這一切，演變出這種狀況的一切，都是他們──

「……原來是你！」

仁子忽然放聲大吼。

紅之王看來是跟春雪同時得出了同樣的推論，跨上一步，握緊雙拳，挺起胸膛，以儘管年幼卻充滿了威嚴的聲音吼道：

「原來這一切全都是你安排的好戲是嗎，Yellow Radio！」

沒錯，只有這個可能。

面對這烈火般的抨擊，黃之王高瘦的身軀卻一動也不動。

忽然間那骨瘦如柴的右手輕飄飄地動了。只見手臂大動作朝右伸展開來，手掌翻向上方：

「唉呀呀，想說怎麼有小蟲子飛來飛去，打下來一看，竟然是個令人意想不到的客人？午安呀，紅之王。」

從微笑面具中流露出來的，是一種開朗而且流暢的少年嗓音。然而一種簡直像是以極高壓縮率編碼造成的失真特效，卻在這個嗓音之中加上了一種令人不舒服的音色。

「明明早就埋伏好，還裝什麼傻……！」

「我聽不懂您在說什麼耶？是紅色軍團裡有人違反互不侵犯條約，攻擊我的寶貝部下，逼得他喪失所有點數，而我會來到這裡，只是想請這個軍團找個人出來負責而已啊。畢竟最近那個對戰虛擬角色在我們領土裡旁若無人地肆虐，實在挺令人傷腦筋的啊。」

由無數金屬圓環疊成的帽上雙角搖搖擺擺，簡直就像在忍著不笑出來。

仁子以右手食指筆直指向對方，以烈火般的氣勢大吼：

「明明就是你自己逼得他這樣！為了引我到這裡來，把私藏的『災禍之鎧』交給Cherry

Rook……唆使他違反條約，看人就打，這些明明都是你幹的！」

「說我私藏『鎧甲』？還交了給他？說得可真難聽……『鎧甲』老早就已經毀了好不好？我看是你的部下又去製造出來的吧？」

黃之王先以喉嚨發聲說到這裡，接著伸出左手，以同樣細長而且異常銳利的手指在空中比劃著接著說：

「過去諸王之間簽訂了一項神聖的條約，上面是這麼規定的。若有任一軍團成員因受違反條約之襲擊而被迫強制反安裝BRAIN BURST，則該軍團可從襲擊者所屬軍團之中任選一人，讓他遭到同樣的下場。以眼還眼，以牙還牙，這種報復方式可真夠野蠻的了。」

哼。哼哼哼。

這次從那倒三角形的銳角造型面具下傳出來的，是一陣明確的笑聲。劃出兩道朝上弧線的雙眼也配合笑聲節奏而閃爍。

「然而規矩就是規矩……不是嗎？要是身為王的我在這種時候無視於條約的規定，難保不會接二連三出現同樣的不肖之徒。所以我才會身不由己，特地來到池袋這種邊境。而我的目的，當然就是找個紅色軍團的成員，請他為自己軍團的成員所犯下的罪行付出代價。不過……這應該就是所謂的造化弄人吧……？」

黃之王雙手扠腰，上身突然前傾，以爽朗卻又猥褻的嗓音說下去：

「真沒想到事情這麼巧，我碰到的人竟然就是紅色軍團的首領……『Scarlet Rain』啊。」

——不可能會是湊巧！

春雪咬緊牙關，在內心這麼吶喊。

圍繞在坑洞外圍的對戰虛擬角色已經多達三十人左右。就算是王親自領軍，以非假日的傍晚能夠調動的人數而言，三十人應該幾乎已經是上限了。而這麼做只可能會有一個目的，那就是獵殺身為最強存在的「王」。

黃之王有料到Scarlet Rain——也就是仁子——會採取這樣的行動。他從仁子的個性，料到她應該會為了用自己的「處決攻擊」來對部下Cherry Rook犯下的罪過做出了斷，因而來到這個無限制中立空間。

不，還不只是這樣。他引誘仁子置身於現在這樣的處境，是為了合法拿下用以讓自己升上10級的五個首級之一——為了達到這個目的，黃之王還暗中將強化外裝「Chrome Disaster」送給紅色軍團的成員。怎麼想都只有這個可能。這也就是說——

「……兩年半前，第四代被打倒，就是黃之王隱瞞了『鎧甲』物件留下來的事實……」

春雪無意識中這麼自言自語，但他沒有任何證據。就算在這裡大聲疾呼這個推測，也只會淪為口水戰。

仁子大概也理解到了這點，只見她不發一語，握緊的雙拳劇烈顫抖。

而她的雙手不久便張開，無力地下垂。一個經過壓抑的平板語調從坑洞底部發出：

「條約上應該還有這麼一條。『……受害方可任選一人報復，但若軍團長親自處決違反條約者，處以沒收所有點數之處分則不在此限』……他，Cherry Rook就由我來處決，這樣你總沒話說了吧？」

「請請請！」

黃之王Yellow Radio雙手一張，說得十分開心。

「前提是妳得辦到啊！我已經聽到謠言了……聽說前幾天妳就試過，而結果卻是失敗……不但失敗，甚至還難看地拖到時間用完輸掉，不是嗎？妳想再挑戰，我們當然不會干涉，只不過……這個叫Cherry什麼來著的到底在哪裡呢？」

黃之王裝模作樣地搖了搖他那戴著巨大帽子的頭。

「我們也沒有那麼閒。妳應該不會要我們在這裡等那不知道什麼時候會出現的人等上好幾天吧？如果沒辦法馬上處理好……我們也只能拿妳來充數了，不是嗎……？」

「嗚……」

仁子不甘心地低哼了一聲。

春雪等人是由仁子透過遠距監視的方式，確定Cherry Rook在現實世界中有了行動以後才開始加速，但距離對方實際出現在這無限制中立空間，卻有一段時間上的落差。哪怕在現實世界之中只有幾分鐘，在這個加速了一千倍的世界裡，難保不會達到一整天以上。黃之王說得沒錯，要立刻找到Cherry Rook是不可能的。

春雪下定決心踏出一步，以極小的聲音對仁子的背影說道：

「沒用的，仁子。他打從一開始就只想設圈套害妳，不可能會平白放過妳的……眼前還是先退再說，我們就先登出，等下次機會……」

「辦不到。」

回答來得又快又簡潔。

「系統上就是辦不到。在無限制中立空間裡，是不能即時登出的。」

「什……」

拓武往說不出話來的春雪身旁站上一步，小聲在他耳邊說話：

「就是這麼回事，小春。要離開這裡，唯一的方法就是前往設置在各個定點的登出點。就算『自殺』也沒辦法登出，因為一個小時後又會在死亡地點復活。當然如果現實世界有人幫忙把神經連結裝置從脖子上扯掉，自然又另當別論……只是現在小春家裡……」

一個人都沒有。母親已經出差去，要到明天才回家，真要等個一天，這個世界裡的時間都過了三年了。

仁子回頭一瞥，再次小聲快速說道：

「離這裡最近的登出點，就是池袋車站跟陽光城，兩邊都不可能一下子就到達。就算想朝登出點前進，要突破包圍還是得打上一場……」

仁子說到這裡先頓了一頓，紅寶石般的雙眼亮出銳利的光芒。

「不過啊，Radio那傢伙也有個失算。」

「失、失算？」

「沒錯。他帶這樣的人數來，是算好這樣夠打倒我……也就是打倒一個王。不過啊，現在我們這邊可不是還有另一個王嗎？」

春雪聽到才驚覺過來，瞪大了眼睛。

在決定對戰虛擬角色屬性的色相環上，黃色是擅長「間接攻擊」的顏色。他們最拿手的就是各種討人厭的妨礙性手段，但直接攻擊的威力則遜於其他顏色。相較之下，仁子是遠距離火力強得跟鬼一樣，至於黑之王黑雪公主，儘管春雪沒看她出手過幾次，但從外型看來也知道是專精近距離攻擊的類型。

只要她們兩人互相彌補彼此的不足，哪怕敵方的兵力是包括了王在內的三十人，也許還是有勝算。

想到這裡，春雪忽然覺得有些不對勁。

為什麼黑雪公主會一直保持沉默？如果是平常的她，照理說黃之王一現身，應該就已經用比仁子更劇烈的態度痛罵對方了吧？

當春雪回頭往右後方看去，他看到的是——

他看到的是雙手劍無力下垂，顯得恐懼不已而低垂著頭的漆黑身影。

「學……」

春雪忍不住就要喊出學姊兩字時，黃之王開朗的嗓音又高聲響起：

「既然那個叫Cherry什麼來著的傢伙沒有出現，看樣子我們也只能找妳負責了啊，紅之王？既然如此……」

緩緩舉起的左手上細長的手指，筆直指向了坑洞底部的黑點。

「接下來我們要開一場歡樂無比的嘉年華會，妳應該會乖乖站在一旁參觀，不會來礙事吧，黑之王？」

對方丟出了這麼目中無人的話，黑雪公主卻仍然低頭不語，沒有任何反應，整整過了五秒鐘以上，才總算以生澀的動作抬起頭來，舉起左手劍指向黃之王說道：

「……別開玩笑了，Radio。」

面罩下吐出的台詞很有攻擊性，但聲調之中卻少了一貫的凌厲。黑雪公主不像是在跟對方說話，反而像是在說服自己似的說了下去：

「你自己也知道這樣的陣容未必打得倒兩個王。如果你覺得我……覺得我會乖乖袖手旁觀，那可是大錯特錯了。」

「哦？那麼妳是說妳要出手？妳那染滿鮮血的刀刃對我也照揮不誤？虧我還為妳準備了貴賓席讓妳參觀，妳卻特地要自討苦吃……？」

黑雪公主說得不錯，黃之王未必佔了絕對的上風，但他卻從喉嚨深處發出悶哼似的笑聲：

「……妳說得沒錯，就連我也沒有料到今天這個時候，妳會跟Scarlet Rain一起出現在這無限制空間之中。可是啊……只不過發生這麼點意料之外的事態，我的軍團『宇宙祕境馬戲團』(Crypt Cosmic Circus)所主辦的嘉年華會，可不會就這麼停辦。我啊，從很～久很久以前，就衷心期待能有一天像這樣跟妳相見了，Lotus，為的就是把我長年塞在口袋裡的這份小禮物送給妳啊！」

當黃之王以裝模作樣的動作筆直伸出手臂，春雪看到他的手指上有些方形的東西閃著光芒。大小跟撲克牌差不多，但上面看不到任何圖案。

小丑型虛擬角色用手指頭靈活地轉著卡片，接著一彈。

這些卡片在厚重雲層縫隙間射下的陽光照耀下閃閃發光，輕飄飄地在空中飛了幾十公尺後，無聲地插在離春雪等人有一小段距離的地面上。

怎麼想都不覺得這些東西會是攻擊用的手段。就在春雪茫然注視的視線下，卡片表面浮出一個橫向的三角形不停閃爍，緊接著身旁的仁子就低聲說道：

「是重播檔案。」

緊接著卡片表面就發出耀眼的光芒，往正上方投射出倒圓椎形的光。

空中掃過無數條雜訊似的橫線，隨即結合成一個影像。這個半透明的立體影像，是一個春雪不曾看過的對戰虛擬角色。

那是一整片的純紅。外型屬於中規中矩的人形，但各個部位隆起得十分勻稱的裝甲，都散發著純得不能再純的紅色光輝。這種紅跟Scarlet Rain身上火焰般的紅色又不一樣——如果一定要用文字形容，或許應該說是一種熱情的紅。

仁子再度發出沙啞的嗓音：

「上代的王……『Red Rider』。」

黑雪公主退後一步，以呻吟般的語氣說：

「停……停下來！」

半透明的立體影像就是在這個時候突然動了起來。

以大尺寸顯示在空中的鮮紅色虛擬角色，右拳舉到身前用力握緊，左手往水平方向一揮。

一陣悅耳而咬字清晰的少年嗓音以大音量播放出來：

『我們一路打到今天，就為了這麼……這麼無聊的目的？我們互相憎恨、搶奪、殘殺……打了好幾年，好幾千次的「對戰」，為的就是看到這種結局？不對，哪怕這是BRAIN BURST開發者所寫下的劇本……我們可不是歸遊戲主持人控制的ＮＰＣ！這個遊戲的主角是我們自己！Lotus，妳說是不是！』

這時鏡頭拉遠，就在紅色虛擬角色身影變小的同時，坐在他身前的另一個虛擬角色進入了畫面。是身上裝備了四把長大劍的漆黑虛擬角色Black Lotus。

看到黑之王悄悄地低著頭說話，初代紅之王繼續帶著激烈的肢體語言，以激動的語氣繼續說下去：

『這些日子以來，我們確實各自率領軍團成天一打再打，可是這絕對不是因為我們之間互相為敵！而是因為我們是競爭對手，不是嗎！我……我很喜歡妳打鬥的方式，Lotus。就算我們有一天在現實世界裡相見，我跟妳也能當好朋友，絕對可以。不，我就是想跟妳當好朋友！所以我不想跟妳打這種一戰定生死的廝殺！妳應該也一樣吧！』

緊接著就有一個有些尖銳的少女聲音響起：

『等一下，Rider，你剛剛這句話我可不能聽過就算！』

結果紅色的虛擬角色立刻狼狽地面向左方，舉起一隻手：

『不、不對，妳誤會了，我不是這個意思……這可傷腦筋了。』

幾個人的笑聲跟他的聲音疊在一起。

畫面內低頭不語的Black Lotus忽然間放鬆了肩膀，抬起頭來以溫和的聲音說道：

『嗯……也對，你說得沒錯，Rider。我也喜歡你，當然我指的是我很尊敬你。』

黑之王輕巧地站起，朝紅之王踏出一步，伸出了右手劍。

『我就知道妳會懂的，Lotus！』

紅之王高興地大聲說著，準備伸出右手跟她握手，但卻覺得有些不知所措地停下了動作。

接著黑之王聳了聳肩，以含笑的聲調說道：

『啊，這可抱歉了。那……就換個方法吧。』

說著就鑽進紅之王懷裡，做出用雙手繞到對方後頸上抱緊的動作。紅之王先是有些不好意思地搔了搔臉頰，跟著也將雙手繞上了Black Lotus的腰。畫面外再次傳來先前那名少女大聲嚷嚷的聲音：

『等一下等一下！』

『別生氣好不好，這只是代替握手啦。』

紅之王急忙辯解，周圍又傳出好幾道笑聲——

這一瞬間。

Black Lotus漆黑的護目鏡下，雙眼發出了寒冰似的藍白光。

在紅之王後頸上交錯的雙手劍，散發出強烈的紫色光輝。

『「死亡擁抱（Death by Embracing）」。』

她悄聲說出必殺技的名稱，兩把交錯的劍就像一把巨大的剪刀似的猛力一剪。

Red Rider忽然全身虛脫，就像壞掉的玩偶一樣倒在Black Lotus腳邊，但頭部卻留在黑之王交叉的雙臂上。

Black Lotus悄悄用臉頰湊向從斷面大量噴出血紅火花的首級。而這高密度的寂靜，隨即被一聲高聲尖叫撕裂。

『不……不要啊啊啊啊啊啊！』

重播影像就在這裡結束，Black Lotus抱著對手首級站立不動的身影融入掃瞄線般的雜訊中消失無蹤。

但一陣細小的慘叫聲卻在春雪耳邊繚繞不去。過了好一會兒，春雪才發現叫聲是發自站在他身旁的黑雪公主。

「停……停、停下來……！」

「學……學、姊……」

發現自己反射性喊著她的聲音劇烈顫抖，春雪頓時震驚得一口氣喘不過來。黑雪公主微微看了春雪一眼，又立刻撇過臉去，連連搖頭。

「春雪……我……我……」

接下去的部分她並沒有說出來。

黑雪公主的鏡面護目鏡下發著藍紫色光芒的雙眼，忽然間變成只剩細細的光條左右劃開，接著完全熄滅，同時漆黑的虛擬角色就像關掉電源的機器人一樣，全身沒了力氣——

鏗一聲硬梆梆的聲音響起，黑之王的身體倒在藍黑色的坑洞底部。

「學姊……學姊？」

春雪不知道發生了什麼事，只知道用顫抖的聲音呼喊，跪著搖動嬌小的虛擬角色身軀。然而黑雪公主再也沒有做出任何反應。

「……『零化現象(Zero Fill)』……！Lotus，妳……對這件事就這麼……」

仁子在背後低聲驚呼。

春雪聽不懂她這話是什麼意思，正準備轉頭問起，就聽到一個高聲迴盪的笑聲，當場全身僵硬。

「哼哼哼……呵呵呵，哼呵呵呵哈哈哈哈哈！」

這陣大笑是來自從高處低頭看著他們的黃之王Yellow Radio。

「哼呵呵呵，果然啊，我就知道妳還沒擺脫這次背叛的陰影。沒想到妳真的這麼簡單就零化，我甚至覺得有點遺憾呢……明明只要乖乖躲在小小的地洞裡就沒事，只憑這麼點覺悟，竟然敢說想升上10級，妳話也說得太滿了吧，Black Lotus！」

「你……這傢伙……」

春雪這句話說得彷彿卡在喉嚨許久才擠出來似的。

緊接著黃之王說話的聲音一轉，變得有如鞭子般銳利，響徹了整個坑洞：

「那麼就請各位觀眾開心地欣賞我們嘉年華會的最後一個節目吧——攻擊預備！目標，Scarlet Rain！要是有小兵敢來礙事，儘管幹掉就對了！」

「該死！」

仁子咒罵一句，小小的虛擬角色張開雙手。

「來吧，強化外……」

但拓武卻搶先伸手按住仁子的肩膀。

「不可以，紅之王！一旦展開武裝，妳就會失去機動力，再也沒機會逃脫！對方那種人數，就算有王級的實力，一個人也打不贏的，我們應該暫時放棄討伐Chrome Disaster，突破後方的包圍，撤退到陽光城的登出點！」

排列著細長縫隙的面罩下，一對發出泛藍色光芒的雙眼，接著望向春雪。

「小春，軍團長就麻煩你了！砲火由我擋，你要想辦法帶她到陽光城！」

「可、可是……這樣一來，你會……」

「不用管我！他們打倒紅之王以後，也絕對不會放過軍團長的！我們無論如何都要避免這種情形！」

聽到拓武堅毅卻又有點鑽牛角尖的緊繃嗓音，春雪也只能點點頭。

「好……好吧，就麻煩你了！」

春雪這麼一喊，以左手抱起了癱軟在地的黑雪公主身體。

緊接著——

「攻擊，開始！」

黃之王一口氣揮下了高高舉起的右手。

6

最先落在眾人頭上的，是一陣豪雨般的遠距離砲火。

雖然叫做「黃色軍團」，但這當然不代表所有成員都是黃色系——也就是間接攻擊屬性的超頻連線者——看來在圍住坑洞的三十名敵人之中，紅色系的至少就有十人左右，施放出來的光束跟爆裂彈數量之多，確實稱得上是一波集中砲火攻擊。

幾乎所有的砲火都是對準仁子而發，但紅之王卻以跟處於要塞模式時不可同日而語的敏捷動作朝後急退，漂亮地閃過攻擊。然而也不知道是刻意還是失誤，其中一道藍色的光線卻射向了抱著黑雪公主而走不開的春雪身上。

「嗚……」

儘管勉力扭轉身體想要閃開，砲火仍然微微擦過左肩。就在春雪逞強地心想這種程度根本算不上什麼傷害的這一瞬間——

「……！」

肩膀上產生的熾熱與尖銳的痛楚，讓春雪忍不住弓起身體。

在BRAIN BURST的「對戰」中一旦受到傷害，就會同時接收到正常神經連結裝置用軟體中不可能會有的高度痛覺刺激，然而現在春雪所感受到的痛楚強度，高達了正規對戰的兩倍。

看來應該就是這麼回事。在這個叫做無限制中立空間的地方，雖然不靠對戰就可以賺取到點數，但相對也有「沒有時間限制」、「不能即時登出」，以及中彈痛覺加倍等等的風險。

儘管只有一瞬間，但春雪的腳步確實停下。而在這短短的時間差過後，已經有多枚小型飛彈來到他頭上。

「喔喔！」

這聲咆哮是出自於拓武。他擋在春雪跟黑雪公主的身前，舉起Cyan Pile右手的打樁機對準飛彈群。

隨著鏘一聲金屬聲響，銳利的鐵樁刺了出去，以衝擊波引爆了大部分飛彈。然而仍然有幾發飛彈殘存下來，打在身披藍色裝甲的身軀各處。閃光與爆炸聲大作。

「嗚啊……！」

拓武呻吟一聲，身體晃動，但仍然沒有倒下。只見他轉動冒著煙的巨大身軀簡短地大喊：

「小春，用跑的！」

「知……知道了！」

內心對好友道歉的同時，春雪拖著黑雪公主的虛擬角色開始奔跑。他的去路上已經可以看到仁子拔出腰間的手槍，朝著盤據在坑洞東方的敵人亂射。

要是不先闖出重圍，無論是想撤退或應戰都沒有勝算。所幸敵人包圍的坑洞直徑至少有個一百公尺，包圍網的厚度自然比較薄。只要一口氣衝破包圍網，去到綠色大道上，登出點所在的陽光城就不遠了。

春雪右手摟住黑雪公主，張開了背上的翅膀。先前中彈的影響，讓必殺技計量表得到微量的回復，要以滑翔方式衝到坑洞邊緣總還辦得到。

靠著仁子的連射，東方的包圍網眼看就要被打出一個缺口，春雪凝視著缺口，猛力朝地面一踹。

這時黃之王Yellow Radio那爽朗中帶著不協調的嗓音從背後高聲響起：

「……『愚人的旋轉木馬（Silly Go-Round）』！」

是必殺技！

可是現在出招已經遲了！坑洞的邊緣已經近在眼前——

「……哇？」

突然發生的現象，讓春雪震驚得呆站住。

整個世界都開始轉動。不，說得精確一點，是以坑洞邊緣為界線，內外往相反方向旋轉。

背景的大樓群以及一字排開的敵方對戰虛擬角色，都由左往右高速流動。

而且不知不覺間，周圍還出現了幾匹通透淡黃色的玩具馬，悠哉地上下移動。不僅如此，耳裡還可以聽見充滿陽光氣息的鄉村風格，卻又有些走音的背景音樂。

春雪立刻失去平衡感，當場單膝跪地。抬起頭來一看，近在眼前的仁子跟身旁的拓武，也都拚命想站穩腳步，身體不停晃動。

「整……整個空間，都在轉……？」

聽到春雪茫然地脫口說出這句話，紅之王立刻發出尖銳的喝叱：

「只是看起來在轉而已！其實全都沒有在動！閉上眼睛跑就對了！」

「可是……要往哪裡跑啊！」

他已經完全搞不清楚哪個方向才是他本來要走的東方。要是亂跑一通，反而離登出點越來越遠，那可就得不償失了。

「那邊！」

「這邊！」

仁子跟拓武同時指向相反的方向。

接著簡直就像看準了他們這時所產生的呆滯——

狂潮般的齊射砲火從坑洞外圍呈螺旋狀襲來。

春雪抬頭看著五顏六色的火線，直覺地知道這下是躲不開的。這些砲火軌道大幅度彎曲的現象都是假的，是黃之王Yellow Radio發動了幻覺攻擊，才讓火線看起來有彎曲。

春雪心想至少也要護住黑雪公主，正準備張開翅膀遮住她苗條的虛擬角色身軀。

但拓武卻搶先一步大喊：

「趴下！」

接著就以他強壯的雙臂抱住其他三人往下一倒，整個身體蓋在他們上面。

「拓……」

春雪瞪大眼睛，脫口而出的這句話，淹沒在音量驚人的爆炸聲多重奏之中。視野被改寫成白色，熱氣烤著臉頰——好友拚命壓抑的哀嚎聲就在耳邊響起。

「嗚嗚嗚嗚嗚！」

種類五花八門的遠距離砲火，正落在拓武寬廣的背上。光是肩膀被擦到一發都那麼疼痛，真不知道現在折磨著拓武神經的痛覺總量到底有多驚人，搞不好已經超越了春雪在那個自行設計的訓練遊戲中所嘗到的痛楚——？

「不要這樣……阿拓，夠了！」

春雪大聲喊叫，想從拓武下面爬出來。

但那鋼鐵般的手臂卻更加用力按住春雪，同時一個夾雜呻吟的嗓音就在他眼前響起：

「沒……沒關係的，小春。我虧欠你的……沒這麼容易……就還清……」

「才沒有……你才沒有虧欠我什麼！要我說幾次你才懂，阿拓！」

春雪拚命大喊，但得到的回答卻是又一陣的悶哼。每發生一陣砲火正中的震動，Cyan Pile那有成排細長縫隙的面罩下就會發出些微的呻吟。

無數的射擊聲中，微微可以聽見黃之王厭煩的聲音：

「太醜陋了……給我把那個大個子燒得一乾二淨。」

接著就是幾道射擊聲響回應他的指示，但拓武仍然沒有倒下。

看來現在的敵方集團之中，應該沒有高等級的紅色系超頻連線者；相較之下，拓武儘管還只有4級，卻是屬於藍色系，而且還是走重視耐久力的路線，所以他才能挨了這麼多集中砲火還沒倒下。然而這同時也意味著拓武本人所受到的痛楚會不斷延長。

春雪再也說不出話來。拓武是打算一直護著他們三人，直到黃之王的必殺技「愚人的旋轉木馬」有效時間結束為止。

可能是已經看出這點，仁子從春雪身旁小聲囁嚅：

「……說你只會用腦的那句話我收回，Cyan Pile。再三十秒就好。」

「了……解……」

噗。

這令人不舒服的聲響從極近處響起，打斷了拓武的話。

春雪茫然地注視著三道銳利的金屬光澤，從蓋在自己身上的厚實胸膛微微穿出。

不知不覺間，來自周圍的射擊已經停下，耳邊還可以些微聽見旋轉木馬那歡樂而奇妙的背景音樂，Cyan Pile巨大的身軀已經不由自主地被人舉起。

站在拓武身後的，是一個體格幾乎跟他一樣壯碩的青綠色對戰虛擬角色。這人擁有重型土木機具似的粗獷外型，特別巨大的右手極為醒目，而這隻手的手掌部分長著三根兇惡的爪子，就是這些爪子從後刺穿了Cyan Pile的胸部。

大概是在後面待命的接近戰角色之一終於等得不耐煩，才會跑到這裡來。他那令人聯想到上個世紀CRT螢幕的頭部護目鏡閃爍著光芒，發出了粗豪的嗓音：

「我本來還聽說你在新一輩的『藍』色系裡算是有點本事，沒想到只是個靠耐打吃飯的肉盾啊，Cyan Pile。」

重機型虛擬角色猛然舉起被他串刺在手上的拓武，低聲嘲笑道：

「嘿嘿，趁你掛掉之前給我記清楚了，幹掉你的人就是大爺我薩克森藍……」

「我對笨蛋的名字……沒興趣。」

拓武以沙啞的聲音喃喃說到這裡，忽然間舉起右手，將發射筒抵在自己的胸口正中央。

「『雷霆快槍（Lightning Cyan Spike）』！」

隨著這聲微弱卻又堅毅的喊聲，發射筒後端迸出泛藍色的閃光。

同時射出的一道雷光，貫穿了Cyan Pile的胸部、刺向重機型虛擬角色的右手，最後更打穿了位於手臂延長線上的方形頭部。啪的一聲，這個薩克森藍某某人的右手跟護目鏡都當場碎裂四散。雙方一瞬間都浮上天空，之後隨著轟然巨響相繼倒地。

由於旋轉木馬的影響，就算敵人接近也沒辦法正確瞄準，然而如果敵人的手臂抓住自己，那又另當別論了。只要順著手臂的延長線找上去，絕對找得到敵人的身體。

「阿……阿拓！」

春雪大喊一聲。

好厲害，你果然好厲害。你遠比我更強悍，更聰明——是我最引以為傲的好友。

但是他沒有機會將這股在心中翻騰不已的感情說出口。

「嗚……嘎啊啊啊啊啊！」

拓武使出最後幾分力氣，壓向以左手按住臉孔，在地上打滾哀嚎的敵方虛擬角色。

Cyan Pile往春雪一瞥，面罩下傳出了短而沙啞的聲音：

「後面……就交給你了，小春。」

接著以雙手牢牢按住敵人——

「『飛針四射（Splash Stinger）』！」

從雙方緊貼在一起的縫隙中，接連發出機槍似的連射聲響與閃光。

敵人掙扎翻滾的動作頓時停住，雙方的虛擬角色身上竄過無數裂痕。

一會兒過後，兩道深淺不一的藍色光柱從坑洞底部高高聳立，灑出多邊形的碎片爆炸四散，再也看不到拓武跟這名敵人的身影。

幾乎就在同時，旋轉木馬的幻覺攻擊效果也跟著結束，世界恢復了本來的面貌。

剎那間的沉默籠罩住了這個南池袋公園遺址所在的坑洞。

來自外圍的砲火也停了下來，只剩下沉重的遠雷跟風鳴聲響。

虛擬角色的遠距離攻擊之中，光線類武器會有過熱問題，實彈類則有彈數限制，所以不能永遠射個不停。然而就算考慮到這點，這陣寂靜仍然顯得奇妙。看來他們也被震懾住了，被Cyan Pile與另一人壯烈地同歸於盡場面給震懾住。

春雪心想這正是逃走的好機會。這段時間實實在在是拓武用生命換來的，但不知道為什麼，春雪的腳就是不聽使喚。他維持著單膝跪地的姿勢，瘦小的虛擬角色全身都在顫抖。

一股連自己都解釋不清的感情在內心深處翻騰不已。

其中包含了只讓好友保護，自己什麼都做不到的無力感；也有對以卑鄙計策玩弄人心的黃之王所產生的憤怒。除此之外還有另一股更強烈的情緒——那是一股對被自己用右手抱起，簡直就像斷電的機器人一樣，垂著頭不動的黑色虛擬角色所產生的——

「……學姊……學姊。」

春雪從喉嚨深處發出了好不容易才擠出來的聲音：

「黑雪公主學姊……為什麼……妳為什麼不站起來……」

「沒用的，Silver Crow。」

喃喃說出這句話的人是仁子。

紅之王踩出一聲強而有力的腳步聲，嬌小的身軀站得直挺挺的。

「她發生了『零化現象』……本來應該從她的靈魂輸出到這個虛擬角色上的訊號，現在全都被零填滿了。沒有鬥志的超頻連線者操縱不了對戰虛擬角色，原因很簡單，因為對戰虛擬角色的動力來源，就是連線者一顆火熱的心。如果沒有力量面對自己的傷痛，就會連站都站不起來。這個叫做『BRAIN BURST』的遊戲就是這麼回事，她自己對這點再清楚不過，這個問題不是知道原因就能解決的。」

仁子低聲撂下這番話，轉頭朝春雪瞥了一眼：

「……不好意思，虧Cyan Pile奮不顧身為我們爭取了時間……可是我不會跑，我的修養沒有好到能在這種時候說跑就跑。接下來的事情你別管，趕快帶她登出吧。」

春雪覺得自己好像看到了這個火紅的少女型虛擬角色忽然開始熊熊燃燒。

不，這不是錯覺。春雪確實看到了她踏上一步時，腳的周圍真的冒出了些許的火焰。

這是有勇無謀，敵軍陣容幾乎完好無缺，根本不可能打贏。

儘管理智告訴他應該乖乖聽話逃走，但春雪卻不能動彈。他覺得要是這種時候丟下仁子逃走，自己跟黑雪公主都會失去某種決定性的事物，於是蹲在原地低聲回話：

「我不跑……我才不要丟下自己人逃走！」

「自己人……你真是個徹頭徹尾的傻子，那就隨你便吧。」

短暫的驚訝過後，仁子一臉不想領教的表情低聲說完這句話，又上前一步。

紅之王筆直伸出右手，以手指指穿站在坑洞西端的黃之王，大聲喊道：

「Yellow Radio！你帥氣登場以前一點一滴累積下來的必殺技計量表，現在已經全空了吧！這次換我來跟你算帳了……你可不要忘了，一旦被我打倒，你當場就得永久退出！」

黃之王被她的氣勢震懾住，小丑型虛擬角色退開半步。

相對的，仁子則又踏上前一步，雙手用力一張。

「來吧……強化外裝——！」

火焰猛然竄起，裹在火焰之中的虛擬角色輕飄飄地浮了起來。

籠罩在火焰當中的武裝貨櫃接連從周圍的空間湧出，從前後左右裹住少女型虛擬角色。雙肩的飛彈發射器，厚重的裝甲護裙，背上的推進器——左右更各有一梃用來代替手臂，長度跟大小都極為驚人的主砲。

紅之王Scarlet Rain終於露出這符合「不動要塞」威名的本來面目，在一陣沉重的震動之中落到坑洞中央的地面上，全身噴出了白色的蒸氣。

春雪都能感覺到包圍他們的三十名虛擬角色同時產生了動搖。黃色軍團由於大本營位於東京東部，很少有機會接觸到支配西部，也就是練馬、中野等區的紅色軍團。別說跟仁子本人對打，相信連當觀眾看過她出手的人都沒有幾個。Scarlet Rain的本來面目，也就是那巨大得不像是對戰虛擬角色的模樣，讓他們嚇破了膽，就跟前天的春雪一樣。

春雪吞了吞口水，耳邊聽見仁子那加上了強烈特效的嗓音對自己小聲說道：

「喂，Silver Crow，不好意思，只要應付黏到我背後的近戰型就好，麻煩你了。」

「知……知道了。可是……學姊……」

「他們不會對這女的出手，至少在打倒我之前不會。要是我被幹掉，你就不要管我，用飛的帶Lotus快溜。」

「……」

「被幹掉」——在這個狀況下，被幹掉也就意味著仁子會當場被強制反安裝BRAIN BURST。

春雪還來不及回答，從高處看著他們的黃之王又以令人不舒服的聲音大喊：

「不用怕！那種玩意兒是固定砲台，貼上去以後就只是個大鐵塊而已。」

接著舉起右手。

「近戰小組，輪到你們出場了！遠攻小組，準備火力掩護——大家上！」

就在這反射出黃色光澤的手臂揮下的同時——

將近十五名對戰虛擬角色從坑洞外圍發出喊聲，一齊開始衝鋒。

彷彿是要呼應他們的行動，仁子雙肩的飛彈發射器也在一陣清脆的金屬聲響中展開。數十個飛彈尋標頭亮起紅色的光芒，緊接著就拖出一道道白煙發射出去。

這群往正上方飛去的飛彈在空中散成半圓，朝著地面上的敵方對戰虛擬角色撒下。有人先等飛彈飛得夠近了才衝刺閃躲，有人則採取防禦姿勢想要擋住，衝鋒的氣勢頓時一緩。

而她雙手的主砲立刻對準了停下腳步的兩名敵人。

拖著尖銳嗡嗡聲而發射出去的紅寶石色熱線，完全吞沒了兩名運氣不好的超頻連線者。大團能量瞬間膨脹成球型，緊接著就引發了劇烈的爆炸。

先是高聳的火柱升起，接著就噴出了跟兩名虛擬角色身上裝甲同顏色的光。HP計量表當場被炸得移位分解，就此消失。

——一砲一個！

春雪全身戰慄，同時心想這樣看來也許會有勝算。

但緊接著外圍的遠攻型虛擬角色已經完成重新填裝，開始進行砲擊。Scarlet Rain由於太過巨大，而且又沒有在移動，對方自然不會打偏，每一發砲火都被吸向這座火紅色的要塞。

儘管全身開出了爆炸的花朵，紅之王仍然不為所動，立刻以四梃機關砲對外圍的敵人還以顏色。

在遠距離砲火這方面，現在也只能請她硬挨了。春雪用力咬緊牙關，讓黑雪公主的虛擬角色躺到地面上。

照仁子的說法，當超頻連線者心靈受創，就會無法動彈。

春雪自己也有過這種經驗。

三個月前，他才剛知道「加速」的存在時，就曾經為了保護黑雪公主而與好友拓武——Cyan Pile打過。當時他被打得一敗塗地，被一種覺得自己卑微而無力的感覺吞沒，在意識不清的黑雪公主虛擬體身旁失去鬥志，再也站不起來。

要不是那個時候有聽到黑雪公主的聲音——不管是幻覺還是真的有連線——春雪八成無法再度挺身而戰。Silver Crow蘊含的潛力，也就是「飛行能力」大概也不會覺醒，就這麼失去一切。

所以現在看到黑雪公主一動也不動，春雪並不覺得失望，更不覺得憤怒。

但他卻覺得悲傷。

雖然不清楚理由，但他就是覺得悲傷得不得了。

春雪用力閉上眼睛，從漆黑的虛擬角色身上放開手站起，轉過身筆直飛奔而去。

他所向之處，是一名正準備貼上仁子背後的近戰型虛擬角色。這人的顏色是橄欖綠，格外長且粗的手臂前端形成一塊U字形的金屬。

對方看到春雪跑來攔路，放粗嗓子大吼：

「小兵不要來礙事！」

說著將左手的U字形朝向春雪，接著大喊：

「『磁力波（Magnetron Wave）』！」

對方發聲喊出招式名稱的同時，竄出一道紫色的電光捕捉到了春雪。然而這道電光沒有造成損傷，而是以強大的吸力將Silver Crow瘦小的虛擬體吸了過去，鏗一聲撞在U字形金屬上。

「嘻嘻，金屬色的傢伙吸得可牢了！」

橄欖色的對手這麼一喊，用右手對春雪胡亂揍了一通。春雪一邊以雙手防禦，一邊冷靜地思考。

從名稱來看，這應該是一種用磁力吸住敵人的必殺技，那麼應該會有時間限制，而且既然效力強到可以完全吸住對手，頂多只能撐個十秒左右。

春雪突然伸出雙掌，遮住了對方那狙擊鏡狀的雙眼，接著張開翅膀一口氣升空。

「喂，你這小子，放開我！」

春雪將大聲嚷嚷的對手連著吸在自己軀幹上的磁石一起提起，轉眼之間就衝上了數十公尺的高度。

緊接著，從磁石竄出的紫色波動消失，對方就以這隻空出來的左手撥開春雪的手。

「你這是想搞障眼法？這種抓法一點傷害都……哇啊啊啊？」

對方看到自己被丟在沒有任何東西可以抓的高空而發出慘叫，春雪看都不看他一眼，以全速俯衝下去。在空中追過了下墜的磁石虛擬角色之後，盡力伸展右腳腳尖，化為銳利的圓錐形下衝。

「……唔喔喔！」

春雪一聲大喝，從背後貫穿了一名配備電鑽，正要撲向仁子的虛擬角色。敵人在轟然巨響中被釘在地上，春雪左手手掌平伸，朝他頸部裝甲的接縫處賞了一記穿掌。

「啊……嘎……啊啊啊！」

春雪一從這個脊椎兩處被人打穿而發出慘叫的敵人身上跳開，磁石虛擬角色也正好從空中落到眼前。全身摔在地上的衝擊，讓他全身痙攣，無法動彈。

春雪正準備撲去，補上一招要解決對方，忽然間右頰上傳來一陣衝擊。

他整個人被打得飛了起來，在地上滾了幾圈，一陣有如門牙粉碎似的劇痛讓他眼冒金星。

春雪硬是無視這種劇痛而跳起，第三名敵人已經進逼到了眼前。這人一副像是用大岩石鑿成的方形肉體上，穿著淡藍色的空手道道服。狀似摩艾石像的面具固然有趣，但一眼就可以看出那有如岩石般的拳頭蘊含了極高的威力。雖然是屬於沒有武器的超近戰型，但到頭來反而是這種中規中矩的類型最可怕。

也不知道是不是經驗豐富，空手道高手虛擬角色更不多話，一口氣衝進攻擊間距，劈頭就來了一記右前踢。

所幸Silver Crow的身體極為細瘦，總算沒有被踢個正著，但被擦過的左側腹部卻迸出火花，HP條當場被狠狠削去了一段。春雪揮出左拳反擊，但這一拳卻被對方大樹般的右手擋住。

——遇到要跟金屬色系應付起來最吃力的專精打擊型對手展開近戰時……

腦海中忽然想起黑雪公主以前講授的內容。

——不要忙著防禦或反擊，而是要四兩撥千金，利用對方的力道，憑你的反應速度應該辦得到。你聽好了，不管拳頭威力多強，總沒有子彈快，這點你千萬別忘了。

「喝啊！」

空手道高手虛擬角色大喝一聲，揮出一記右正拳。

春雪壓抑恐懼，凝視這裹在藍色光芒中的拳頭。他一邊身體後倒，左手按在敵人拳頭下，右腳則踩在敵人的腹部。

「……啊啊！」

大喊一聲的同時，背上的翅膀振動了一會兒。翅膀產生的推力、春雪右腳上踢的力道、以及對手自己這一拳的威力，發揮了彈射器的作用，讓粗豪的空手道高手高高飛上天空。

「仁子，上面！」

春雪一句話剛喊完，Scarlet Rain肩上的飛彈已經同時發射，全彈都在空中捕捉到了空手道手的虛擬體。他被多重的紅黑色爆炸吞沒，拖著黑煙墜落在地面，緊接著就化為一道淡藍色的光柱消失。

「……嘿，看你弱不禁風的，沒想到還有點本事嘛！Silver Crow。」

「妳客氣了！」

春雪用喊的回應仁子的挖苦，毫不鬆懈地防備下一名敵人，同時目光往眼角掃去，注視著躺在稍遠處一動也不動的那名一身漆黑的虛擬角色。

——黑雪公主絕對不是個完美無缺的超人。她跟我一樣都還只是個國中生，是個容易受傷的女孩。

自從看到黑雪為自己無心的話而傷心落淚的那次之後，春雪再也沒有忘記過這一點。然而就算是這樣，春雪心中對她的嚮往跟崇拜卻絲毫沒有減少。

吸引春雪的不是實力上的強悍。

而是一種想要變得堅強的意志。她那種無論遇上任何逆境都要力抗到底的靈魂光輝，對春雪發揮了絕對性的吸引力。

——所以妳應該會重新站起來。雖然我不知道妳跟上一代紅之王之間是什麼關係，但是我相信妳一定可以克服這段記憶帶來的痛苦，重新站起來。對吧！

就在春雪從銀色面罩下發出這段無聲嘶吼的同時。

敵方軍團暫緩下來的攻勢，變得比先前更為凌厲了。

剩下不到十名的近戰型對手從各方衝來，掩護他們的遠距離砲火更是彈如雨下。

「不要看扁我了！」

仁子一個大吼，唰的一聲張開了左右兩梃主砲、飛彈發射器與機關砲。

眼看這些武裝就要一齊噴出火苗之際，忽然間卻有一陣奇怪的聲響打亂了春雪的聽覺。

一陣只能用雜音兩個字來形容的高頻噪音撼動空氣，同時視野一分為二、二分為三地嚴重晃動。

Scarlet Rain發射出去的飛彈突然在空中呈螺旋下墜，穿刺在偏了老遠的地方。而瞄準外圍遠攻型敵人的主砲光束也往上方偏開，命中遙遠的大樓，傳回了輕微的爆炸聲響。

「該死……是干擾。」

仁子低聲喊道。

「不是Radio那傢伙放的……是他手下黃色的傢伙！去找出來！」

「知……知道了！」

春雪答話的同時張開翅膀，用力踢向地面飛起。然而……

兩條纜線就像蛇似的從地上伸了過來，纏在春雪兩隻腳的腳踝上。

春雪一下子就被拉了回去，重重摔在地面上。儘管被衝擊撞得一口氣轉不過來，春雪仍然以銳利的手刀想要砍斷纜線，但——

「『電擊療法(Electric Therapy)』！」

「嗚……！」

剛聽到有人喊出招式名稱，立刻有藍白色的電光竄過Silver Crow全身，同時讓他受到強烈的衝擊。轉過頭去一看，就在遠處看到有個從雙手伸出纜線，造型很機械化的虛擬角色，背在背上的一個變電箱似的裝置正猛冒火花。

看樣子這種攻擊是以麻痺效果為主，儘管幾乎沒有造成傷害，身體卻不聽使喚，讓他揮不開纏在腳踝上的電纜。

「唔……嗚……！」

聽到春雪悶哼的聲音，發電虛擬角色投以尖銳的訕笑：

「嘻嘻嘻！你就乖乖躺在那邊吧，小子！躺到紅之王被我們剝光為止！」

他說得沒錯，已經可以看到有好幾個近戰型的敵人撲向了仁子的要塞型虛擬體。這些人一貼上砲火的死角，就開始對強化外裝的接合部位拳腳交加。只見橘色的火花濺起，插銷彈開，厚重的裝甲板一片又一片地被扯下。

春雪拚命抵抗讓他全身酸麻的電流，讓身體翻過來，想要一步步爬向發電型敵人。

但電光卻絲毫不見衰減，春雪連想轉頭都辦不到。

——怎麼辦？怎麼辦？學姊，這種時候我該怎麼辦才好？

——得快點……再不快點，仁子她會！

就在腦海中浮現出絕望心聲的時候，從遙遠的坑洞外圍，傳來了一陣富有抑揚頓挫的高聲大笑：

「……哈哈哈！哈哈哈哈哈哈！」

是黃之王Yellow Radio。他笑得修長的身體跟雙角帽子頻頻搖動，以演默劇似的動作來表達自己的喜悅。

「難看！太難看了！太滑稽了！王該有的威嚴……在妳身上根本看不到半點啊！說穿了妳們終究沒有資格稱王！畢竟紅色只是個暴發戶，黑色更是個卑鄙無恥的叛徒！」

毫不留情的汙衊，混在一陣金屬擠壓的唧唧聲，以及少女細微的呼痛聲之中。

「啊……啊……！」

春雪驚覺過來，轉頭一看，一名大型近戰角色站在Scarlet Rain的飛彈貨櫃旁邊，雙手抱住她左手的主砲。

他用全身的力量強行將巨大的砲身往上硬扭，從球型關節部分迸出烈焰般的盛大火花，看上去簡直就像濺出鮮血。

沒過多久，隨著啪一聲格外劇烈的破壞聲響，整挺主砲當場被扯了下來。被扯斷的關節垂下了一隻，手肘以下都已經斷裂的手臂，那肯定就是仁子本體細嫩的左手。仁子無法忍耐的慘叫，與敵方虛擬角色高高舉起砲身示威而發出的歡呼同時響起。

「好！紅之王也不過如此！大夥兒，我們剝光這小丫頭，把她從裡頭給拖出來！好好修理她到計量表只剩最後一點！」

春雪用力咬緊牙關，咬得臼齒幾乎都要碎裂，用伸出的右手手指拚命在地面猛抓。

「學姊……學姊。」

春雪用被電得發麻的喉嚨擠出沙啞的聲音。

背後還接連響起剩餘武裝的發射聲響，看來應該是仁子在做最後的抵抗。春雪一邊感受著空虛的爆炸震動，一邊繼續呼喚：

「學姊妳……妳願意接受這種情形？妳的遊戲結局就是讓事情這樣結束嗎？」

春雪腦海中淡淡地浮現出昨晚看到的情景，他想起了現實中的黑雪公主跟仁子緊緊相依而眠的模樣。

那幅光景到底象徵著什麼，而兩名少女真正想要的又是什麼，春雪都無法推測。然而有一件事他敢肯定，那就是這一切就快要結束了。他敢肯定再這樣下去，那偶然的一夜之中所產生的一股淡淡的情誼，就要被無情地斬斷。

「學姊……黑之王！」

春雪使盡剩下的全部力氣放聲大吼。

現在黑雪公主所面臨的精神創傷，應該大得讓春雪根本無從窺知。任憑心中衝動的驅使，背叛初代紅之王——背叛那位曾經並肩作戰的好友，讓他永遠離開加速世界的這種行為，想必讓黑雪公主長久以來一直在內心懊悔不已。

不，搞不好「Red Rider」跟她過去還有著超乎朋友的關係。也許她親手葬送的，就是這樣的對象。

可是。

就算事情真是這樣。

「對妳來說，『加速』！『BRAIN BURST』！」

春雪抵抗電擊，握緊的拳頭猛力往地面一捶，任憑激情的驅使大吼：

「妳想要升上史無前例的10級，想看看這個世界接下去到底會有什麼樣面貌的野心，可以就這樣放棄嗎！妳的野心就這麼廉價，用區區一個男朋友的回憶就可以換到嗎！一個想要超脫人類這個臭皮囊的人……要這樣老是擺脫不了過去的後悔，難看地躺在地上躺到什麼時候！妳應該沒空在這裡後悔，應該早就下定決心要斬除一切障礙，奮戰到只剩最後一人為止，不是嗎？Black Lotus！」

一聲清冽的共鳴聲響起。

她甩到地面不動的右手上，那漆黑的刀尖微微一晃。會是自己看錯了嗎？

不對，不是自己看錯。銳利外型的護目鏡下，亮起了有如遙遠恆星般微微閃動的紫色光芒。這種光芒像鬼火般微弱地一下又一下脈動。

「學……姊……」

春雪低聲說出的這句話。

跟嗡一聲強而有力的振動聲重疊在一起。

那是護目鏡下兩隻眼睛強烈發出光芒的聲響。

同色的光芒從頭部往四肢，沿著填滿了那有如以黑曜石鑿成的半透明裝甲分模線。隨著光芒流過，覆蓋全身的塵土立即被掃飛，恢復了那金光閃閃的反射光芒。

最後雙手雙腳的四把劍發出了強烈的共鳴。

漆黑的虛擬體彷彿被看不見的絲線拉扯似的慢慢站起，讓春雪一句話卡在喉嚨說不出來，只能呆呆凝視。

Black Lotus完全直立之後，從地面微微浮起的腳尖產生了振動，慢慢開始懸浮移動，接著就在被電擊綁住而趴在地上的春雪身邊停了下來。

「春雪。」

耳中聽見的聲音一如往常的溫和，也一如往常的嚴厲。

「……是。」

春雪忍著嗚咽聲答話，而他得到的回應，是他早已聽慣的一種夾雜苦笑的喃喃說話聲：

「我說你啊……照你剛剛那種講法，我跟Rider可不是成了男女朋友嗎？」

「不……不是嗎？」

「絕對不是，我應該說過你是我第一個對象。還有啊……你自己也別趴個沒完沒了，一隻手插進地面試試看。」

「咦……好……好的。」

春雪乖乖照做，銳利的手指併攏，插進了眼前乾燥的地面。

這一來馬上就感覺到束縛全身的電流不斷往地下流竄，讓春雪恍然大悟地大喊：

「對……對喔，接地……」

「只要想想對方的招式屬性跟特徵，就算以前沒看過，應該也有辦法應付才對。看樣子我還有很多事情要教你啊。」

緊接著背後傳來噗咻一聲洩了氣似的聲響，讓春雪轉過頭去。

他看到了這名發電機型虛擬角色背上的變電箱冒著白煙，一步步直往後退。

「接下來你自己應該就搞得定了吧——我去照應一下那個中了圈套的小丫頭。」

這句不經意的話才剛說完。

嗡一聲空氣震動聲響起，漆黑的虛擬體頓時不見蹤影。

這是一次絲毫沒有準備動作，速度卻快得駭人的衝刺。黑雪公主整個人就像成了一道暗色的光束，衝過十幾公尺的距離，下一瞬間已經出現在那名站在仁子身上耀武揚威的敵方近戰隊隊長身旁。

「唔喔……」

這人流露出驚愕的叫喊，扔出了手上抱著的紅色主砲，張開五根手指異常發達的雙手撲向黑雪公主。從他能以臂力扯下仁子的主砲看來，這人應該不是打擊型，而是擒拿型的對戰虛擬角色。

對此黑雪公主不知是不是另有主意，筆直伸出了右手，簡直就像是要請對方儘管去抓。敵人的雙眼突然一亮，有如蛇般伸出的雙手，分別抓在Black Lotus手臂上兩個不同的位置。

「妳中招了。看我的『過肩……』」（Oneway Throw）

這人喊著招式名稱翻轉身體，將抓起的手臂扛到右肩上，進入過肩摔的準備動作——就在這時，有些細小的物體紛紛掉落。

那是十根粗而彎的圓筒狀物體——是手指。敵人的手指抓在黑雪公主的劍型手臂上，為了將她摔出去而使力，結果自己的握力卻害得手指被銳利的刀鋒切斷。

「不好意思，擒拿系的招式基本上對我都不管用。」

黑雪公主對保持半身微蹲姿勢僵住的敵人丟下這麼一句話，接著就用被他扛在肩上的手臂一口氣往斜下方一劈。

一道淡淡的光線軌跡，從右肩穿過了左側腹，接著敵人健壯的上半身就順著這道軌跡滑落，留下底下的七成身體摔在地面上。

「啊……嘎……嘎啊啊啊啊啊！」

看樣子他的ＨＰ沒有扣光，所以沒有立刻消失，但被砍成這樣，恐怕是生不如死。身體被砍成兩截的劇痛讓他大聲哀嚎，痛得用剩下的一隻手撐在地面打滾，黑雪公主看都不看他一眼，睥睨著周圍剩下的七、八名敵方近戰型角色說道：

「我跟你們個人無冤無仇，不過跟我打的人必然會嚐到身體部位殘缺的滋味。」

她說這話的語調很平靜，但嗓音中藏著的淒厲聲響，卻震懾得戰場上的每個人都頓時一口氣轉不過來。

「你們該不會……事到如今才說不要吧！」

她高聲一喊，整個人就像一隻黑色的猛禽，撲向不幸的第一個犧牲者。轉眼間這一帶已經籠罩在尖銳的金屬聲、斷斷續續的慘叫聲，以及周圍一干超頻連線者無濟於事的怒罵聲之中。

春雪判斷那邊交給她應該暫時沒問題，於是轉過身去面對到現在還用電纜纏在自己身上的發電型敵人。

雙方眼神一交會，敵人立刻嚇得那舊式儀表板似的臉孔直往後仰，舉起一隻手說：

「喂，等一下，我電池還在充電……」

「等你咧！」

春雪大喊一聲，雙手抓住並解開纏在腳踝上的兩條電纜，接著就一口氣踹向地面起飛。

「嗚、嗚哇哇哇！」

春雪吊著大聲嚷嚷的敵人拉高高度，接著保持懸停狀態開始不停旋轉。

「哇啊——啊啊——啊啊——」

在聲音時高時低叫個不停的對手身上施加了足夠的離心力後，一放開電纜，機器人型敵人就猛然朝南方飛去，從成群大樓之中傳出了小小的墜落聲。

春雪轉得自己也有些眼花，用力搖搖頭之後往下一看，頓時對底下展開的戰鬥情況看得瞠目結舌。

或許那已經不該稱之為「對戰」，應該叫做「殺戮」。

藍色系的近戰虛擬角色多半都是以自己的拳腳，又或是劍與鎚之類的近戰武器戰鬥。也就是說如果對戰雙方都是藍色系，基本上打鬥過程就是在交互進行攻擊與防禦，想辦法找出對方的破綻。

然而黑雪公主──Black Lotus卻不一樣，她的四肢都是刀劍的造型，不但在外觀上就呈現出極偏重近戰的傾向，而且所有的動作都是攻擊。

劈砍或突刺之類的動作是不用說，就連用手臂格擋都可以斬斷對方的拳頭，光是追著敵人衝刺，就可以斬斷軌道上的物體。不容任何事物接觸，任何物體一旦碰到就會被切斷，她實實在在成了一朵「黑色死亡睡蓮」──

她以舞蹈般的動作廝殺的身影美得無以復加，對一切都拒於千里之外的模樣卻又讓人看得悲戚。

只不過短短一兩分鐘，敵方的近戰小組就幾乎全部陣亡，再不然就是因為部位缺損傷害所造成的劇痛而癱瘓，在地面掙扎打滾。

「臭……臭娘兒們！」

剩下的最後一名大個子超頻連線者忽然粗聲大吼，高高揮起刀刃極為厚重的一把又長又大的日本刀，從正面朝著黑雪公主當頭直劈。

這一刀的速度與時機都極為出色。面對這化為一道鋼鐵色雷光的厚重刀刃，黑雪公主不閃不避，以雙手劍交叉格擋。

尖銳的金屬擠壓聲連連響起，銀色與黑色刀刃咬合的部分每一秒都在加深。

春雪一時間看不出是哪一邊的刀刃砍進了另一邊的刀，但拿著日本刀的武士型虛擬角色那般若面似的面具卻扭成得意的笑容。

「斬！」

就在武者低喝一聲的同時，日本刀朝著正下方，黑雪公主的雙手則分別朝左右兩方，一口氣揮了過去。

無聲無息掉落在地的，是武士型虛擬角色的首級，以及巨大日本刀的上半段刀刃。首級在地上滾了幾圈，滿臉不敢置信的表情瞪大了眼睛，黑雪公主絲毫不留情，以左腳腳尖刺穿首級。光柱高高聳立，敵方虛擬角色就像玻璃工藝品似的碎裂四散，消失無蹤。

又是幾秒鐘的沉默。

打破這陣沉默的，是一個發自遙遠坑洞外圍的短促說話聲：

「……為什麼？」

黃之王Yellow Radio以一種讓人覺得，他終於再也沒有任何心情裝腔作勢的平板語氣，掙扎著說道：

「為什麼事到如今才跑出來，妨礙我的馬戲團長年準備的計畫？妳都不見天日地鑽地洞躲了兩年，為什麼？」

刻在小丑笑臉面具上的鳳眼充滿了白色的燐光。黃之王往左右伸展開枯枝般的雙手，以找回了嘲笑音色的嗓音小聲說道：

「也就是說，妳已經忘了這一切？已經忘了我們那個遭妳背叛，首級被砍了下來的朋友？不知道他現在在哪裡、做些什麼，會不會想起他再也回不來的加速世界……想起害他變成這樣的某個人？換做是我，一定無論如何都忘不了。如果是正規對戰造成的也就罷了，被人出其不意的偷襲，實在是……妳說是吧？」

哼、哼哼哼哼。

春雪聽著這悶在喉嚨裡的嘲笑，內心大聲呼喊。

──不可以聽他鬼扯。他是想再一次剝奪妳的鬥志。

然而春雪卻沒能實際將這個心聲說出口。黑之王與黃之王是從加速世界的黎明期就一起修練，一直到兩年前那時候為止都還是朋友，春雪總覺得，他們兩人之間有著一種不容任何人干涉的歷史。

春雪緩緩下降，在幾乎半毀狀態而保持沉默的Scarlet Rain，以及站在她身旁的Black Lotus背後著地，一心祈求黑雪公主不要認輸。

忽然間──

黑雪公主的右手無聲無息地舉起，將那歷經激戰卻仍然分毫無損的黑曜石刀刃筆直指向黃之王。

黑之王發出了絲綢般柔滑的嗓音：

「……Yellow Radio，有件事你誤會了。」

「哦？我誤會了什麼？難道妳想說那次偷襲不卑鄙？」

「不是。你不知道在我看來，你的首級跟Red Rider的首級在分量上沒有什麼不一樣。順便告訴你一件事……我啊……」

黑雪公主右手往水平方向一揮，同時撂下一句話：

「早從剛認識你這個人開始，就很討厭你了！」

黃之王一時說不出話，被震懾得上身後仰。

黑雪公主視線從旁往後一瞥，迅速喊道：

「Rain，剩下的武裝應該重新裝填好了吧？Crow，你負責保護她——我們上！」

接著就在坑洞底部劃出一道軌跡，猛然開始衝刺。

「等……讓我多休息一下好不好！」

這句咒罵是來自仁子。她唰地一聲擺好剩下的右主砲跟處於半毀狀態的飛彈發射器，瞄準坑洞外圍剩下的敵方遠攻小組。

黑雪公主跟黃之王談話時，春雪也不是只顧著聽。他一直在利用這幾十秒的停滯在尋找目標，尋找那個擾亂仁子瞄準的干擾攻擊來源所在。

——就是那傢伙！

在坑洞北方發現一個黃色系虛擬角色，躲在一個紅色系角色的身後，春雪立刻在心中喊出這句話。這人張開雙肩上配備的裝備，往中央伸出的碟型天線散發著同心圓狀的光波特效。

一認出這個看一眼就知道正在進行電波攻擊的身影，春雪立刻猛然朝地面一踹。

然而從坑洞中央到外圍足足有三十公尺，就算是速度型的Silver Crow，也不可能一瞬間就衝過這段距離，時間夠讓負責護衛的紅色系對手以大型火器瞄準了。

一陣冰冷的感覺竄過春雪的背脊。在這種沒有可以掩蔽的開放空間裡被人用槍瞄準——這種情境正是讓他們這幾個月來勝率低迷的最大要因所在。

也只能躲了。

不打倒那個電波妨礙虛擬角色，仁子的火力就無法發揮。這樣一來，敵陣中完好無缺的紅色系虛擬角色的砲火，都會集中在黑雪公主身上，肯定會有礙於她跟黃之王之間的直接對決。

巨大的壓力讓他手腳冰冷發麻，視野變得狹窄，只有槍口內的黑暗不斷放大。不行，這樣怎麼可能躲得過。就連虛擬訓練室裡靜止不動的手槍所射出的子彈，都頂多只能躲過三成。

——不對，現在的狀況跟那個純白的房間不一樣。

因為眼前的那把槍旁邊有著拿槍的虛擬角色。一個咖啡色系的迷彩身體上，大型鏡頭眼反射出光芒的狙擊手型虛擬角色。我不應該看槍口，應該看他才對。我要看穿他扣扳機前有什麼徵兆。

這一瞬間，除了這名敵方虛擬角色以外的所有景物，都從春雪的視野中消失。就連戰場的狀況也都忘得一乾二淨，只顧瞪大雙眼，捕捉敵人持槍瞄準的模樣。

忽然間敵人的脖子變得僵硬，右肩抬起了幾公釐，右手顫動——

……就是現在！

——右手手指扣下扳機，肩口的位置發出了泛藍色的光芒。

這時春雪的身體已經朝左傾斜，扭轉肩膀。

咻一聲撕裂空氣的聲響，熱線擦過春雪的右胸與右肩，繼續朝他背後遠去。春雪無視於這股灼熱感，衝完最後十公尺，從敵方狙擊型虛擬角色的身旁溜過，撲向他身後的干擾型角色。

電波型虛擬角色露出驚愕的模樣，春雪立刻以雙手手刀劈向這人雙肩上的天線。也不等脆弱的裝置粉碎，春雪立刻放低身體，緊接著朝正上方飛起。

——仁子！

儘管不確定腦中的這聲喊叫有沒有讓她聽到，但就在干擾電波停止的瞬間，Scarlet Rain剩下的所有火器全都同時噴出火苗。

她對右側以主砲的熱線掃過，對左側則撒下有如雨點般的飛彈，沿著坑洞外緣升起了一道火幕。當然只靠一次齊射終究不可能殲滅敵軍，但瞄準Black Lotus掃射的遠距離砲火則已經同時沉默。

爆炸聲平息之後所產生的短暫寂靜，立刻又被黑雪公主那烈火般的咆哮貫穿。

「Radio！」

右手刀刃嗤一聲劃出一道漆黑的軌跡。

無聲無息被斬斷而飛上空中的，是Yellow Radio頭上巨大帽子的右角。

「Lotus！」

黃之王以絲毫不帶先前那種揶揄語調的怒吼聲喊了回去，不知道打哪兒拿出一種又長又粗的指揮棒狀武器反擊。黑雪公主以左手劍擋住拖出黃金色軌跡的突刺，迸出的火花耀眼地照亮了雙方。

仁子斷斷續續進行牽制射擊，春雪就降落在她背上長長的穩定翼上，半發呆地注視著坑洞西端展開的激戰。

他當然沒有看過兩個王，也就是兩個9級連線者之間展開的戰鬥。

這點對其他場上的每一個人而言——就連兩名當事者也包括在內——八成都不例外。

現在的「純色七王」裡除了仁子以外，都在兩年多前幾乎同時升上了9級。而當他們得知用以升上10級的一戰決生死規則有多麼嚴苛，就為了避免這種情形而召開了圓桌會議。

就在這場會議上，黑之王Black Lotus以偷襲方式對初代紅之王Red Rider砍出致命一擊，一刀就要了他的命。無論是之前或之後，王打倒另一個王的情形就只發生過這麼一次。這件事過後，成了背叛者而被通緝的黑之王潛伏在梅鄉國中的校內網路中長達兩年，其他諸王之間則締結了互不侵犯條約，不再踏出各自的領土。

所以這還是加速世界開天闢地以來，第一次有9級超頻連線者以正常方式刀劍相向。

無論是春雪，還是仁子。

就連黃色軍團殘存的十餘名成員，也都在不知不覺間停下攻擊，屏氣凝神地看著這場戰鬥如何發展。

——好快！

春雪在內心深處發出讚嘆。

要是不凝神觀看，就只看得到兩者周圍接連閃出無數道神祕的閃光。黑之王動輒揮出四五招連成一氣的斬擊，黃之王則以高速旋轉的指揮棒漂亮地擋過，再小的空檔都不放過，以他的長腳踢去。而每當黑雪公主用腳擋住這些踢擊，就會散出一陣漣漪似的衝擊波，震得背景都跟著扭曲。

或許是因為高威力的攻擊連續發出太多次，不知不覺間雙方的腳下開始出現放射狀的裂痕，石屑也開始飛散。隨著整個空間籠罩在無色透明的壓力之下，雙方裝甲的光輝也顯得更耀眼了。

「……差不多了。」

仁子喃喃說出這句話，春雪反射性地問道：

「什、什麼差不多了？」

「他們兩個的必殺技計量表差不多要滿了，接下來才是重頭戲。」

這句話還沒說完，就聽到磅的一聲劇烈衝擊聲響，雙方像被這陣衝擊震開似的，互相拉開距離。

黑雪公主沒有立刻上前再打，緩緩放低重心蓄勢，左手在身前一橫，右手劍則垂直架在左手的刀背上。又長又大的刀刃開始籠罩在一陣不停脈動的紫色光芒之中，與脈動同頻率的同調振波撼動著空氣。

另一邊的Yellow Radio則雙手在身前交叉，黃金指揮棒夾在手指頭上。裝在指揮棒兩端的球體也開始發出以固定頻率脈動的光芒。

在不斷升高的壓力下，春雪覺得臉頰有了一種彷彿被人用火燒烤似的感覺。

王的必殺技有著多大的威力，春雪在跟仁子對戰的時候就曾經窺見一般。那道從單邊主砲發射出來的巨大光束，輕而易舉地轟掉了聳立在對戰空間遠方的新宿都廳大樓上半部。

跟那一砲有著同等潛力的攻擊，在那麼近的距離互相硬碰硬，真不知道會有什麼樣的結果。

看得睜大眼睛忘了呼吸的春雪耳裡，再度傳來了仁子悄聲說話的聲音：

「……決定勝敗的不是威力，是速度。」

「咦……這、這話怎麼說？」

「Lotus的必殺技怎麼看都屬於直接攻擊類，相較之下，Radio則多半是屬於幻覺類。也就是說，Lotus的一擊能不能搶在Radio的招式發揮效力前遞到他身上——就是決定勝敗的關鍵了。」

春雪猛吞一口口水。

已經十分低斜的太陽，從細小的烏雲縫隙間，灑下了幾道紅色的光芒。

就在這些光芒在黑曜石的刀刃上照得閃閃發光的那一瞬間。

Black Lotus發出了堅毅的喊聲：

「『死亡穿（Death By Piercing）……』」

Yellow Radio也在同時出招：

「『無意義的命運車（Futile Fortune Wheel）……』」

然而。

雙方同時喊出的招式名稱，都沒能喊完最後一個音。

咚。

這麼一聲極小卻又充滿壓倒性存在感的清脆聲響，阻止了兩個王的發聲。

那是Yellow Radio亮麗的黃色胸部裝甲被某種物體從背後貫穿的聲響。

無論是招式使到一半就停手的黑雪公主，還是春雪、仁子或其他超頻連線者，甚至就連黃之王自己，都只顧著注視那從裝甲穿出十五公分左右，表層十分濕滑的銀灰色金屬物體。

7

「是……是誰？」

春雪以不成聲的嗓音問道。

對手竟然能不被處處提防的黃之王發現，就接近到他的背後，而且連必殺技都沒用上，就像刺穿紙張似的貫穿他的裝甲。不，先別說有沒有這種本事，到底會有誰膽敢去插手這場王對王的直接對決？

就在這時，彷彿對方聽到春雪的聲音而刻意呼應似的，一個影子從黃之王背後浮現出來。那是一個幾乎與傍晚時分的昏暗光線完全同化的深灰色輪廓，當夕陽所剩不多的餘光輕撫過這個輪廓的表面，立刻反射出一種濕潤的光澤。

這位跑來插手的神祕人物，全身裹在泛黑的銀色鏡面裝甲之中。就顏色來說，跟Silver Crow倒也有些相似，但外型則大大不同。這人的肩膀、胸膛跟手肘都很有分量，有著一種中古騎士般的重量感。戴著巨大鐵手套的右手上，提著一把幾乎跟自己身高一樣長的雙刃劍，劍刃前細後粗，尖端極細的劍尖從後貫穿了黃之王的身體。

而比這把劍更搶眼的，就是騎士的頭部了。

他戴著一頂有著一對長角從頭部兩側往後方延伸的頭套型頭盔，但本來應該是臉頰的地方卻什麼都看不見。從太陽的方向來看，照理說應該會照亮頭盔內的臉孔，但裡頭卻像是一團沒有實體的黑暗，完全被黑色填滿。不，只要非常留意地凝神觀看，確實可以在這團黑暗的表層看見一種像生物一樣蠕動的漆黑物體。

戴著黑暗面具的黑銀騎士。

腳下的仁子口中正要說出他的名字，春雪也同時聯想到了答案。這人應該就是……就是他們要找的──

「『災禍之鎧』……『Chrome Disaster』。」

仁子不知不覺中沙啞著聲音說到這裡，改以更小的聲音說下去：

「為什麼？太快了，照理說應該還有一天以上的時間啊。」

春雪立刻就猜到了她這麼震驚的理由。

春雪他們是在Chrome Disaster的本體，也就是隸屬於紅色軍團的6級超頻連線者「Cherry Rook」所搭乘的電車抵達池袋的兩分鐘前，潛行到這個無限制中立空間。這裡的時間流動速度是現實世界中的一千倍，所以兩分鐘也就相當於這裡的三十三小時。

答案只有一個，那就是寄宿在鎧甲之中的Cherry Rook直接坐在電車上加速，出現在這個世界之中。

如果是頂多只有一點八秒的正規對戰，這種做法也還說得過去，但這裡是一旦潛行進來，就得前往登出點才有辦法離開的高階世界。把身體留在電車上這種擠滿了陌生人的空間，而且還是在交通工具上，這種行為已經不是大膽，只能說是有勇無謀了。

「Cherry……你已經瘋得連兩分鐘都等不下去了嗎？」

仁子以壓低的嗓音喃喃說道。

然而春雪卻無法從站在遙遠坑洞西端的第五代Chrome Disaster身上讀出太多瘋狂的色彩。體格本身沒有高大到會讓人感覺到什麼魄力，頂多只有一百七十公分，跟昨天黑雪公主播給他們看的重播檔案之中出現的第四代比起來，個子要小得多，外型也是中規中矩的人形。他就這麼握著刺穿黃之王的劍，也沒有再進一步做些什麼，只是靜靜地站在原地，幾乎可以用發呆來形容。

為什麼黃之王不想辦法脫逃？為什麼他就只是極力轉過頭去，默默看著Chrome Disaster？

這個答案——

春雪就在一秒鐘後得到了。

「嗚嚕喔喔喔喔喔喔……！」

忽然間迸出一陣奇聲大吼。

那不是人類的聲音，也不是動物的聲音，更不是機械聲。是一種過去從來沒有聽過的異質咆哮。

咆哮聲是來自貼在騎士臉上的一團黑暗。就在嘶吼的同時，後仰的頭套型頭盔下噴出了一團帶有實體的黑暗，形狀隨即固定下來。

那是成排列在頭罩上下且咬合在一起的尖銳三角形。是牙齒。成排漆黑的牙齒布滿在頭罩的邊緣並向外突出，簡直就像整個頭盔成了一張嘴似的。

啪的一聲悶響，這張「嘴」張了開來。

頭罩內部濃密的黑暗之中，兩隻小而圓的眼睛發出了朦朧的紅色光芒。

一看到這個光景，黃之王Yellow Radio才總算有了動作。他整個人就像被這幅光景觸發了似的，雙手繞到背後抓住刺穿自己的劍，想要把劍拔出來。

先前他之所以不動——是因為嚇呆了，整個人被恐懼束縛住。

就連站在近處的黑雪公主，也維持著架勢保持沉默。從她身上看不出膽怯的模樣，但確實感覺得出猶豫。這的確是攻擊的好機會，但處於這樣的狀況，實在很難決定到底該攻擊哪一邊才好。

災禍之鎧Chrome Disaster簡直像是把想要從劍上脫身的黃之王，當成了用叉子叉起的食物，舉著他靠近巨大的「嘴」。張得更大的下顎靠近小丑型虛擬角色那圓圓鼓起的肩膀——透明的黏液從牙齒滴下——

「『詐欺師的煙霧彈（Deceit Firecracker）』！」

就在肩膀即將被一口咬上之際，Yellow Radio高聲這麼一喊。

隨著一陣鮮豔得讓人不舒服的黃色煙霧升起，被刺穿的虛擬角色當場爆炸消失。

春雪看傻了眼，心想他竟然會自爆，但隨即在距離五公尺左右的地方看到一陣同色的煙霧冒出，接著小丑就從煙霧中跳了出來。看來這應該是一種利用障眼法來脫身的必殺技。

黃之王胸部裝甲上開出的銳利孔洞上噴著細小的火花，又往後跳開幾公尺。在指揮部下集結之後，才總算發聲喊道：

「你這隻見人就咬的餓狗，連飼主的恩情都忘得一乾二淨，你是想搞砸我們的表演節目（Program）嗎？也好，既然你餓成這樣——就去吃掉你眼前的『黑』吧！只是這顏色不怎麼能刺激食慾就是了！」

說完哈哈大笑，但嗓音中卻帶著揮之不去的緊繃。

Chrome Disaster那黑色的上下顎不停開合，依序看了看跟他維持等距離站立的黑之王跟黃之王。從他的模樣中看不到那種不知道該跟哪一邊「對戰」的猶豫，看不出身為一個人，身為一個玩家的意志。

那是一種選定獵物準備攻擊的猛獸模樣。

那不像臉孔的臉若無其事地朝向坑洞底部，視線立刻停在滿身瘡痍而沉默不動的紅之王身上，但即使是望向自己的軍團長，他的臉上仍然沒有表現出任何感情，臉孔隨即轉移到站在她背部穩定翼上的春雪。

忽然間。

春雪覺得一個奇妙的說話聲傳進了自己腦海深處。那是一種沒有絲毫起伏，聽起來像是動物，也像是機械所發的聲音。

——讓我吃。

——讓我吃掉，化為血肉。

而最可怕的一點，就在於音色本身怎麼聽都像是發自一個還沒到變聲期，跟自己同年代的少年。

春雪覺得背脊上竄過了一陣先前在加速世界中從未感受過的恐懼。

姑且不論「加速」這種科技的特異性質，BRAIN BURST始終只是一款對戰格鬥遊戲。先前在這南池袋坑洞所進行的戰鬥固然慘烈到了極點，但仍然勉強沒有超脫遊戲的範疇。

當然如果黃之王的圈套奏效，讓仁子或黑雪公主被他打倒，她們兩人的BRAIN BURST程式就會被強制反安裝，永遠都不能回到加速世界——但那終究只是「遊戲結束」，現實世界中的生活還會繼續下去。

明知如此。

如果說剛剛那個聲音，真是這名叫做Chrome Disaster的超頻連線者所發。

那套黑銀色的鎧甲裡頭，已經找不到那個名字叫做Cherry Rook，過去理應也玩這個遊戲玩得很開心的少年了。

黑雪公主說過，強化外裝會侵蝕使用者的精神，當然春雪還覺得半信半疑，但剛剛那兩句簡短的說話聲音，卻已經再明白不過地告訴他，一旦穿上這套鎧甲，人性將會嚴重受損，而且這個現象多半不會只在加速過程當中發生影響。他怎麼想都不覺得穿著那套鎧甲的人，在現實生活中可以平靜度日。

「仁子……他已經……」

紅之王看來已經敏感地聽出了春雪顫抖的嗓音之中所蘊含的意義。

「不要說。也許……也許還來得及。只要現在破壞掉鎧甲，也許還有機會……」

這句輕聲細語的話沒有說完。

彷彿是要斬斷仁子的願望似的，Chrome Disaster再度猙獰地咆哮。

「嚕嗚喔喔……喔喔喔喔喔喔！」

他唰地一聲轉過身去，面對的是黃之王所在的方向。

接著將右手大劍扛到肩上，筆直伸出五隻手指呈巨大鉤爪狀的左手。

緊接著就發生了一個驚人的現象。鎧甲沒有說出任何招式名稱，就看到正往黃之王身邊集結的一名紅色系超頻連線者，以猛烈的速度被吸向Chrome Disaster的左手。

鏗一聲金屬聲響起，鎧甲的手指掐進了這名不幸的超頻連線者身上。

「咿……」

這名紅色系虛擬角色高聲驚呼的同時，仍然試圖將右手上的步槍指向鎧甲的頭部。這時春雪才發現這名虛擬角色，就是先前護衛那個干擾型虛擬角色的遠攻型角色。

步槍槍口亮出光芒，泛藍色的光束從極近距離發射出去。

但就在光束即將發射之際，握槍的右手卻被連根斬斷。光束擦過Chrome Disaster的頭盔，突然往背後射去。而大劍砍下手臂的這一揮，春雪幾乎連影子都沒看見。

緊接著。

「嚕嗚嗚嗚！」

Chrome Disaster這麼一喊的同時，張大了沿著頭套開口邊緣生長的成排利牙。

漆黑的大嘴咬上了紅色系虛擬角色的左肩。

「嘎……啊啊啊啊啊！」

迸出的慘叫聲淒厲得令人不禁想摀住耳朵。在這個無限制中立空間裡，傷害造成的痛楚會被放大成低階對戰空間的兩倍。相信那個紅色系的敵人現在所感受到的痛楚，就跟在現實世界裡被野獸活生生咬上身體沒有什麼兩樣。

十餘根巨大的牙齒輕而易舉地貫穿了虛擬角色的裝甲，咬出一個從肩膀到胸口的半圓形斷口後整塊扯下，被斬斷的左手也落在地面上。

「啊啊啊……啊啊啊啊啊——！」

腹部被咬下一大塊與失去雙手的劇痛，讓這名虛擬角色痛得猛力掙扎。

Chrome Disaster咀嚼完之後又再度張開大口，將他的頭整個含入口中。

隨著咕嘟一聲悶響而噴出的飛沫，會是火花特效、裝甲的碎片——還是虛擬角色的血肉？

慘叫聲忽然中斷，喪失了整個頭部而全身虛脫的虛擬角色殘骸，在數秒之後才總算融入光柱之中分解。

春雪覺得視野晃得好厲害。過了一會兒，他才總算發現原因在於自己的膝蓋一直在發抖。

這已經不是「對戰」。

不是暴力，也不是殺戮。

是「捕食」。那是一種本能的行動，唯一的目的就是為了攝取對戰虛擬角色的血肉，以及他們的超頻點數。

就在不停上下咬合的黑色牙齒停下動作的同時，春雪看見了深紅色的光芒在那件泛黑的銀色鎧甲接縫處來回流竄。從這種現象看來，他吸收的不只是點數，同時還奪取了某種能量——

應該就是昨天黑雪公主所說的那種，可以吸收敵人體力計量表的能力「體力吸收」。

「嚕嗚嗚嗚嗚……」

Chrome Disaster甩起頭來，低沉吼了一聲。

「該死的瘋狗……沒辦法，雖然可惜了好機會，不過今天的表演就到此為止。各位，我們撤往池袋車站的登出點！」

喊出這番話的是黃之王。看樣子他在下令的同時還用了某種必殺技，讓黃色軍團剩下約十名左右的兵力都淡化成半透明狀態。

這群形影變得朦朧的虛擬角色猛然遠離坑洞，大舉朝西北方退走。明明計策已經失敗，但黃之王仍以逐漸遠去的嗓音往場上撒下了最後的嘲笑。

「哼哼哼……紅、還有黑，總有一天我會再招待兩位來參加我們馬戲團歡樂的嘉年華會！只是這也要你們被這隻瘋狗吃了以後，還有剩下戰意啊……哼哼哼……哼呵呵呵呵……」

如果能冷靜下來判斷，試圖妨礙他們撤退，逼他們攻擊Chrome Disaster，並趁亂拿下黃之王首級的計畫，應該也有其可行性。然而春雪不但發不出聲音，甚至連一根手指都動不了，整個人就像被捕食者瞪視的小動物一樣嚇得縮起身體，光是站在Scarlet Rain的裝甲板上都已經快要站不住了。

——要跟那種玩意兒打鬥？要用實力癱瘓他，從極近距離給他一記「處決攻擊」？我要從旁協助？

不可能。

我辦不到。光是沒有嚇得尖叫著當場跑掉，就已經使盡了所有的勇氣。

就在膝蓋跟牙根都微微顫動的春雪視線所向之處，可以看到Chrome Disaster沉腰蓄勢。那是一種肉食猛獸的動作，準備追上去屠殺作鳥獸散的黃色軍團成員。

春雪內心祈禱他就這麼跟黃色軍團的成員一起離開。然而……

就在準備猛然前衝的Chrome Disaster背後——

「……『死亡穿刺』。」

這個毅然響起的聲音是出自黑雪公主。

架在左手上的右手劍，在一聲噴射引擎似的巨大聲響中筆直刺出。裹住刀刃的紫色光輝不斷放大，讓整個世界染上耀眼的光芒，筆直伸長了將近五公尺之遠。

這一招施放出來的巨大攻擊力擠壓空氣，讓後頭的風景引發了海市蜃樓的扭曲現象。接著鏘一聲尖銳的破壞聲響起——然而這一劍斬斷的，就只有Chrome Disaster頭盔上往右延伸出來的一隻角。

這一招是看準了黑銀鎧甲正要進入追擊態勢前所露出的最大破綻，而且還是從背後偷襲，但他卻以令人看不清楚的速度往左滑開一步，閃過了這次攻擊。

高高飛起的尖角轉著圈子落下，重重插在藍黑色的地面上。

「……哦？這樣的一招都躲得過？」

黑雪公主收回伸出的右手，佩服地丟下這句話。

相較之下，Chrome Disaster則是猛然轉過身來，從巨大牙齒的縫隙間吐出吼聲：

「嗚嚕嚕嚕嗚嗚嗚……！」

右手大劍的劍尖在地面畫出了一道半圓形的弧線。

接著舉起大劍扛上右肩，魔性的騎士就從正面瞪視著漆黑的美女。頭套上微微張開的上下顎深處，深紅色的眼睛劇烈閃爍著光芒。

「學……學姊，妳……」

沙啞的嗓音從春雪乾渴的喉嚨中流露出來。

——妳打算跟他打？雖說接下了紅之王的委託——但是妳真的要跟那種東西正面對敵？

當然Chrome Disaster還只有7級，所以就算輸了，也不會像跟「王」打的時候那樣，一輸掉就得失去BRAIN BURST。

但是輸了卻會被他吃掉啊。

在這個痛覺比起現實世界是有過之而無不及的空間裡，虛擬體活生生被人亂啃一通的痛楚，肯定不是在春雪自製訓練室內被手槍打中所能相比。

不，不只是痛覺的問題。幾分鐘前被那玩意逮到並獵殺的遠距離型虛擬角色所發出的慘叫聲之中，帶著濃厚的絕望，是一種面臨壓倒性實力的捕食者，而只能被當成養分攝取的自己所產生的絕望。

我不要。我不想被他吃了。要是發生那種事，我又會對自己——

春雪忽然間兩腳一軟，就在Scarlet Rain的裝甲板上跪了下去。他趕忙想要站起，但身體卻沒有反應。就連手指都又僵又冷，不聽使喚。

——我這是什麼德行？我是怎麼了？剛剛對倒地不醒的黑雪公主說了滿口大話，自己卻嚇得動彈不得。

越是心焦，全身就越是僵硬，簡直就像神經系統被人從虛擬角色的四肢中抽了出來似的。

春雪只能在銀色面罩底下反覆淺淺的呼吸，這時一個聲音傳進他耳裡——

「『沒有鬥志的超頻連線者駕馭不了對戰虛擬角色』。」

這句黑雪公主在坑洞邊緣跟黑銀色鎧甲對峙時毅然說出的話，傳進了春雪耳中。

「……剛剛你腳下那個小丫頭說得沒錯。雖然不想承認，但是我的確對兩年前的背叛覺得後悔，覺得那是一種永遠得不到原諒的罪。這種想法讓我對自己的鬥志——對那種追求勝利的鬥爭心，打從心底深深恐懼。」

Black Lotus毫不鬆懈地以雙手劍擺著架式，藍紫色的眼睛朝著春雪短短一瞥。

「可是春雪，你卻正好相反，你怕的是失敗。你以為自己的價值會因為打輸而降低。這才是這陣子你在領土戰爭中陷入低潮的原因。」

這句話毫不留情地刺進內心深處。

春雪跪在地上瞪大了眼睛，用力咬緊牙關。

──不是我以為，事實就是這樣！

他在腦中這麼吶喊。

──輸了就什麼也得不到。我Silver Crow唯一的存在價值，就是靠著獨一無二的「飛行能力」不斷贏下去；就是提升等級，擴大「黑暗星雲」的領土，回應妳的期待。

──因為要是我沒打贏，沒有變得更強，妳一定會──妳有一天一定會放棄我……

「剛剛那番話我要原原本本地還給你，春雪！」

黑雪公主右手劍往旁一揮，發出了強烈得甚至有些猙獰的喊聲：

「你真的以為你跟我之間的情誼……就這麼容易斷絕嗎！」

說完立刻揮劍斬向Chrome Disaster。

彷彿是想透過這個行動，傳達某種訊息讓春雪了解。

黑雪公主從正面上段以左手劍直劈，Chrome Disaster則以大劍迎擊，撞出了劇烈的衝擊。呈球型迸出的能量光芒打在黑色與銀色的裝甲表層，化為無數光點飛散。

被遠遠震開的雙方，都以雙腳在地面劃出長長的軌跡後站穩腳步，接著又在完全相同的時機再次刀劍交擊。Chrome Disaster雙手握持的大劍水平橫掃，黑雪公主則以右腳的迴旋踢撥開。

劃出深紅色與青紫色弧線的大招正面硬碰硬，這次更引發了真正的爆炸，當場開出了小型的坑洞。雙方分別被彈往兩個相反的方向，黑雪公主滾了幾圈之後起身——這時Chrome Disaster以張得極開的左手穩穩指向了她。

——是那招！

春雪動彈不得，連聲音都喊不出來，看得一口氣喘不過來。

那是一種以神祕的引力吸引並制住敵人的必殺技。一旦中了這招，就會被他用左手緊緊吸住，根本沒辦法正常揮劍，只能任他啃食。

忽然間，春雪覺得看到兩者之間閃過一線銀光。

同時黑雪公主不知在何時已經用腳尖挑過一塊大岩石，放上右腳劍的平面往上踢起。那是先前在地面上爆炸炸出的石塊。

這塊岩石被猛然吸到了Chrome Disaster的手掌上。敵人正準備放開已經深深掐進堅硬岩石表面的手指，黑雪公主則早已看準這個空檔，展開了全速的衝鋒。

隨著鏘一聲迴盪不已的金屬質衝撞聲爆出，往上踢起的左腳劍終於削進了Chrome Disaster的胸部裝甲。

……好厲害。

春雪一時間忘了束縛住自己的虛脫感，在腦海中喃喃自語。

面對那麼可怕的敵人，為什麼她還這麼能打？儘管等級超越對方，但對方以強化外裝彌補了能力差距，雙方招式的出力幾乎完全相等。只要稍有閃失，肯定會被滿口大牙咬上，飽嘗劇痛與絕望，為什麼她還能——簡直像——

簡直像是樂在其中。

這是因為有自信？因為肯定自己比敵人強，出手才能那麼揮灑自如？

不對，不可能是這樣。同樣9級的Yellow Radio明明還剩下十名的部下，卻還是毫不猶豫地選擇撤退。絕對沒有人能說他下這樣的判斷是出於怯懦。Chrome Disaster已經不是正常的超頻連線者，他比前來池袋途中看到的巨大「公敵」還要更具威脅性。

彷彿是要證實春雪的這種認知，瘋狂的騎士引發了驚人的現象。

紅黑色的光芒凝結在黑雪公主的刀刃砍出的裝甲裂縫上，轉眼之間就恢復了原有的光滑。

「嗚嚕嚕嗚……」

鎧甲發出嘲笑似的低吼聲，突然以猛烈的氣勢反撲，右手劍以快得無法用肉眼辨識的速度下劈，呈一直線斬斷了空氣與地面。位於大劍軌道上的黑雪公主以奇蹟般的反應閃過這一劍，但隨著霹的一聲輕響，左腰上的裝甲護裙前端被砍得損壞落地。

Chrome Disaster的攻擊並沒有就此停住，他揮著刀身約有一公尺半的巨劍，以讓人完全感覺不出重量的速度接連閃出劍光。Black Lotus以舞蹈般的動作閃避或格擋，但身上流線型的裝甲轉眼之間就被刻上一道又一道淺淺的軌跡。

儘管被這陣無限持續的猛攻逼得從坑洞西側慢慢退往北側，但黑雪公主的鬥志卻絲毫不見衰減。

她四肢的刀刃灌滿紫色光芒，一看到Chrome Disaster的動作中有著小小的破綻，就立刻施以銳利的反擊。明知在對方鎧甲上被劃出的傷痕很快就會被紅光修復，她卻始終維持幾乎讓人覺得不知變通的精度，一次又一次地用劍突刺、揮砍、搗刺。

她不可能沒有感覺到恐懼。若說雙方攻擊的威力、速度跟精度約略同等，但對方卻具備自動修復傷害的能力，遲早一定會被逼入劣勢。只要挨到任何一下重擊，導致閃避能力低落，馬上就會被對手逮住，身體也會直接被咬下一塊。屆時什麼「王」的尊嚴都將蕩然無存，淪為只能在地上爬的餌食。

明知會這樣──為什麼……

「妳為什麼……還不跑！」

春雪的喉嚨發出了沙啞的嘶吼。

就算逃跑也不會讓黑之王的名號貶值，像黃之王就跑了。而且她明明就說過，在打倒上一代Chrome Disaster的時候，就是靠「純色七王」合力才好不容易了結了他。現在這個場面本來就應該先退再說，而且更重要的是——

我不想看。我絕對不想看到她落敗，看到她被吃，痛得慘叫的模樣。

「學姊，請妳快跑！」

春雪又喊了一次。

然而這句話才剛喊完。

鋼鐵的巨劍就以不容閃避的速度與時機，從正面當頭直劈。

黑雪公主不及細想，雙手劍交叉格擋，但卻沒能像先前那樣彈回這一劍，當場單膝跪了下來。一陣雷鳴似的轟然巨響響起，黑雪公主周圍的地面頓時出現放射狀的裂痕。

「嗚嚕嚕嚕喔喔喔喔喔喔喔！」

大概是確信了自己將會獲勝，Chrome Disaster高聲咆哮，全身重量都放上了雙手握住的大劍繼續下壓。每當聽到硬質的擠壓聲，三把刀刃的接點就會濺出細小的火花。

狀況和她先前與黃色軍團那名武士型虛擬角色刀劍互擊的時候一樣，但這次節節敗退的顯然是Black Lotus。籠罩雙手劍刃的青紫色光芒開始逐漸淡去，不規則地閃爍。

眼看再過不久，兩把劍都會被對方砍斷，身上更會受到重大傷害。而被砍倒之後，肯定會被對方撲上去，啃食到ＨＰ計量表耗盡為止。

「學姊妳……為什麼不跑？」

春雪無力地喃喃說道。

想來應該不是為了保護動彈不得的春雪。畢竟在Chrome Disaster準備去追殺黃色軍團時，加以攻擊而留下他的人，就是黑雪公主自己。也就是說，黑雪公主明知毫無勝算，還特意選擇了跟那套鎧甲打。

這的確是他們之所以潛行到這個無限制中立空間的原始目的，但狀況已經跟預料之中大不相同。不但「陣亡」的拓武需要再過幾十分鐘才能回來，最關鍵的Scarlet Rain本人也被打得半毀，動彈不得。

狀況這麼不利，到底她為什麼還要這麼——

「這是因為……我嚥不下這口氣，春雪。」

忽然間聽到了她說話的聲音。

黑雪公主那發出燦爛紫色光輝的雙眼，看著在眼前不斷逼近的刀刃，用平靜卻又極為沉重的嗓音說了：

「畢竟這次我在你面前可是醜態畢露啊。身為你的老師……也身為你的『上輩』，要是就這麼撤走，我在現實世界裡實在沒臉見你。」

其間Chrome Disaster的劍仍然分分秒秒都在接近Black Lotus的面罩。春雪緊張得屏住呼吸，從顫抖的喉嚨擠出聲音說道：

「嚥……嚥不下這口氣……？可是……要是輸了，不就什麼意義……都沒有……」

「你就是誤會了這點。去他的『識時務者為俊傑』！那種東西一點價值都沒有！一旦潛行到了戰場上……管他對手是誰，唯一要做的就是一心一意地戰鬥！」

儘管處於隨時都會落敗的狀況，黑雪公主這番話仍然說得絲毫不減傲氣，對春雪來了記當頭棒喝。

春雪腦海中連連閃現出過去對戰中，多次感受過的加速感。

包括剛剛為了打倒干擾電波型角色而閃避護衛的雷射攻擊時、鑽過紅之王猛烈的對空砲火時、三個月前剛當上超頻連線者時、還有捉住Ash Roller的機車時，又或者是閃過Cyan Pile的必殺技時。

——這些時候，我心中應該沒有對勝利的慾望，也沒有對落敗的膽怯。就只是一心一意地戰鬥，絲毫沒有去意識到別人的眼光。

——原來如此。我不是怕輸，是怕輸了以後被觀眾嘲笑，怕被人拿來跟拓武比較。而我一直最害怕的事情，就是讓她失望。不只是現實世界，竟然連在加速世界裡都只顧著「別人怎麼看自己」——我怎麼會……

「……我怎麼會這麼笨。」

春雪喃喃自語，在僵硬又乏力而張開的右手上灌注力量。

五根手指發出不協調的擠壓聲，但仍然緊緊握成了拳頭。

春雪直挺挺地舉起拳頭，用力朝自己的右臉揍了過去。隨著一陣令人頭昏眼花的衝擊，臼齒一帶竄過了一陣熱辣辣的痛楚。這陣灼熱感竄過全身的虛擬神經系統，化為訊號傳遍虛擬體的四肢。

猛然抬起頭來一看，Black Lotus正在坑洞邊緣北方試圖對致命的刀刃作最後抵抗。鈍色的刀刃一分一厘地陷進交叉的雙手與額頭，散出的火花照亮了傷痕累累的裝甲。

「……學姊！」

春雪大喊一聲，同時張開恢復力氣的翅膀，猛然飛了起來。

他以幾乎擦到坑洞底部的高度全速滑翔，看準Chrome Disaster的死角從邊緣飛出。

「唔……喔喔！」

大吼一聲朝黑銀裝甲揮出的一拳，就在即將打中時，被對方以右手的鐵手套擋住。

然而就在對方一隻手從劍上拿開的瞬間，黑雪公主大喝一聲，雙手往上一推。

刀刃在鏗一聲強大的衝擊下分開，Chrome Disaster被推開了幾公尺遠。但這一下沒能震得他失去平衡，只見他立刻大劍低垂重新擺好架式，頭套下的牙齒咬得劇烈撞出聲響。

「嚕嚕……嚕喔喔……！」

這陣吼聲中多了明顯的怒氣。

儘管恐懼得全身發抖，春雪仍然正面與他對峙，用身體護住身後的Black Lotus。黑雪公主剛剛那一下大概是使盡了全力，好一陣子都以單手當枴杖拄著地面，但隨即靠著手臂的支撐站起，來到了春雪身旁左側。

「好了，春雪──我們就來打一場帥氣的敗仗吧。」

春雪忍不住苦笑，跟著點了點頭：

「好的，學姊。」

說著重心放低，兩腳微開，擺出了勉強像是空手道的架勢。身旁的黑雪公主則以十分有模有樣的動作舉起雙手刀劍。

一秒鐘後，連續發生了好幾件事。

Chrome Disaster在激怒的咆哮中揮起劍。

就在專心想躲開這一劍的春雪視野左側，有個東西忽然發出了光芒。

黑雪公主的右手以猛烈的速度一閃而過──劍鋒用力擊向了春雪的胸部。

春雪抵擋不住，整個人被打得往後飛開，正當他震驚地在地面翻滾，視野立刻被一片胭紅色的光牆蓋過。

直到被接著發生的一次大得駭人的爆炸又炸飛了十公尺以上，春雪才領悟到這是一次來自左方——也就是坑洞之中的光束攻擊。他反射性地用雙手擋住湧來的熱浪跟衝擊波，但視野左上方的ＨＰ計量表仍然迅速減少，全身上下都發出了令人不舒服的金屬聲響。

一陣幾乎令人全身神經都迸出火花的劇痛與灼熱感襲來，讓春雪呈大字形倒在地上，一口氣喘不過來。他甚至連慘叫聲都發不出來，只能任由身體痙攣顫動，等待痛楚消散，其間腦中始終有著一陣莫大的問號風暴在肆虐。

到底是為什麼——黃色軍團的遠距離攻擊型角色應該已經撤得一個不剩，還是說他們又跑回來介入戰鬥了？就算真是這樣，這威力又該怎麼解釋？這可不是一般的槍砲，壓倒性的威力堪稱戰車——不，應該說是戰艦主砲。

當春雪用好不容易恢復知覺的右手撐在地上，慢慢爬起上身。

這時有個物體發出喀一聲硬質的聲響落在他眼前。

那是一塊有著極深裂痕，嚴重缺損的黑色裝甲。裝甲失去了通透的光澤，焦得面目全非。四把劍之中，左手跟左腳的兩把已經碎掉一半，鏡面護目鏡上也出現了蜘蛛網狀的裂痕。

「嗚……」

春雪沙啞地悶哼一聲，甚至忘了身上的劇痛，整個人跳了過去。

「黑雪公主學姊！」

當春雪不顧一切地抱起她，就看到她全身各處都掉下黑色的碎片。虛脫無力的虛擬體輕得令他又驚又怕，破損處竄來竄去的青紫色火花，看上去簡直像是飛散的血液。

正面又傳來了一聲沉重的金屬聲響。春雪反射性地抬起臉一看，就在稍遠處看到Chrome Disaster單膝跪地，縮起身體的模樣。他的損傷也非常嚴重，黑銀鎧甲沾滿煤灰，好幾個地方嚴重凹陷，頭套狀的頭盔內部再次沉入不定形的黑暗之中，大劍更是不知道飛到哪兒去了。

這一砲帶來的破壞甚至改變了地形。

先前成了戰場的南池袋坑洞北側邊緣上，開出了許多新的小坑洞，各處都有熊熊燃燒的烈火冒出濃煙。看樣子這一砲有幾成威力流洩到北方，將建築物連根拔起，開出了一條通往綠色大道的路來。

最後春雪戰戰兢兢地將頭轉往南方。

對於自己的眼睛捕捉到的光景，春雪心中已經先料到了一半，但是他不想相信。哪怕理智已經判斷出不會有別的答案，情感上卻強烈拒絕接受，這兩者的衝突化為淚水，扭曲了視野。

「為什麼……這是為什麼……仁子？」

原以為已經嚴重毀損而無法動彈的要塞型虛擬角色——也就是紅之王Scarlet Rain——右手主砲已經舉起，對準了新開出的坑洞正中央。從大口徑的砲身中冒出的餘熱引發了海市蜃樓的現象，讓周圍景色不停晃動。

就是這門主砲發射出來的攻擊——那應該是最大規模的必殺技——吞沒了黑雪公主跟Chrome Disaster，帶來了巨大的破壞，這個事實已經不容懷疑。

春雪咬緊牙關，注視著仁子從裝甲板縫隙間露出的雙眼。然而這對紅色的鏡頭眼，卻是連看都沒有看春雪與他懷裡的Black Lotus一眼。

「……為什麼！」

對於春雪的吶喊，紅之王仍然保持沉默。反倒是背上跟底部的推進器發出光芒，讓「不動要塞」巨大的身軀開始緩緩前進。

開始移動以後速度卻意外地快，轉眼之間跑完了坑洞半徑的距離。

「嚕……嗚……」

發出這低沉聲音的，是像隻受傷的野獸一樣縮起身體的Chrome Disaster。他察覺到紅之王接近，立刻就手腳並用，搖搖晃晃地爬往北方退避。看得到鎧甲上的各處損傷，都籠罩在紅黑色的「自動修復」光芒之中，但由於損傷實在太深，看樣子沒有這麼簡單就能治好。

火紅的要塞追著逃開的負傷騎士，從坑洞邊緣現身。看到她雄偉的身影，春雪怔怔地以一雙淚眼抬頭仰視。

「為……什麼……」

喉嚨又擠出一聲顫抖的嗓音。這句話才剛出口，要塞立刻停下前進的動作。

春雪抬頭望著屹立在眼前的虛擬角色，深深吸一口氣，大聲喊道：

「仁子！不，Scarlet Rain！妳應該沒有忘記吧……要、要是被妳打倒，學姊她……Black Lotus可是會喪失所有點數的！」

懷裡的黑雪公主還沒清醒過來。從損傷的情形來看，她的ＨＰ計量表顯然不會剩下多少。

對於春雪的指責，紅之王只簡短而不帶情緒地回了一句：

「那又怎麼樣？」

看到春雪啞口無言，那稚氣卻又冰冷的聲音繼續說下去：

「對超頻連線者來說，除了自己以外的所有超頻連線者都是敵人。被敵人打倒就會被扣點數，扣到零就得永久退場。事情就這麼簡單，不是嗎？」

「可……可是……我們……妳，跟我們……」

「你想說我們是自己人？」

一聲沉重的聲響「鏗」地響起，Scarlet Rain的主砲重重砸在燒焦的地面上。語氣有如刀刃般鋒銳的聲音，劈開了染上夕陽最後餘光的空氣：

「你們這種天真實在是讓我看了就想吐！你聽好了，最後我就告訴你一件事。在加速世界裡頭……根本就沒有任何值得相信的東西存在！不管是所謂自己人、朋友、軍團……甚至就連『上下輩』之間的情誼都只是幻想！」

這有如火焰般熾熱的吶喊發出的同時，紅之王卸下了全身上下嚴重毀損的武裝貨櫃。大群強化外裝就像融入空氣中似的消失無蹤，從中出現一個嬌小的虛擬角色降到地面上。火紅的少女型虛擬角色裝甲仍然保有紅寶石般亮麗的光澤，但左肘以下的部分卻被硬生生扯斷，迸出小小的火花。

明明應該十分疼痛，但她卻以絲毫看不出會痛的動作挺直背脊，臉微微轉向春雪，水汪汪的鏡頭雙眼深處彷彿有著高熱的火焰熊熊燃燒。

「……等我處理掉他以後，回頭我就會連你們也一起收拾掉。要是不想這樣，就趁現在趕快跑吧。等到下次遇到……我們就是敵人了。」

紅之王以冰冷的嗓音宣告到這裡，視線就轉了回去，右手拔出腰間的大型手槍，唰地一聲拉著滑套，同時向前邁步。

在她的去路上，可以看到Chrome Disaster全身傷處散發著血色光芒，還在繼續往北爬動。剛剛他明明比黑雪公主更靠近爆炸中心，竟然還能這樣活動，耐久力實在驚人。不過如今他的行進速度已經降到仁子步行的一半左右，相信要登出已經是不可能的了。

春雪兩手抱著身受重傷的黑雪公主不動，只以因流淚而朦朧的視野繼續捕捉兩個慢慢拉近距離的虛擬角色。

用理智來判斷，考慮到仁子有可能將剛剛的宣言付諸實行，或許他應該馬上逃往位於池袋車站或陽光城的登出地點。

然而春雪卻動不了。不，應該說是不想動。

他總覺得一旦從這裡跑掉，錯誤就會變成鐵打不動的事實。

就在先前巨大光束掃倒一整塊街區的建築物而開出的道路出口附近，仁子終於追上Chrome Disaster，二話不說踢起了右腳。隨著鏗一聲粗糙的金屬聲響，騎士型虛擬角色當場被踢倒，仁子的左腳接著踩上了他的頸子。

看在春雪的眼裡，總覺得這幅光景有種令人無以言喻的悲傷。

那件魔性的鎧甲確實應該除掉，而要用必殺技打中這個反應速度超凡入聖的對手，唯一的機會就是他即將跟黑雪公主交劍之際的空檔，這點或許也是事實。

然而——如果真是這樣，那麼那天晚上的那幅情景又該怎麼解釋？

仁子跟黑雪公主在春雪家的客廳裡，彷彿彼此相互渴求般牢牢抱在一起。當時春雪從兩名少女身上，感受到了一種莫大的「情誼」，甚至超越了她們兩人因為站在「王」的立場，導致將來必須敵對的宿命之上。難道說那幅讓春雪覺得可貴得想哭的光景，只是曇花一現的幻影？只是一種沒有意義的偶然？

Scarlet Rain右手上的手槍抵住Chrome Disaster的後腦杓。

春雪垂下頭，不忍心看下去。

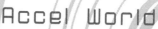

——但是等了很久，始終沒有聽見槍聲。

他聽見的是耳邊微弱的說話聲。

「……真……受不了……所以，我才討厭……小鬼頭……」

那是黑雪公主身受重傷，痛得顫抖的說話聲。然而聲音之中卻沒有絲毫的憤怒。春雪一驚之下猛然抬頭，注視著近在眼前的漆黑護目鏡。

就在護目鏡下，他看到了微弱的紫色光芒。春雪按捺住鼻酸，小聲呼喊著黑雪公主：

「學……學姊……」

就在這時，遠方傳來了鏘的一聲。

春雪轉動視線，看到的是上半身已經翻轉過來，左手猛揮到底的Chrome Disaster，以及右手散出裝甲碎片的Scarlet Rain。

及一把高高飛起的火紅手槍。

「這……妳為什麼不開槍！」

春雪忍不住大喊。

她應該有充分的時間，對Chrome Disaster施以讓軍團長得以即時處決成員的「處決攻擊」。仁子不惜牽連黑雪公主一起挨必殺技，還撂下那句冷酷的台詞，不就是為了開下這一槍嗎？事到如今還有什麼好猶豫的？

這個在他心中激盪的疑問，反倒由懷裡的黑雪公主為他回答：

「……那個、小ㄚ頭她啊……她只是在鬧彆扭而已。她很難過……很寂寞，所以只好無理取鬧……」

「咦……咦？」

春雪驚愕地讓視線在懷裡與大堆斷垣殘壁另一邊頻頻往返，看到Chrome Disaster的右手快如閃電地伸出，抓住了仁子的喉頭。

這隻看來已經恢復相當程度力量的手，慢慢舉起了嬌小的虛擬角色。仁子以右手抓住鎧甲的手臂，但也無法做出更有效的抵抗，只能無力地任他將自己吊在空中，簡直就像對一切都已經放棄，再也不想去管。

「那個小ㄚ頭自己……比誰都更相信、更渴望、渴望著超頻連線者最終的情誼……」

黑雪公主以平靜的嗓音喃喃說完，春雪茫然地睜大眼睛反問：

「情……情誼？」

「沒錯……我看得出來。他們兩個……是『上下輩』。紅之王……是Chrome Disaster……不，應該說是Cherry Rook的『下輩』。」

上下輩——？他們兩個是這種關係？

之前他完全沒有想過這種可能。然而聽她這麼一說，就覺得有件事確實說得通。

仁子先前對Cherry Rook在現實世界中的位置掌握得非常清楚，春雪本來以為這是軍團長的特權，原來事實並非如此。仁子純粹只是知道Cherry Rook的「現實身分」，因為對方是將BRAIN BURST分給自己的「上輩」。

黑雪公主以平靜的眼神，回視著春雪那因為更進一步的震驚而目瞪口呆的眼睛。她舉起已經殘破不堪的右手，輕輕拍了拍春雪的肩膀說道：

「好了，別發呆了。我……不會有事。去……幫她一把吧……去幫幫仁子……幫幫我們的……自己人。」

這一瞬間，決堤的淚水從春雪的雙眼奪眶而出。

他不知道為什麼，但卻感覺得到胸口產生了一股巨大而火熱的洪流直往上衝。

「……遵命！」

他用力點了點頭。

春雪輕輕讓黑雪公主的身體躺好，接著站起身來。隨著唰的一聲銳利的聲響，背上的翅膀完全張了開來。

在遠方可以看到Chrome Disaster以右手吊起仁子，上下顎正不斷逼近她的肩頭。春雪深深吸一口氣，握緊了右手──

「……喔喔喔！」

大吼一聲猛然踢向地面。

助跑幾步之後，猛力震動雙翅的金屬翼片。

春雪雙腳離地，化為一道白銀的光線，以幾乎擦到地表的高度衝刺過去。

就在堆滿斷垣殘壁的道路另一頭，眼看就要開始吞噬仁子——吞噬自己「下輩」身體的瘋狂鎧甲，轉眼之間已經越來越近。春雪右拳收到身體右側握緊——

「住手啊啊喔喔喔！」

春雪一邊大喊，一邊舉起裹在耀眼光芒之中的拳頭，揮向漆黑上下顎的正中央。

啪的一聲，銀色的光輝撕開了凝固的黑暗。停滯一瞬間之後，Chrome Disaster彷彿是被這股爆炸性的反作用力彈開，上身往後翻倒飛了老遠。只見他在斷垣殘壁上彈跳數次，又滾動了十公尺以上，才在地上躺成一個大字形。

春雪收起翅膀著地，先瞥向必殺技計量表，看清楚這一下「拳擊」消耗了半條計量表之後，才低頭俯視著單膝跪在一旁的火紅虛擬角色。

仁子按住先前被Disaster揪住的喉嚨微微咳了幾聲，接著抬起頭來，以宿有烈焰的雙眼瞪向春雪：

「你……你這小子……為什麼……」

「我來救妳啦。」

一股從丹田上衝的熱流，讓春雪改以不同於往常的粗野語氣說話。

「因為我們……是自己人。」

仁子一瞬間倒吸一口氣，全身僵住不動，之後才擠出了沙啞的嗓音：

「你這小子……也不想想自己不過是個小兵……還給我耍帥……」

「我才要說妳，也不想想自己是個王，妳要龜縮到什麼時候啦。」

春雪用腳尖挑起掉在右腳附近的火紅色手槍，在空中抓住槍管。

將槍柄遞向仁子的同時接著說：

「……救得了他，救得了Cherry Rook的人就只有妳一個啊，仁子。BRAIN BURST對他來說已經只會是詛咒，妳該讓他解脫了。」

渾圓的鏡頭眼下，紅色的光芒狀似猶豫地晃動。

然而一秒鐘過後，伸出的右手卻強而有力地握住了槍柄。

「嗯……我知道，我當然知道。」

紅之王喃喃回答後猛地站起，就像要揮開一切雜念似的，以左腳高聲踩穩地面，將視線轉向正面。

被打飛的Chrome Disaster這時正準備爬起上身。他以右手遮住挨了春雪一拳的臉，喉嚨忙碌地發出聲響。

看樣子他已經沒有力氣起身了。先前一直試圖修復全身損傷的紅黑色光芒已經幾乎全部消失，取而代之的是從傷處接連滴落的暗色粒子，看上去簡直像是他的血液。

「Cherry。」

仁子踏上一步，以平靜的嗓音呼喊。

「夠了，讓這一切結束吧。這種玩起來只會覺得難受，只會覺得痛苦的遊戲，再玩下去也沒有意義。」

從遮住頭盔的手指縫隙，可以看到Chrome Disaster的紅色眼睛連連閃爍光芒眨動。

他搖搖晃晃舉起先前撐在地上的左手，手掌轉向天空，看上去就像在表示投降的意思。

春雪這時心想不知道是不是他恢復理智了。

——然而。

沒有任何準備動作，沉重的黑銀色虛擬角色忽然間就以猛烈的速度朝斜上方飛起。

「什麼……！」

春雪驚呼出聲，視線所向之處，看見Chrome Disaster牢牢攀上了一棟幾乎完全倒塌的五層樓建築物上方穿出的鋼筋。接著繞了半圈轉向後方，再度像是被天空吸去似的高高躍起。

春雪凝視著對方轉眼之間就變得極小的身影，脫口而出地問道：

「這……這是『飛行能力』？」

「不對，是『超長距離跳躍』！」

仁子以迫切的嗓音回答了他的疑問。

「……他是想從陽光城的登出點登出。要是這次被他跑了……就沒有下次機會了……」

穿著那套鎧甲的Cherry Rook，多半已經猜到身為軍團長，同時也是他「下輩」的仁子，有透過某種手段在追蹤自己的行蹤。等他登出之後，肯定會想辦法擺脫仁子的追蹤，如此一來，這種「在無限制中立空間埋伏」的作戰就再也不會管用了。

春雪猛力咬緊牙關，從正面凝視著紅之王說了：

「仁子，這次妳應該下得了手，忍心扣下扳機對他使出『處決攻擊』吧？」

「……你很煩，我當然會開槍，這樣才是為他好。」

「那……」

由Silver Crow追蹤並捕獲Chrome Disaster，這個原訂計畫之中的表現機會終於來臨了。剩下的工作就是儘管放手去飛。春雪在心中這麼告訴自己，同時明白地宣告：

「……在仁子妳追上以前，Chrome Disaster就由我來攔住。」

仁子一時間說不出話來，之後才頻頻搖頭。

「你……你一個人辦不到的！就算他已經受傷，身手卻還那麼矯捷。一旦被他逮到，反而是你會被他給吃了！」

「……」

春雪朝著一直躺在坑洞南方邊緣的漆黑身影瞥了一眼。

緊接著拉回視線，強而有力地說道：

「到時候了不起就是讓他給吃了嘛！」

說著沙的一聲踩響腳下的建材碎片，轉過身去——

張開翅膀，筆直起飛。

飛出半毀的高樓群，大幅拉高高度後，帶有朦朧光澤的虛擬角色立刻進入視野。他人已經遠在東北方三百公尺外，不斷以極長距離的跳躍，從大樓屋頂跳往另一棟大樓屋頂而遠去。

春雪往眼底一瞥，看到火紅色的虛擬角色也開始朝東北方奔跑，接著深深吸一口氣，就在一陣轟然巨響中開始飛行。

他雙手筆直朝前伸出，撕開虛擬的空氣往前衝，轉眼之間就飛越綠色大道，沿著與這條路交叉的首都高速公路五號線繼續加速。

在他去路上聳立的陽光城已經近在眼前，而建築物的外觀當然不像現實世界中就只是棟灰色的高樓。整棟建築物以泛藍色的銳利鋼材構成桁架結構，貫穿烏雲高高聳立，樣貌彷彿魔王居住的巨塔。腳下的購物中心也變成荒涼的庭園，鋪有龜裂地磚的空間裡，到處都有全黑的樹木長著歪歪曲曲的樹枝。

在一條貫穿庭園，從道路通往高塔的大型階梯盡頭，可以看到一處充滿朦朧泛藍光芒的入口。看來那裡應該就是「登出點」。一旦被Chrome Disaster跑進那裡頭，就再也沒有機會在這無限制中立空間逮到他了。

而Chrome Disaster正一路流著漆黑的血液顆粒，沿著大道上的大樓屋頂呈鋸齒狀路線跳躍前進。他的速度快得不像是尋常跳躍，但比起Silver Crow的飛行終究還是慢了一些。

——追上了！

春雪屏氣凝神，算準俯衝的時機。首先得把鎧甲擊落到地面，阻止他移動才行。

春雪維持足夠的高度，一路飛到對方死角所在的正上方，看準鎧甲在一棟大樓屋頂上著地，剛朝下個目的地起跳的那一瞬間，展開了全速俯衝。

他伸出右腳腳尖，化為銳利的尖錐往下撒落。或許是注意到了破風聲，鎧甲的頭盔一轉，朝上看了一眼。然而正處於跳躍軌道上的其間，應該不可能做出閃避。散發著強烈光芒的腳尖，眼看就要穿刺在滿身瘡痍的鎧甲背上——

「什……麼？」

就在千鈞一髮之際，發生了不可能發生的事情。

跳到一半的Chrome Disaster沒有任何預兆，就將跳躍軌道向右扭轉過去。

春雪的這一踢只發出了嗤一聲輕輕的摩擦聲，沒有踢中目標，眼看就要順勢鑽進正下方的大樓裡，但春雪以雙翅全力減速，總算勉強成功煞住了俯衝。

春雪以雙腳撞出轟隆巨響著地，在驚愕之中朝著往右飛去的Chrome Disaster看了一眼。

剛剛那是怎麼回事？不管可以跳得多快多遠，只要那是跳躍，就不可能在空中變更軌道。如果有辦法變更軌道，那麼也只能視為對方跟春雪一樣可以「飛行」了。

春雪趕忙再度起飛，往Chrome Disaster身後追去。離陽光城的佔地範圍，已經只剩兩、三次跳躍就能抵達的距離了。

儘管不知道原理，但既然對方有辦法在空中變更軌道，直線俯衝的踢擊多半無法命中。如此一來，唯一剩下的方法就是冒著反被他抓住的危險，緊貼在後展開攻擊。

「……喔喔！」

春雪短而有力地呼喝一聲，一口氣加快了速度，逼近到幾乎快貼上黑銀鎧甲的背後。結果鎧甲又猛然往左彎去，春雪也強行轉向硬跟上去。壓迫全身的離心力，讓虛擬體發出擠壓金屬的聲響。

春雪咬緊牙關，握緊拳頭揮向鎧甲的背後。就在這時，Chrome Disaster又做出了令人難以置信的舉動。

這次他竟然朝著正下方下墜，行進軌道幾乎呈直角。春雪這一拳揮空，整個人也追過了頭，為了趕上敵人剛著地的空檔攻擊，自己也往左扭轉軌道轉為俯衝。

就算再怎麼靈活，雙腳剛踏上大樓屋頂的那一瞬間，總會為了進行下一次跳躍而不得不停住。春雪拚命轉動因為太過勉強的機動而幾乎引發黑視現象的視野，跟上Chrome Disaster的身影，同時算準攻擊時機。

鎧甲縮起身體，猛然抬起臉孔，伸出了右手。

這時春雪第三度看到了令人驚愕的光景。

理應有著巨大質量的重金屬虛擬角色竟然在空中緊急減速。他以彷彿重力上下反轉似的動作一瞬間在虛空中靜止不動，接著又往正上方飛起。春雪的攻擊再次落空，右腳只平白撕開空氣，接著翻轉身體──

他睜大的雙眼終於辨認出了那個物體。

以極陡角度不斷上升的Chrome Disaster，與他去路上一棟稍高的大樓之間，一條極細的紅線一瞬間閃出了光芒。

那不是光束，而是從大樓縫隙間射進的夕陽最後一絲餘光反射出來的光澤。

那是一條細索。

春雪腦海中接連閃現出Chrome Disaster在先前的激戰中展現出的奇妙捕捉招式。無論是黃色軍團的遠攻型虛擬角色、黑雪公主踢起的岩石，都被鎧甲張開的手掌二話不說地吸了過去──那個招式跟Chrome Disaster的長距離跳躍以及空中機動，原理都完全相同。方法就是從雙掌射出前端裝著鉤爪的極細鋼索，打進目標物後拉到自己手掌上，再不然就是打進固定不動的物體，將自己拉扯過去。

以超高速捲動細索上升的Chrome Disaster，從大樓的邊緣離開了春雪的視線。

春雪跟著再度上升，同時拚命思考。

說穿了要妨礙那種跳躍，只要砍斷在空中拉撐的細索就行。

然而靠手刀或踢擊能打得斷嗎？這種細索不但撐得住極有份量的虛擬角色身軀，而且就連處於自由落體加速的狀態下，都能輕而易舉地撐住鎧甲的重量。看樣子不管是鉤爪的抓力，或是細索的荷重能力，都應該視為絕對充足。用拳腳去攻擊，甚至可能會反而害得自己受傷。

一邊拚命轉動思緒一邊急速上升的春雪，視線捕捉到了在一處呈曲面狀的大樓屋頂上著地的Chrome Disaster。

馬路對面就是陽光城了，他再跳一次就會抵達高塔。怎麼辦？要怎麼阻止他？

Chrome Disaster朝著高塔那藍黑色的壁面伸出了右手。

銳利的五指張成鉤爪狀，掌心閃爍出發射細索的光芒。

「——對喔！」

瞬間來臨的神啟讓春雪大喊出聲。這個計畫可說是自暴自棄，但除此之外也別無他法了。

春雪將所有能量都灌注在構成翅膀的白銀金屬翼片上，筆直朝著陽光城衝去。小小的虛擬體裹在一層光的粒子當中，就像彗星似的在空中拖出一條尾巴。轉眼之間就追過Chrome Disaster，飛越道路，繼續往前飛翔。

還不夠——再快，再「加速」！

隨著速度增加，世界的色彩也開始轉變。除了自己以外的一切，速度都開始相對減緩。化為一道耀眼雷射光束衝刺的春雪，視線所向之處實實在在地辨認出了目標。他要找的是從Chrome Disaster右手射往高塔外牆的細索，其前端那極細小的鉤爪。

「唔……喔……喔！」

春雪在咆哮聲中做出了最後一次加速，以較淺的角度俯衝下去，讓飛翔軌道跟細索的方向交錯。

鏗地一聲輕響沿著身體傳入耳中，感覺有個東西陷進了背部正中央。

緊接著，莫大的負重量就要將春雪往回拉。春雪努力抗拒，絞盡每一分加速力繼續衝刺。

忽然間重量大幅減少。原來是位於細索後端的Chrome Disaster整個人浮上了空中。不用轉頭去看，春雪腦海中也能鮮明地浮現出這件鎧甲被自己拖著，以同樣速度在空中飛翔的模樣。

Chrome Disaster是透過調整細索捲回力度的方式，來避免著地之際猛力撞上自己鉤住的物體。然而只要像這樣拉撐整條細索，他應該就沒有方法自行減速了。

直衝天際的巨塔外牆已經直逼到眼前。春雪瞪視著這由無數粗鋼材組合而成的牆面，強忍心中的恐懼計算時機。要是太早轉向，就會留給Chrome Disaster時間緩衝著地，太晚又會讓自己也跟著猛力撞上巨塔。

就、是——

「現在！」

春雪大喊一聲，以急得不能再急的角度往正上方急轉，全身關節都痛得像是要散了似的。一根鋼材銳利的尖端往外突出，在他胸部到腹部之間挖出了一條淺淺的痕跡。春雪拖著橘色的火花，沿著陽光城的牆壁爬升，同時放慢了加速。

緊接著。

一陣幾乎撼動整個池袋地區的衝擊聲響，Chrome Disaster壯碩的身軀重重撞在巨塔的牆上。巨塔本身猛烈震動，折斷的建材與玻璃碎片以爆炸般的勢頭往外飛散。這一撞所產生的動能餘波化為泛青色的火花，在空中四處亂竄。

從春雪背後延伸出去的細索，被這個在巨塔地面十樓左右高處開出的巨大洞口吸了過去。

這時傳來一陣低沉的轟隆巨響，洞口噴出大量的水，讓春雪看呆了。凝神一看，就發現水中有著大大小小各種奇怪的水生生物。夕陽的餘光照得這些生物的鱗片發出紅光在空中飛舞，掉在一樓的庭院中掙扎彈跳。

這時春雪才恍然大悟地想到現實世界裡，陽光城的那個位置上應該有一處水族館。看來這

個水族館在加速世界中也有重現出來，而Chrome Disaster的這一撞就破壞了其中的水槽。

巨大的魚類與兩生類全部流出來後，最後一個狀似大團金屬塊狀物的物體被水從大洞中推出，無力地掛在一根彎曲的鋼材上。

是Chrome Disaster，他已經被破壞得幾乎不成原形。

左手被扯得只剩半截手臂，右腳也被壓扁，看上去簡直像是鐵屑。裝甲嚴重碎裂凹陷，絲毫沒有往常的光澤。

量大得駭人的黑色液體從無數的損傷處流出，還沒滴到地面上就溶解在空氣中消失無蹤。看到他這種模樣，幾乎讓人覺得，他沒有整個人瞬間從空間中消失才是不可思議。

春雪用力眨了眨眼，告訴自己現在不是任由情感擺佈的時候，準備利用還連在自己身上的細索，將Chrome Disaster的身體放到地面上去。相信仁子也應該很快就會追到這裡了。

春雪微微上升，拉撐的細索釣起了鎧甲的右手。

——就在這時。

「嚕嗚……喔喔喔喔喔喔喔！」

忽然間迸出一聲音量極大的咆哮。

Chrome Disaster猛一抬頭，頭套型的頭盔中出現無數又長又粗的黑暗利牙，用力張大了口。

右手呈鉤爪狀往空中一抓——以不容抗拒的力道將春雪的身體拉了過去。

春雪猛然往下被拉了幾公尺後，卯足全力振動翅膀，抵抗這魔鬼般的拉力。拉撐的細索發出唧唧聲，飢渴的利牙就在面前開開閉閉。

「唔……喔……！」

春雪悶哼一聲，拚命抗拒。Chrome Disaster的「捕食」擁有修復損傷的效果，要是在這裡被他吃了而導致對方傷勢痊癒，他大概會再次去攻擊仁子跟黑雪公主。

春雪將視線從駭人的大嘴上移開，垂直望向上空。

夜幕已經迫近的無限制中立空間裡，天空幾乎完全被漆黑的烏雲蓋住，但縫隙間仍然可以看到少許的星星。

春雪就朝著其中特別亮的一顆紅色星星盡力伸直右手，用力握緊拳頭，跟著放聲大吼：

「唔……喔……喔——！」

空氣發出呼嘯聲，銀翼的推力壓過了鋼絲的拉力。春雪以彈射般的勢頭垂直加速，用猛烈的速度拖著鎧甲，擦過陽光城的外牆往上衝。衝擊波震得牆面像波浪似的鼓動，波浪所過之處，玻璃皆粉碎四散。

短短幾秒鐘就衝上高塔頂端的春雪，踢向一根從塔頂水平往外延伸的尖刺，靠這一腳的反作用力改變了身體的方向。

春雪正面朝向被細索牽著往上飛來的Chrome Disaster。

「喝……啊！」

大喊一聲的同時，右腳踢上了鎧甲的喉頭。一聲金屬碰撞的悶響響起，頭盔下半部整個被踢掉，暗色的牙齒也被踢得不成原形。

接著就直接維持這樣的姿勢，開始全速俯衝。白銀與黑銀的兩個虛擬角色合為一體，彷如流星一般射向地面。

——緊接著。

啵的一聲輕響，Chrome Disaster頭盔內部的黑暗完全四散消失。

從底下出現的，是一張帶著明亮粉紅色色彩，造型單純的面具。

呈橫長橢圓形的眼睛勉強眨動，嘴邊流出了小小的說話聲音。是個還帶著幾分稚氣的男孩嗓音。

「……我……想要……變強。就只是這樣……」

春雪繼續俯衝的同時，聽得瞪大了眼睛。桃紅色的虛擬角色以想要看透人心似的視線與他四目交會，喃喃說了下去：

「你……應該會懂吧？你應該也……想要……力量，不是嗎……？」

一聽到這句話——

春雪感覺到一股帶有猛烈熱氣的情緒，從自己體內深處直往上衝。

那是一股憤怒，一股壓倒性的激憤。

「你是說……你想變強？」

春雪繼續將雙翼的所有推力往穿刺在鎧甲喉頭上的右腳集中，說了這麼一句話。接著語氣隨即轉變為火山爆發似的叫喊：

「所以你的所作所為都可以被原諒嗎！就因為你想變強，所以穿上這件鎧甲，攻擊許多虛擬角色，連自己的下輩仁子都想吃掉。這些行為都可以就這樣開脫嗎！」

他們已經俯衝過高塔的一半高度，要是再不脫身，連自己也很危險。春雪明知這一點，但就是沒有辦法住口不說下去。

想要變強，這句話春雪這陣子確實已經不知道說了多少次。他總覺得每一個人都比自己優秀，還曾經埋頭進行無謀的訓練。然而今天來到這個戰場，從無數局面中生存下來，春雪總算領悟到自己忘記了一件最重要的事。

強弱絕非相對的概念。

對戰中打贏或打輸，又或是誰高誰低，這種皮相的基準根本沒有價值。

是強是弱全看自己，唯一絕對不變的基準只存在於自己心中。

「不是只有你！」

春雪擠出所有音量大喊：

「像仁子……像學姊……像阿拓還有其他超頻連線者……就連小百，還有學校裡那些同學、老師，每個人都一樣！每個人都想變強，都想活得堅強……希望能夠靠自己的力量對抗所有令人傷心難過的事情，沒有一個人不希望這樣！」

鎧甲承受不住下墜的速度，不停有碎片剝落，隨即化為光點消失無蹤。就連從無數傷口中散出的黑暗，也在碰到空氣牆的瞬間放出熱量，燃燒殆盡。

頭盔下的虛擬角色再也沒有說話。

春雪絲毫不減速，也完全不設法脫身，與鎧甲合而為一，往下衝去。

交纏在一起的兩個虛擬角色以駭人的速度，墜落在從高塔大廳延伸出來的大階梯上接近正中央處，最後引發了一次巨大的爆炸。

8

儘管被衝上天際的火柱吞噬，又被衝擊波帶得翻來覆去，但春雪的ＨＰ仍能勉強剩下兩成左右，全是因為他幾乎沒有受到衝撞本身所造成的損傷。

他們墜落在陽光城的大階梯上，撞出一個巨大坑洞，讓Chrome Disaster的鎧甲——也就是強化外裝的部分，在這一瞬間終於完全遭到破壞。裝甲化為成千上萬的金屬片四散，高密度的黑暗粒子從中往正上方噴起，而這道上衝的洪流成了緩衝，將春雪的虛擬體推回了上空。也不知道是不是被碎片碰到，春雪有感覺到背上的細索應聲斷開。

在被緊接著發生的大爆炸爆風吹得東倒西歪之餘，春雪仍然拚命縮起身體，忍耐著不斷消減ＨＰ計量表的傷害。好不容易逃出超高熱的範圍，微微冒煙的身體搖搖晃晃地下降落地之後，他已經連站都站不穩，膝蓋跪在地板上。

抬起頭來一看，就看到混著橙色與黑色的火柱總算在大氣中逐漸擴散消退。有如雨點般灑下的火星彈到灰色的地磚與枯朽的樹木，照得附近一片火紅。

大階梯中間已經撞出了一個極深的碗狀凹陷。

在凹洞的正中央，可以看到一個半身陷進地面並且躺在地上的小型虛擬角色。

櫻桃紅的裝甲已經完全燒焦，左手跟右手都已經斷裂。帶點逗趣的橢圓形鏡頭眼上，有著極為微弱的光芒不規則地時亮時暗。

他的模樣實在太無力、太悽慘，叫人難以相信他曾經身穿兇惡的鎧甲，多次進行殘忍的殺戮行為。

春雪縮著身體動彈不得，一陣小小的腳步聲從身後接近。接著左肩被人輕輕拍了一下：

「……幹得漂亮，Silver Crow。接下來……就交給我吧。」

紅之王輕輕往前踏了一步走下坑洞，春雪默默看著她的背影。

他本想起身跟去，但立刻打消了念頭。他總覺得他們兩人之間最後一次談話，絕對不容任何人偷聽。

兩個同樣屬於紅色系，體格也幾乎沒有什麼兩樣的對戰虛擬角色，一個躺在地上，另一個則站著不動，看似交談了一會兒。沒過多久，火紅的少女型虛擬角色跪在淡桃紅色的少年型虛擬角色身旁，以斷掉的左手扶起他殘破不堪的身軀，緊緊抱在懷裡。

右手的手槍輕輕舉了起來。

槍口抵住少年的胸口。

「處決攻擊」名稱響亮，但聲音跟光芒都十分微弱。然而就在這虛擬的槍彈貫穿虛擬角色的瞬間，卻發生了春雪從來沒有看過的現象。

少年的虛擬角色分解成無數的絲帶狀，而這每一條絲帶都是一串發光的微小程式碼。構成對戰虛擬角色「Cherry Rook」的所有資訊都逐漸瓦解分離，融入加速世界的空中。

大約十秒過後，仁子的懷裡已經什麼都不剩。

火紅的虛擬角色無力地癱坐在地，抬頭看著已經幾乎完全被夜幕蓋住的天空。

春雪搖搖晃晃地站起，拖著傷勢稍重的右腳，開始走向爆心所在的坑洞底端。他花了幾秒鐘才走到仁子右後方停步，但五味雜陳的情緒堵在胸口，讓他什麼話也說不出口。

過了一會兒，仁子有一句沒一句地說了：

「……我跟Cherry都是孤兒。」

「……？」

春雪一時間聽不懂這句話的意思。嗯了一聲表示疑問之後，她的話靜靜地接了下去：

「當然這不是指不知道是誰把BRAIN BURST程式複製給我們，而是沒有見過現實世界裡的……真正的雙親。之前我不是說過我念的學校是採全校住宿制嗎？正確說來應該叫做『棄養兒童綜合保護培育學校』。」

對於癱坐在地上的仁子以平淡的語氣說出來的話，春雪只能默默傾聽。

無條件接收新生兒的制度在醫院等機關開始採用，是在這個世紀初葉。為了因應少子高齡化現象越演越烈的情勢，這個制度作為具體對策之一環，從二〇三〇年左右開始立法施行，還在各地設立兼作孤兒院之用的學校。記得紅色軍團所支配的練馬地區，也有一間這樣的學校。

「我……個性這麼古怪，在學校也沒辦法跟其他人打成一片……所以平常都只能一個人玩著VR遊戲。可是，三年前……突然有個大我兩歲的男生來跟我說話，說他有更好玩的遊戲，問我想不想玩。」

仁子輕輕地哈哈笑了兩聲，接著說下去：

「我也真佩服我自己，聽到這種邀法，竟然還真的讓他跟我直連了。可是啊……他當時滿臉通紅，認真得幾乎讓人想笑。這一點到我當上超頻連線者以後也沒有改變。他有夠認真地教了我好多東西，有時候遇到危險，他還用自己的身體保護我。可是……沒過多久，我的等級開始追上他……甚至追過了他……不知不覺間我竟然升上了9級。從被拱去當軍團長以後，我也拚命想要扮演好這個角色……根本就沒想過他會怎麼想，沒想過他會有什麼煩惱。甚至在現實世界……在學校裡見面時，我都沒有注意到他的神色有問題……」

仁子的右手在地面用力一抓，低垂著頭，雙肩顫抖，這個年幼的王好不容易才擠出細微的聲音：

「……他希望能一直當我的『上輩』，也希望我一直站在他『下輩』的立場，所以才想要力量，而輸給了『災禍之鎧』的誘惑。哪怕……哪怕只有一句話也好，要是我有好好告訴他……等級根本就不重要，你永遠是我唯一的『上輩』……這點……永遠……都不會變……嗚……」

說著仁子蜷曲背部，縮起身體，發出嗚咽——

春雪半晌找不到該對她說些什麼。

春雪跟黑雪公主是靠著同樣的事物聯繫在一起，所以他自認能夠體會超頻連線者的「上下輩」關係有多少份量。然而對於仁子跟Cherry Rook這兩個根本不知道現實世界中雙親是誰的孤兒來說，這種關係不折不扣就是他們唯一穩固可靠的情誼，但現在仁子卻親手斬斷了這段情誼。她別無選擇。

春雪拚命吞下湧上的情緒，跪到地上，輕輕將手放上仁子的肩膀。

「仁子，BRAIN BURST……確實不是個尋常的遊戲。可是……在我們的現實生活裡，終究不是只有它。」

百般思量之後說出這幾句話，就聽到悲痛的嗚咽聲稍稍平息。

「我也一樣，一直都很害怕自己的無力，害怕她會放棄我。可是……我認識現實中的她，不管是她的長相、名字、嗓音，我全都很熟悉。不管發生什麼事，這些情誼都不會消失。那些全都已經刻在我內心深處，不只是單純的數據資料而已。所以……所以妳也一樣，只要在現實世界裡重新跟他交朋友就好。這應該沒有什麼不可能的……畢竟就連在加速世界裡屬於不同軍團的妳跟我，在現實世界裡也都成了朋友啊。」

低聲啜泣的聲音還持續了一會兒，但不久就像溶入了吹過夜色的微風中似的消失無蹤。

仁子最後背部猛然一顫，以右手擦去了虛擬體流出的眼淚，順勢撥開了春雪放到她肩膀上的手。

「朋友……就憑你？」

她的嗓音還很沙啞，也還在顫抖，但總算找回了一點不屑的音色。年幼的王猛然站起，低頭以紅色的鏡頭眼看著春雪撂話：

「你還早了一百年啦！我先跟你說清楚，憑你頂多只能算是勉強當上了我的手下而已！不要得寸進尺了！」

「咦……咦咦！」

正當春雪想接著說哪有這樣的，背後一道冰冷的嗓音卻打斷了他的話：

「喂，你說誰是誰的手下？」

春雪嚇了一跳，回過頭去一看，一個滿身瘡痍，但仍然穩穩站立的漆黑虛擬角色——Black Lotus的身影立刻映入眼簾。

接著他還看到了一個扶著她左手的水藍色虛擬角色——Cyan Pile。

「學……學姊！阿拓！」

春雪大聲呼喚，跳起來跑向他們兩人。

「學、學姊，妳還好嗎……還有拓武，為什麼……」

話說到一半他才總算想起，就在即將與黃色軍團開戰之際，拓武自己就曾經說過，在這個無限制中立空間裡陣亡的超頻連線者，得接受待命一小時的罰則，之後就會在原地復活——也就是說，不知不覺間已經過了這麼久了。

「阿拓……你喔，竟然那麼亂來……」

春雪這句牢騷一出口，拓武也舉起一隻手回嘴：

「還說我呢，小春你自己的模樣才狼狽吧。竟然一個人去追Chrome Disaster，有勇無謀也不是這樣。」

「我的有勇無謀是師父教的。」

至於他的師父，則離開Cyan Pile的攙扶，以單腳嗡的一聲開始漂浮移動，擋在了仁子面前。

黑雪公主輕巧地揮動右手劍刃，發出了帶著點高壓態度的嗓音：

「好了，Scarlet Rain，妳好像該對我說點什麼吧？」

「……」

紅之王右拳顫抖了好一會兒，才撇開臉去說：

「ㄉ勢。」

「喂，就這樣？受不了，所以我才討厭小鬼……」

「妳、妳還說呢，我辛辛苦苦在打的時候，妳根本就躺在地上什麼也沒做！」

「……妳說什麼？」

「怎樣，想打架是不是？」

看到兩個王臉碰著臉，散出紅色與青紫色的火花，春雪跟拓武只好拚命安撫，拉開她們。

忽然間——

一陣強風沿著陽光城的巨塔吹下，春雪忍不住閉上了眼睛。他聽見仁子「哦」了一聲，接著黑雪公主也說：

「春雪，你睜開眼睛。看，是『變遷』。」

「變……變遷？」

當春雪抬起頭來反問，他看見了一幅光景。

一幅世界的樣貌急速改變的驚人光景。

一眼望去盡是藍紫色鋼鐵與荒涼地面的魔都，被一陣來自東方，有如曙光一般的光芒薄紗掩蓋過去。

當這層光幕撫過，原本冰冷鋼材外露的街景，立刻轉變為成排樹幹非常粗大的大樹。樹上有著利用樹洞做成的出入口，還繞著樹幹設有階梯，較粗的樹枝與樹枝之間還有吊橋聯繫，簡直就像奇幻電影裡出現的妖精國度。

層層繁衍的樹葉，裹在夜幕下淡青色的燐光中，照亮了森林底部。一陣彩虹色的曙光鋪天蓋地似的，淹向看得目瞪口呆的春雪眼前，發出轟隆聲籠罩住一切，繼續往他背後逐漸遠去。

「啊……陽、陽光城變了……」

看到前一瞬間魔王居住的巨塔所在的地方，換成了一棵直衝天際的巨大神木，春雪不由得倒吸一口氣。

長著金綠色青苔的樹幹上帶有粗糙的節紋，但仍然垂直向上生長，讓樹梢融入遠在上空的雲層當中。樹幹上四處都有小型森林似的露台往外突出，無數藍色光點往地面灑落。展現出來的威嚴簡直像是一棵世界樹。

然而，場地為什麼會有這樣的改變呢？

疑問的視線剛轉過去，黑雪公主就在身受重傷的虛擬角色臉上浮現出微笑的神色答道：

「你還記得嗎？剛潛行到這個空間裡的時候，我不是說過這裡的屬性是『混沌』嗎？」

「咦……對喔，聽學姊這麼一說……」

「也就是說，這個世界的屬性是每過一定時間就會產生變遷。不過不管怎麼變遷，幾乎都是荒涼頹廢的風景，你運氣可好得很啊。這個世界很少會展現出這麼美麗的模樣。」

「是啊……真的是這樣。」

春雪深深吸了一口連氣味都變得甘甜的空氣，連連點頭。

儘管連續經歷了多場艱苦的戰鬥，但現在他終於首次很慶幸有來到這個地方。

——我的能力還不夠在這裡作戰。可是，將來有一天我一定要變強，強得可以在這個世界的空中自由遨翔。雖然今後我八成還會難看地輸上很多次……可是總有一天，我一定要做到。

「……我是很想叫你再抱著我飛一次，不過『變遷』一發生，公敵全都會重生，現在到處亂晃實在太危險，我們還是乖乖回去吧。」

聽到仁子這麼說，黑雪公主也點了點頭：

「就這麼辦吧……啊，等等，差點忘了最重要的事。」

她環視眾人，以多了幾分嚴肅的聲音說下去：

「……所有人打開能力畫面，檢查物品儲存欄位。如果在裡面有找到『災禍之鎧』……絕對要消除掉，以免同樣的事再發生。」

春雪吃了一驚，睜大了雙眼。

沒錯，這一點確實非弄個清楚不可。

兩年半之前，上一代Chrome Disaster被純色七王聯手討伐之後，諸王應該也做過完全一樣的事情，而所有人也都宣告鎧甲的所有權沒有轉移到他們手上。

但那卻是謊言。儘管沒有證據，但鎧甲確實落入了黃之王Yellow Radio的儲存區裡。黃之王隱瞞不報，到了最近才跟紅色軍團旗下的Cherry Rook接觸，將鎧甲送給他。為的是透過鎧甲的魔性引他打破互不侵犯條約，逼仁子拿自己的首級抵罪。

黑雪公主說得沒錯，千萬不可以讓同樣的悲劇再度發生。春雪伸出右手，點選自己的ＨＰ計量表，從打開的能力畫面轉移到物品儲存畫面。

視窗裡——空空如也。不管他怎麼盯著畫面猛瞧，裡頭仍然連一行文字都不存在。

「……沒東西。」

春雪抬起頭來這麼回答之後，仁子跟著說道：「我也是。」拓武也搖頭說：「我也一樣。」最後黑雪公主喃喃說出：「我也沒有。」四人一瞬間陷入沉默。

成了第五代Chrome Disaster的Cherry Rook，確實在仁子的「處決攻擊」下，強制反安裝了BRAIN BURST程式。據說當持有者喪失所有點數，強化外裝就有一定機率轉移到打倒持有者的人手上。既然如此，看樣子這次鎧甲終於沒有轉移，就此完全消滅了——嗎？

既然看不到別人的能力畫面，在場眾人之中，確實可能有人像黃之王一樣隱匿鎧甲不說，然而……

「鎧甲消失了，這次真的消失了。」

春雪以肯定的語氣這麼宣告。

對此仁子也表示贊同：

「沒錯。我們又不是Yellow那傢伙，跟他……我怎麼想都不覺得有人會笨到跟Chrome

Disaster打過，還想把那玩意據為己有。『災禍之鎧』已經消失了，被我們完全破壞了。」

「嗯……那場爆炸我從南池袋都看得見，那應該就是鎧甲消滅的證據吧？」

拓武也點點頭，最後黑雪公主也以肯定的語氣宣告：

「好，跟黃之王的帳是得留到下次再算，不過呢——任務總算圓滿達成了。好了，我們就回去舉杯慶祝吧。」

「哦，那我們來開香檳吧，香檳。」

「笨蛋，小孩子給我乖乖喝果汁。」

兩個王又開始爭論，同時邁出腳步。拓武跟春雪也苦笑著從後追去。

世界樹的底部開了一個很大的樹洞，裡頭亮著一處當它還是鋼鐵高塔的時候就看得見的藍光。眾人朝著這閃閃發光的「登出點」走去，但走在最後頭的春雪——

忽然間卻覺得聽見了一個不成聲的說話聲。

「……咦？」

他不由得轉頭一看，但當然什麼人都沒看到。

「小春，你怎麼了？」

聽到拓武的聲音，他趕忙轉回頭去，搖了搖頭。

「沒什麼，什麼事都沒有！唉唉，總覺得比一般的『對戰』還累十倍啊。肚子好餓……我不行了……」

「喂喂，我話先說在前面，在現實世界裡，我們可是幾秒鐘前才吃過蛋糕啊。」

「噁，我都忘了……」

春雪一邊跟好友開著玩笑，一邊鑽過了粗樹根圍繞的入口。

世界樹底部之內是個廣大的半球狀空間，中央有一個將現實世界中池袋地區的光景封在裡頭，看起來就像海市蜃樓一般的青色出入口。

跟在三個同伴身後前進幾步，春雪又回頭看了最後一次。

……應該是錯覺吧。

在心中自言自語地說完，馬上又轉身向前。

但就在他跳進緩緩旋轉的出入口那一瞬間，奇妙的說話聲再次從腦袋後側響起。那個聲音聽起來像是這麼說的……

——我要吃。

9

春雪拚命瞪視著劃有八條右旋螺旋膛線的鋼鐵孔洞。

星期六，下午四時。

為了保護黑色軍團「黑暗星雲」支配下的杉並第三戰區而進行的正式領土戰爭，正進行得如火如荼。

跑來挑戰的是一組三人團隊，由藍、紅、紫三系組成，陣容十分均衡。他們是這陣子經常跑來進攻的熟面孔，這也就是說，春雪已經在他們手上輸了很多次。

而其中他最不會應付的，就是披著暗紅色披風，佩著一挺巨大反裝甲步槍的狙擊型虛擬角色。這個對手專門躲在遠離前線的大樓屋頂，以準得嚇人的槍法射出擁有莫大威力的子彈。

黑暗星雲的三人之中，黑雪公主跟拓武都是徹頭徹尾的近戰型，所以敵方的狙擊型必然要由屬於高機動型的春雪去應付。只是話說回來，春雪並不具備遠距離攻擊力，也就得先找出狙擊手的位置，再以飛行方式逼近過去攻擊。

然而在過去的領土戰爭中，春雪都無法在接近過程中躲過敵方的狙擊，已經不知道難看地被打下多少次。而他的敗績都得靠黑雪公主高超的戰鬥力彌補，導致每逢週末，春雪都會陷入強烈的自我嫌惡之中。

而現在也是一樣，黑色的槍口從一公里外的大樓屋頂，分毫不偏地跟著全力飛行的春雪。

如果一直線飛過去，等於是方便敵人射擊，所以為了逃過敵人的狙擊鏡瞄準範圍，春雪儘可能反覆進行不規則的機動，不時還躲到地面上的掩蔽物後方。然而也不知道對方到底用了什麼技術，大口徑的步槍分秒不慢，始終將春雪捕捉在槍身的延長線上。

——什麼時候會開槍？現在？還是下一波？

視野高速掃過的街景中，四處都可以看到觀眾的身影。春雪剛出道時，確實因為擁有獨一無二的「飛行技能」而大為活躍，但近來對付他的方法已經被研究得越來越透徹，如今反而比較常讓人看到丟臉的墜落場面。對此觀眾覺得失望——也就罷了，一想到最近觀眾恐怕已經不只是失望，而是開始嘲笑，就覺得整個頭從裡到外都熱得發燙。

而且在後方的戰場上，正在應付敵方近戰型的拓武跟黑雪公主，視線應該也投向自己身上，心裡還想著，不知道今天春雪是不是能解決狙擊手，還是說又得去彌補他的部分。

——到底什麼時候才要開槍？要開就快點，讓我可以從這種壓力中解脫。

不知何時，正當春雪要自暴自棄地開始筆直衝刺——

忽然間驚覺過來，瞪大眼睛。

這樣等於是在重蹈上週的覆轍。這一來可不是什麼教訓都沒學到嗎？

人當然不可能一朝一夕就變強，就算做了訓練，也不可能馬上就躲得開子彈。

然而意識改革卻是隨時都可以開始的。

我不是為了讓觀眾看到自己帥氣的模樣而戰，也不是為了得到拓武的肯定，或是得到黑雪公主的稱讚。

是為了自己。我最討厭的就是成天卑躬屈膝、懦弱又遲鈍的自己，而我就是為了讓自己能比昨天更喜歡自己一點而戰。

既然如此——

「不要逃避！」

春雪低聲喝叱自己，雙眼加注了力道。

不要看槍口，敵人不是那把反裝甲步槍。

握著這把槍瞄準，手指放在扳機上的那個虛擬角色才是敵人。虛擬角色是由超頻連線者控制，而這個人腦中會發出攻擊的意志——我要去感覺這種意志！

春雪絞盡所有的精神力，逼自己將視線從槍口上移開，筆直凝視著敵方狙擊手的右眼。

這一瞪視之下，他莫名地感覺到敵人有所動搖。

緊接著，遠方閃出橘色的閃光，發光的槍彈從步槍的槍口射了出來。

還沒看清楚拖著螺旋漩渦逼近的這顆子彈，春雪已經先微微改變右翼的角度，扭轉了身體。鏗一聲呼嘯而過的子彈在右胸上刮出一道淺淺的傷痕，接著就往後方飛去。

一點五秒之後，敵人還沒有重新拉好步槍，並且送下一發子彈上膛，春雪已經一拳打在他的下巴上。

「喂，真虧你躲得過那一槍啊！」

剛回到現實世界，就被人在背上重重拍了一掌，讓春雪嚇得整個人從椅子上跳了起來。回過頭去一看，就看到早一步停止加速（Burst Out）的黑雪公主臉上的笑容。

這裡是位於梅鄉國中學生餐廳隔壁的交誼廳之中，最裡面的一張桌旁。由於已經是週六午後將近傍晚的時間，看不到其他學生，也沒有看到拓武，看來他應該是從屋頂潛行。

「啊，是……這個，是碰巧啦，大概……」

春雪縮著脖子這麼一答，就看到黑雪公主臉上又擺出了那種覺得受不了他的表情。

「不可能會是碰巧，你的時機抓得非常漂亮。一定是找到了什麼可以預判敵人動作的跡象了吧？」

面對坐在桌上，雙手抱胸低頭看著自己的黑雪公主，春雪吞吞吐吐地呃了幾聲才回答：

「說跡象……好像也不是……只是當我不再看他的步槍槍口，改看狙擊鏡的那一瞬間，就覺得他的瞄準有晃動……說來比較像是反射性地躲開……」

含糊地說到這裡，黑雪公主就挑起了一邊眉毛。

「哦？嗯……對喔，原來如此……原來是這麼回事啊。」

「什、什麼事情原來如此……？」

「沒有，我是說那個狙擊手。之前我就一直覺得他的瞄準線始終維持在你身上，未免維持得太穩……看來多半是有種可以稱之為『察覺視線』的能力吧。」

春雪眨了眨眼，反問道：

「察、察覺視線……？」

「唔。也就是說『可以感覺敵人窺視槍口的視線來自動瞄準』。」

「咦？這……這也就是說，之前就是因為我死命地盯著那把槍的防火帽，才會一直被他打下來……？」

「就是這麼回事。」

「哪……哪有這樣的啦……」

看到春雪愕然地垂下下巴，整個人癱坐在椅子上，黑雪公主呵呵笑了幾聲。

「別那麼沮喪。就算有這種機關，能躲開那種速度的子彈，還是得靠你的努力，畢竟這一個月來，你的反應速度明顯一次比一次快啊。你一定有躲起來偷練吧？」

「啊……看、看得出來嗎……」

就在身體縮得更小的春雪眼前，黑雪公主裹在黑色長襪之中的修長美腿輕輕翹成二郎腿，兼具清純與聰明伶俐的美貌微微露出笑容。

「那還用說，我可是你的『上輩』啊。你都是怎麼練的？」

「呃……呃，就是……」

春雪終於認命，開始說明自己設計的訓練室內容。

話才剛說完。

腦袋就被狠狠敲了一記，忍不住發出慘叫。

「咿！」

「你……你、你白痴啊！從這麼近的距離去躲自動發射的手槍子彈！痛覺還調到最大？」

黑雪公主發出烈火般的怒氣，握緊的右拳顫抖了好一會兒——

但看到春雪兩眼含淚，嚇得不敢動彈，於是呼了口長氣，接著突然用雙手摟住春雪的頭。

「哇、哇！學、學姊，妳、妳這是……」

就在春雪即將在那隔著制服感受到的柔軟觸感中窒息之際，頭上傳來了忽然變得極為平靜的說話聲：

「……我不是說過嗎？不管發生什麼事情，都不會損及我跟你之間的關係。相信我，這是命令。」

「……遵、遵命。」

春雪放鬆全身力量，深深點了點頭。黑雪公主放開他的頭，笑嘻嘻地說：

「有件事我之前沒告訴你，其實這次我會接受紅之王的委託，有一部分原因也是希望能讓你知道勝敗不是一切。所以，你不要太勉強自己，慢慢變強就好……這樣我也比較高興。好了，我們差不多該回去了。」

春雪定定地注視著她那起身從桌上拿起書包的黑衣身影，再次用力點了點頭。

接著這句話雖然沒有出聲，但卻在嘴裡一字一句說得清清楚楚。

「我也……一樣。我也是……不管發生什麼事……都絕對不會再傷害妳。」

「嗯？你說了什麼嗎？」

看到黑雪公主擺動一頭長髮回過頭來，春雪趕忙搖了搖頭。

「沒……沒有，我什麼都沒說！」

接著從椅子上站起，快步跟上這個自己的上輩、王、學姊，同時也是心上人的她。

一打開自家公寓的門，一陣還留著淡淡甜香的空氣就籠罩住了春雪。

鴉雀無聲的昏暗走廊，本來應該是他早已極為熟悉的光景，現在卻讓他覺得有些落寞。兩個王在這裡只住了兩個晚上，但看來自己大概沒有這麼快忘記那次體驗。

「……我回來了。」

春雪喃喃說著這句話脫掉鞋子，打開了通往無人客廳的門。

母親應該在今天上午就已經結束海外出差回國，然而看來她只是回來放行李，馬上又去公司上班。體力好得令人難以置信。

春雪脫掉制服外套，跟領帶一起掛在椅子上，接著就注意到了在視野角落閃爍的圖示。原來母親一如往常地在家用伺服器裡留了話。

一邊從冰箱拿出保特瓶裝烏龍茶，一邊以語音指令播放留言。先是少許的雜音刺激聽覺，接著就聽到了母親的嗓音：

【──春雪，今天我會很晚回家，也可能不回去了。麻煩你幫我把行李箱裡的衣服送去洗。啊，還有不好意思，又有人託我照顧小孩了。這次是同事的小孩，只要一個晚上就好，就麻煩你照顧她了，拜託你囉。等你回來，我想她應該也到我們家了。那就拜託你囉。】

──妳說什麼？

春雪裝烏龍茶的杯子仍然往嘴裡倒，整個人呆住不動。

怎麼可能？不會吧？再怎麼說也太扯了。

春雪只喝了一口就放下杯子，屏氣凝神地悄悄環顧四周。

客廳跟廚房裡都是一個人影也沒有，燈都沒有開，空氣冰冰涼涼的。由於春雪昨晚已經拚命收拾乾淨，前天那場老遊戲大會的慘狀已經完全沒有留下痕跡。

春雪仍然放低呼吸聲，視線繼續四處掃動，就在這時——

不知道從什麼地方傳來了一個很小聲，但確實笑得十分開懷的笑聲。

「……不會，吧……」

就在呻吟著說出這句話的同時，快速地跑出客廳，接著跑過走廊，來到最裡面的自己房間前打開了門。

接著春雪深深吸一口氣，發出了慘叫聲：

「嘎——！」

就在自己的床上。

有個一身火紅的小女生，躺在床上翹著腳，翻著從春雪偷藏東西的地方拖出的大堆上世紀紙本漫畫之中的一本。

「仁……仁、仁仁……」

小女生朝全身發抖的春雪瞥了一眼，甩著綁在頭上兩邊的頭髮抬起頭來，笑嘻嘻地說：

「你回來啦，大哥哥！」

「誰、誰是妳大哥哥啊！」

春雪大叫一聲，當場癱坐在地，指著小女生——號稱「不動要塞」、「血腥風暴」的紅之王Scarlet Rain，也就是上月由仁子，一張嘴開開閉閉地動了好一會兒，才總算擠出一句話：

「……仁子，妳為什麼在這裡？」

「同樣的事情不要讓我說明兩次好不好。就是小小偽造了一下郵件嘛。」

仁子忽然間恢復原本說話的語調，坐起上身，揮了揮手上的漫畫書——一本怎麼看都不能說是有益身心健全發展，死了一堆人的作品——得意地笑了笑：

「你看漫畫的品味也挺不錯的嘛。」

「謝……謝謝妳的誇獎喔……不對！」

春雪氣喘吁吁地喘了好一會兒，才全身虛脫似的搖了搖頭。

「……這再怎麼說也都太亂來了吧？完全一樣的社交工程手法，竟然只隔了一天就又拿出來用……」

「怎樣啦？虧我是好心想跟你道謝才來看你的哩。」

看到仁子嘴噘得老高，春雪趕忙連連點頭：

「妳、妳禮數真周到啊。」

萬一惹她不高興，又找自己「對戰」，這次肯定會被她的超強火力烤成全熟。春雪擠出痙攣的笑容，飛快地說了這句話。

「不用客氣……那妳的事辦完了對吧？要回去的話門在那邊……」

「啊，你這樣對我？哼～虧我還想總該跟你說一下事後的情形，原來你都不想聽啊？」

「我、我聽，我當然聽！」

仁子從床上低頭看著當場端正姿勢跪坐的春雪，從牛仔短褲中伸出的纖細雙腿盤在一起，朝他白了一眼，但所幸之後倒是乖乖說了下去：

「……Chrome Disaster那件事。」

春雪微微吸了口氣，讓意識切換過來。這件事的內容，之後還得跟黑雪公主報告才行。

「……昨天晚上，我對包括Radio那傢伙在內的五個王通告，說已經處決了Chrome Disaster。這麼一來，整件事算是告一段落。站在我的立場，是很想把黃色暗藏『鎧甲』的事也拿出來彈劾啦，只是很遺憾的，我們沒有證據……」

「……這樣啊……」

春雪緩緩點了點頭，接著戰戰兢兢地問道：

「那……這個，『Cherry Rook』他呢……？」

「……」

仁子沉默了一會兒，抬頭看了看南邊窗戶外映著冬日晚霞的天空。

她瞇起咖啡紅的眼睛，眨了眨長長的睫毛，平靜地回答：

「他說下個月要搬家。」

「咦……？」

「說是有個遠房親戚，事到如今才想收養他。我們學校的經費全靠稅金補助，所以遇到這種情形，學生沒有辦法拒絕。他說……要搬到福岡去。」

「……這樣啊，挺遠的呢。」

「是沒錯啦。所以他之前才會那麼心急，擔心他一搬走，跟我之間的聯繫就真的會只剩下BRAIN BURST。而且除了東京以外，幾乎一個超頻連線者都沒有。找不到人對戰，等級也就昇不上去……就是這種焦慮被『鎧甲』趁虛而入……」

仁子做出彷彿嚥下了什麼東西似的模樣之後，微微一笑說了：

「可是，不知道是不是因為沒有了BRAIN BURST……今天的他，恢復了原來那種……跟當初跑來找我說話的時候一樣的表情。畢竟他這陣子都沒去上課，也都不跟人說話，今天卻跟我有好好聊天。所以……我有了個想法。就算他不再是超頻連線者……就算他搬去福岡，VR世界也不是單單只有加速世界這麼一種，不是嗎？」

看到她的視線移到自己身上，春雪用力點點頭。

「嗯……嗯，那當然。」

「所以啦，雖然我以前都沒這麼想過……現在我就會想說其他VR遊戲也可以找來玩玩看，最好是那種可以跟他一起玩很久的。你要是知道有什麼合適的遊戲，可要跟我說喔。」

「……這樣啊，原來是這樣啊……」

春雪又一次連連點頭，回答說：

「那，我家裡有的遊戲妳儘管挑去……只是類別有點偏啦。」

「哈哈哈。」

仁子笑了笑，忽然撇開了臉，開始翻起丟在一旁的一個小背包。她從裡頭翻出一個咖啡色的紙袋。看到紙袋朝著自己輕輕拋出，春雪趕忙以雙手接住。

「這、這是什麼？」

「這個嘛……怎麼說呢，就是……謝禮啦。你上次不是一直喊說很好吃，一口氣吃了一大堆嗎？」

春雪歪著頭打開紙袋，立刻就飄散出一陣濃郁而充滿甜味的奶油香氣，裹在白色廚房紙巾裡的幾個黃金色圓盤狀物體露了出來。

春雪茫然地拿出一片摸起來還溫溫熱熱的餅乾，戰戰兢兢地對仁子問道：

「咦……這、這個，我可以收嗎……？」

「怎樣啦？不想要就還我！」

被她狠狠一瞪，春雪趕忙連連搖頭：

「我要，我當然要！謝……謝謝妳，我只是嚇了一跳……」

春雪低下頭，一口咬下拿在手上的餅乾。

餅乾吃起來甜甜的，香香的，還帶著點鹹味。

春雪心想這一定就是現實的滋味。這種味道象徵著一種現實中的事物。

至於說象徵著什麼事物——就是我跟仁子現在終於在現實世界中毫無疑問地成了朋友。

「……嗚。」

奇妙的聲響從春雪的喉嚨發了出來。

春雪拚命縮起圓滾滾的身體，死命遮住臉，又咬了一口餅乾。緊接著就聽到床上傳來高聲嚷嚷的嗓音：

「你……你、你在哭什麼鬼啦！你、你白痴啊，去死一死算了！」

仁子整個人在床上趴倒，連連大罵白痴。春雪就這麼聽著仁子的吼叫，一口又一口地吃著多了幾分鹹味的餅乾。

完

後記

好久不見，還是該說初次見面呢？我是川原礫。非常感謝各位讀者看完這本《加速世界2紅色暴風公主》。

關於上一集的後記，被各方面的相關人士說「太嚴肅」、「太裝模作樣！」、「寫那篇的是誰啊？」這些意見我大概聽了兩億次左右，所以希望這次的後記裡可以添加微量的柔軟性。

我是個蹩腳的自行車車手，每個禮拜都固定會出去騎兩趟，路線是從自家附近沿著河岸，一路騎到北上三十五公里左右的一個牧場。這個牧場去年有兩隻小貓出生，剛開始牠們小小的模樣可愛得不得了，不過長大的速度當然也是非常驚人（笑），轉眼之間就長到好大一隻。這當然完全不是壞事，但傷腦筋的是當我坐在牧場的長椅上，吃著用來補給能量的甜麵包，牠們就會猛衝過來喵喵叫，跟我要麵包吃。

總覺得餵貓吃麵包似乎不太好，而且最重要的是，我實在不希望寶貴的碳水化合物被搶走，所以心生一計，除了甜麵包之外，還另外帶了些小魚乾去餵牠們。我真是個大好人對吧！

儘管愛上我沒關係！

可是事情沒這麼順利。當我自信滿滿遞出小魚乾（而且還是國產的），貓咪們卻只聞了聞味道，之後就當作沒看見，然後露出一副「這種FISH有誰要吃，趕快把你手上的麵包給我們」的模樣。不知道這樣描述，有沒有讓各位讀者了解我有多麼驚愕。這件事發生之前，我一直相信貓這種生物的DNA裡，都毫不例外地記載著「超愛小魚乾」這一條。然而事實並不是這樣。如果貓從小就不吃魚，大了就會討厭魚。

結果我到現在，還是過著寶貴的甜麵包約有10％都被牠們壓榨走的日子。

這個乍聽之下無關緊要的故事告訴我們：「自己以為可以讓對方高興，實際上卻未必如此。」呃……就算是這樣，我還是祈禱這本對我來說已經竭盡心力寫出來的書，有讓各位讀者看得盡興。

負責插畫的HIMA老師，責任編輯三木氏，這次也多虧了兩位的鼎力相助。

當我沮喪時給予我鼓勵的IRC（網際網路中繼聊天）頻道網友，還有在我個人網站寫下支持留言的各位，非常謝謝你們。

最後請讓我對花時間看到這裡的您，送上由衷的感謝。

二〇〇九年三月三〇日　川原　礫

Sword Art Online

刀劍神域Progressive 1~8 待續

Kadokawa Fantastic Novels

作者：川原 礫　插畫：abec

穿越十幾二十重的陷阱，
桐人等人能夠掌握勝利嗎？

桐人試圖要曝光執掌「怪物鬥技場」的柯爾羅伊家的弊端，但是該處早已設下多重的陷阱。奪回「祕鑰」、討伐樓層魔王，以及阻止惡辣的陰謀——面對種種難題，剩餘時間只有短短兩天。這個高難度任務攻略的結果，將完全交給賭上全部財產的鬥技場大賽。

各 **NT$220~320/HK$68~98**

86—不存在的戰區— 1~11 待續

Kadokawa Fantastic Novels

作者：安里アサト　插畫：しらび

「鋼鐵軍靴將踏平染血的瑪格諾利亞，令受難之火焚燒他們。」

在步向毀滅的共和國，只有令人絕望的撤退作戰等著辛與蕾娜等人。轉戰各國，找到歸宿的八六們試著在黑暗中步步前進，成群亡靈卻阻擋了他們的去路。空洞無神的銀色雙眸，以及那些人本性難移、依然故我的模樣。憎惡與嗟怨的淒厲慘叫在Ep.11迴盪。

各 **NT$220~260/HK$73~87**

我當備胎女友也沒關係。 1 待續

作者：西 条陽　插畫：Re岳

Kadokawa Fantastic Novels

儘管懷裡抱著妳，心裡想的人卻是她……
100%不健全、不純潔又危險的戀愛泥沼

　　我跟早坂同學都有最喜歡的人，卻都選擇了第二順位的對象交往。即使如此，一旦能跟最喜歡的人兩情相悅，這份關係也會宣告結束。明明是這麼約好的——當我們都接近最喜歡的人時，彼此卻愈陷愈深無法自拔，變得怎麼也離不開對方……

NT$270/HK$90

男女之間存在純友情嗎？（不，不存在！） 1~4 待續

Kadokawa Fantastic Novels

作者：七菜なな　插畫：Parum

悠宇陷入女友與摯友的兩難之中！
他們的夢想與戀情會如何發展呢？

高二的夏天，悠宇跟日葵的情感總算有所進展。夏日祭典和海邊，暑假總算平安無事地進入尾聲的某一天，在紅葉的帶領（？）下，悠宇抵達了羽田機場。這時，凜音出現在他眼前——夏天還沒結束！跟「初戀的女孩」，一起來場第一次的東京「摯友」旅行！

各 **NT$200~280 / HK$67~93**

記憶縫線YOUR FORMA 1~3 待續

Kadokawa Fantastic Novels

作者：菊石まれほ　插畫：野崎つばた

在網路論壇煽動群眾的駭客〈E〉，
其真正的目標是什麼——？

埃緹卡懷抱與哈羅德的敬愛規範有關的祕密，或許是因為壓力過大，電索能力突然劇烈下降。她以一般搜查官的身分參與偵辦新案件，哈羅德也與新的「天才」搭檔。他們兩人分頭追查在網路論壇接連發表國際刑事警察組織的機密事項的駭客〈E〉——

各 **NT$220~240/HK$73~80**

除了我之外，你不准和別人上演愛情喜劇 1~5 待續

Kadokawa Fantastic Novels

作者：羽場楽人　插畫：イコモチ

戀愛與青春的文化祭開幕!!
臨時樂團「R-inks」能否成功站上舞台!?

文化祭快到了。我忙著參加文化祭執行委員會的活動、準備班級參展的內容。而輕音樂社的臨時樂團「R-inks」問題堆積如山，為此我們斷然決定在未明家集訓！此時鬱鬱寡歡的朝姬同學突然打電話給我──『……希墨同學，救救我。』

各 **NT$200~270/HK$67~90**

國家圖書館出版品預行編目資料

加速世界 2 紅色暴風公主 / 川原 礫作；
邱鍾仁譯.——初版.——臺北市：
臺灣國際角川, 2009.11 面； 公分.
——（Kadokawa Fantastic Novels）
譯自：アクセル・ワールド 2　紅の暴風姫
ISBN 978-986-237-398-9（平裝）

861.57　　98018650

加速世界 2
紅色暴風公主

（原著名：アクセル・ワールド2 — 紅の暴風姫 —）

２００９年12月５日　初版第１刷發行
２０２２年12月16日　初版第15刷發行

作者：川原礫
插畫：HIMA
日版設計：BEE-PEE
譯者：邱鍾仁

發行人：岩崎剛人
總編輯：蔡佩芬
副總編輯：朱哲成
美術設計：吳佳昫
印務：李明修（主任）、張加恩（主任）、張凱棋

發行所：台灣角川股份有限公司
地址：１０４台北市中山區松江路２２３號３樓
電話：（02）2515-3000
傳真：（02）2515-0033
網址：www.kadokawa.com.tw
劃撥帳戶：台灣角川股份有限公司
劃撥帳號：19487412
法律顧問：有澤法律事務所
製版：尚騰印刷事業有限公司
ＩＳＢＮ：978-986-237-398-9